Günter Krieger

Furor Normannicus

Ein Eifelroman aus der Wikingerzeit

AF199511

Günter Krieger

FUROR NORMANNICUS

Ein Eifelroman aus der Wikingerzeit

EIFELER LITERATURVERLAG 2022

1. Auflage 2002
© GrenzEcho Verlag
erschienen unter dem Titel »Drachensturm«

2., komplett überarbeitete Auflage 2022
© Eifeler Literaturverlag
In der Verlagsgruppe Mainz

Eifeler Literaturverlag
Verlagsgruppe Mainz
Süsterfeldstraße 83
52072 Aachen
www.eifeler-literaturverlag.de

Gestaltung, Druck und Vertrieb:
Druck & Verlagshaus Mainz
Süsterfeldstraße 83
52072 Aachen
www.verlag-mainz.de

Umschlaggestaltung: Dietrich Betcher

Abbildungsnachweis: © Iobard – stock.adobe.com

ISBN-10: 3-96123-036-6
ISBN-13: 978-3-96123-036-5

»Lass deine Begierde, so findest du Ruhe.«
Thomas von Kempen

ERSTER TEIL

Die Gabe

1

Fünfzig Jahre!

Bei allen Engeln des Himmels, fast fünfzig Jahre sind vergangen seit den Tagen der Dunkelheit − ein ganzes Menschenalter. Fünfzig Jahre, und der Allmächtige gewährt mir immer noch die Gnade, auf dieser Welt zu weilen, die Er in nur sechs Tagen schuf. Fünfzig Jahre, in der die Welt sich gewandelt hat und nichts mehr ist, wie es war. Die Reiterhorden der Ungarn, die heute das Reich bedrohen und plündernd und mordend durch das Land ziehen − was sind diese Wilden im Vergleich zu den schrecklichen Nordmännern, die uns vor einem halben Jahrhundert glauben ließen, unser Ende stünde bevor?

»A furore Normannorum libera nos, Domine!«[1]

Noch heute höre ich die inbrünstig gesprochenen Worte des Abtes, widerhallend von den kalten Mauern der Kapelle von Stablo. Obschon die Gefahr durch die Nordmänner längst gebannt und andere Heiden unseren Frieden bedrohen, ertappe ich mich manchmal, wie ich jenes Stoßgebet gen Himmel schicke. Hunderttausend wilde Ungarn wären nicht in der Lage, den Schrecken der Nordmänner zu verbreiten.

Doch vielleicht trügt mich die Erinnerung. Welches Recht habe ich, den heute lebenden Menschen zu erklären, dass die Angst, die sie empfinden, nichts im Vergleich ist zu der, die uns Menschen damals beherrschte? Habe ich ein Recht, derartige Vergleiche zu ziehen, ich, der ich hinter sicheren Klostermauern lebe und darauf vertraue, dass unser König Heinrich Herr über diese ungarische Plage wird? Alt und gebeugt bin ich geworden, die Furcht vor dem Sterben ist mir schon seit langem abhandengekommen, denn ich freue mich auf das ewige Paradies, das meiner harrt. Damals aber war ich jung, wollte leben, wollte dem Herrgott ein Leben lang wohlgefällig sein, um mir den

---

1 »Vom Schrecken der Nordmänner befreie uns, o Herr!«

Platz im Paradies zu sichern. Was Wunder, dass ich mich fürchtete, die Nordmänner könnten dieses fromme, aber auch eigennützige Vorhaben vereiteln. Deshalb muss ich mir die Frage gefallen lassen, ob es gerecht ist, die Furcht meiner Zeitgenossen von heute zu belächeln. Ich habe mein Leben gelebt. Es war reich und erfüllt. Ich habe nichts mehr zu erwarten, außer den Tod. Aber diese Menschen wollen weiterleben. Weshalb sollte ihre Furcht vor den plündernden und mordenden ungarischen Scharen also nicht berechtigt sein?

Und doch: Die Heutigen, die in diesem neuen Reich leben, dürfen behaupten, einen starken König über sich zu wissen, der entschlossen ist, sich der drohenden Gefahr mit Heeresmacht entgegenzustellen. Erst vor wenigen Wochen ist es in Thüringen so geschehen.[2] Im zerfallenden Reich der Karolinger jedoch waren wir den Nordmännern schutzlos ausgeliefert. Heere, die sich ihnen in den Weg stellten, gab es zunächst nicht. Heute stelle ich mir die Frage, ob die schwachen Herrscher damals willens waren, der Not ein Ende zu bereiten. Was scherte sie das Schicksal der leidenden Bevölkerung? Die letzten Karolinger waren damit beschäftigt, sich gegenseitig das Leben schwerzumachen. Seit Jahrzehnten tobten Bruderkriege. Immer wieder wurde das einst so mächtige Reich des großen Karls neu aufgeteilt. »Wie Hyänen, die sich um ein Stück Aas balgen«, pflegte der Bruder Abt – Gott habe ihn selig – stets verächtlich zu sagen.

Schon damals war das Frankenreich Karls des Großen zu einem Mythos geworden. Kaum jemand lebte noch, der sich an diese Zeit erinnern konnte. Manche behaupten heute, es sei eine glorreiche Zeit gewesen. Ob sie es wirklich war, will ich nicht beurteilen. Als ich geboren wurde, ruhte der große Karl schon seit fünfzig Jahren in seiner kühlen Gruft unter der Aachener Pfalzkapelle.

---

2 Der Schreiber meint den Sieg König Heinrichs I. auf dem Schlacht-feld an der Unstrut. Im Jahre 933 schlug das Heer des Königs die Ungarn vernichtend.

Legenden rankten sich schon damals um ihn. Sieben Jahrzehnte auf dieser Erdenscheibe haben mich gelehrt, wie gefährlich es ist, dem Überlieferten uneingeschränkt Glauben zu schenken. Nur eines ist unbestritten wahr: Niemals gelang es den Nordmännern zu Karls Lebzeiten, plündernd in sein Reich einzufallen, obgleich sie es nicht unversucht ließen. Im Norden hatte der Kaiser Küstenwachen eingerichtet und befestigte Stützpunkte angelegt. Noch blieb die Bevölkerung verschont vor der Mordlust und Beutegier der Nordmänner, die in anderen Teilen der Welt umso mehr wüteten. Doch schon während der Regierungszeit des frommen Ludwigs, des glücklosen Sohnes des großen Karolingers, häuften sich die Überfälle der gottlosen Heiden. Niemals, so erscheint es mir, ist der ernsthafte Versuch gemacht worden, diese höllische Plage mit Stumpf und Stiel auszurotten. Die Frage, ob dieses Versagen mit fehlendem Gottvertrauen oder mit der Unvernunft der Herrschenden zu erklären ist, möchte ich nicht beantworten. Städte wie Paris, Nantes und Hamburg[3] waren längst normannischen Feuersbrünsten zum Opfer gefallen, als ich in Kornelimünster, unweit der Aachener Pfalz, das Licht der Welt erblickte. Die Feuer der Hölle sollten künftig nicht nur in fernen Städten wüten, sondern auch unsere Heimat in Schutt und Asche legen, ihr Tod und Verwüstung bringen. Im Rheinland sollte die Sangesfreude für lange Zeit verstummen.

Da meine Sinne nun von Tag zu Tag schwächer werden und mein Leben sich allmählich dem Ende zuneigt, habe ich beschlossen, die Ereignisse niederzuschreiben. Ich tue dies nicht zuletzt deshalb, weil man mich schon oft dazu aufgefordert hat. Ich tue, damit nachfolgende Generationen daraus Kraft schöpfen mögen. Denn obschon ich von Not und Leid, von Krieg und Tod berichten werde, soll der Leser sich stets vor Augen halten, dass alles Unglück nicht das

---

3   Der einfachen Lesbarkeit halber wird hier und im weiteren Textverlauf darauf verzichtet, die lateinischen oder fränkischen Bezeichnungen der Orte zu verwenden.

Ende der Welt bedeutet. Denn die Stunde des Weltenendes kennt nur unser Heiland, dessen Gnade unermesslich ist.

Meine Geburt fiel auf den Tag des Heiligen Johannes. Als zehntes Kind und sechster Sohn eines freien Bauern kam ich in den frühen Morgenstunden zur Welt. Meine Mutter starb kurz nach meiner Geburt an einer Blutung; sie war bereits meines Vaters zweite Ehefrau gewesen. Seiner ersten Frau war das gleiche Schicksal widerfahren, sie starb bei der Geburt einer meiner Schwestern.

Jahre später heiratete mein Vater ein drittes Mal. Mit Hilmintrud, die ihm bis dahin als Magd gedient hatte, zeugte er keine Kinder. Hilmintrud, die um einiges jünger war als mein Vater und kaum älter als ich selbst, überlebte ihren Gatten schließlich um zwei Jahrzehnte. Als der Vater das Zeitliche segnete, weilte ich, Theodorus, bereits als Novize bei den Benediktinern von Stablo[4].

---

4   Stavelot.

Das warnende Gezeter des Eichelhähers musste meilenweit zu hören gewesen sein. Die von dem aufmerksamen Waldwächter proklamierte Gefahr bestand aus zwei etwa zwölfjährigen Mädchen, die Hand in Hand durch den sommertrockenen Wald streiften und in regelmäßigen Abständen laut kicherten.

»Bist du sicher, dass er schon Haare auf der Brust hat?«

»Todsicher! Ich hab's mit eigenen Augen gesehen.«

Die andere blieb stehen. Braune Haarsträhnen klebten in ihrem hübschen sommersprossigen Gesicht, wo sich ihr Mund zu einem ungläubigen Lächeln verzog. »Gesehen? Rotrud! Hast du etwa ... hast du mit ihm –?«

»Nein, natürlich nicht. Wo denkst du hin, Uta?«

Abermals kicherten beide.

»Woher weißt du es dann?«

»Weil ich ihn beobachtete, als er mit ein paar Männern am Wassergraben der Burganlage arbeitete. Er trug nur eine Hose.«

»Du bist verliebt in ihn, nicht wahr?«

Rotrud mied Utas Blick und setzte ihren Weg fort. Mit hüpfenden Schritten folgte ihr Uta.

»Gib's ruhig zu.«

»Ach, Uta ...«

»Aber wie steht's mit ihm? Mag Grifo dich auch?«

»Ich glaube schon. Jedenfalls hat er mir gewunken, als er mich sah.«

»Und was geschah dann?«

»Nichts. Mein Vater hatte inzwischen seine Angelegenheiten geregelt. Wir sind dann wieder nach Hause gegangen.«

»Weiß Grifo, dass du kommst?«

»Wie hätte ich ihm das denn mitteilen sollen?«

»Warum hast du mich gebeten, dich zu begleiten? Du willst doch bestimmt alleine mit ihm sein. Was ich gut verstehen könnte.«

Diesmal war es Rotrud, die im Gehen verharrte und ihrer Freundin ergeben in die Augen sah. »Ach, weißt du, Uta, es ist so: Ich bin doch so schüchtern. Aber wenn du bei mir bist, ist alles anders. Dann habe ich den Mut, den ich sonst nicht hätte.«

Uta streichelte der Freundin lachend durchs blonde Haar. »Also schön, ich werde sehen, was ich für dich tun kann. Trotzdem wirst du irgendwann ohne mich auskommen müssen, wenn du Grifo für dich alleine haben willst. Komm jetzt! Sonst sind wir morgen noch nicht bei der Burg.«

»Einen Augenblick!«

»Nun?«

»Uta! Du bist meine beste Freundin. Ich will, dass du es immer bleibst.«

»Immer und ewig. Was sollte uns denn entzweien?«

Es war ein brütend heißer Sonntagnachmittag im August. Die Mädchen genossen den Schatten, den die Bäume spendeten. Eine ganze Weile schwiegen sie, versunken in ihre Gedanken. Zu ihrer Rechten, wo der Wald sich lichtete, flimmerten die uralten Römermauern Jülichs am Horizont. Doch die Stadt war nicht ihr Ziel. Als sie den Waldrand erreichten, lag die Burg plötzlich vor ihnen. Die von einer Palisade umgebene Behausung des Gaugrafen auf der Spitze des Hügels war der prallen Sonne schutzlos ausgeliefert. Am Fuß standen die hölzernen Hütten der ebenfalls umzäunten Vorburg, wo Rotrud ihren Liebsten wähnte. Ein breiter Wassergraben, der sich aus der nahen Rur speiste, legte sich schützend um die gesamte Anlage, in der sich nichts zu regen schien.

»Wie ausgestorben«, murmelte Rotrud. Nachdenklich rieb sie sich das Kinn und stutzte dann. »Die Nordmänner! Vielleicht waren sie hier und haben alle umgebracht.«

»Unsinn!« Uta schüttelte den Kopf. »Hätten die Nordmänner hier gewütet, dann sähe es wohl anders aus. Bedenke, heute ist Sonntag. Und an dem sollte man ruhen,

14

sagen die Priester. Im Gegensatz zu uns haben sich die Leute das hier wohl zu Herzen genommen.«

Rotrud, immer noch skeptisch, blinzelte. Erst als hinter dem Zaun das Geschrei zweier spielender Kinder und das Gebell eines Hundes zu hören waren, legte sich ihr Misstrauen. »Und wie bekomme ich jetzt Grifo zu Gesicht?«

»Ganz einfach: Du spazierst über diese Holzbrücke dort, klopfst ans Tor und fragst nach ihm.«

»Ich soll ...? Nein, das kann ich nicht.«

»Nein?«

Rotrud fuchtelte verzweifelt mit ihren Fingern. »Was ist, wenn seine Eltern mich sehen? Und überhaupt: Ich käme mir töricht vor.« Über ihr Gesicht huschte ein trotziger Schatten. »Außerdem ist es Sache des Mannes, um eine Frau zu freien. Nicht umgekehrt.«

»Das wird nicht einfach mit dir«, seufzte Uta.

»Du musst mir helfen«, bettelte die Freundin.

»Gewiss. Verschwinde ins Gebüsch und warte, bis ich mit Grifo zurückkomme.«

Rotrud riss Uta an sich und küsste stürmisch ihre Wange. »Das werde ich dir niemals vergessen.«

»Nicht der Rede wert. Und jetzt mach dich dünn.«

Uta schritt über die knarrende Brücke. Im Wasser trieben drei träge Enten. Das Hundegebell hinter der Umzäunung wurde lauter. Es roch nach Fisch und brackigem Wasser. Als Uta das Tor erreichte, ließ sie ihre Faust mehrmals gegen das Holz krachen.

»Heda!«, rief sie, als nach einer Weile noch niemand geöffnet hatte. »Besitzt jemand die Güte, nach meinem Begehr zu fragen?«

Endlich wurde von innen ein Riegel beiseitegeschoben. Hinter dem sich öffnenden Spalt erschien das übellaunige, stoppelige Gesicht eines gedrungenen Mannes. Fliegen umkreisten seinen Kopf, in dem zwei reizbare Augen blitzten.

»Was willst du?«

»Den Grifo sprechen.«

»Dumme Göre, es ist Sonntag. Verschwinde!« Er machte Anstalten, das Tor wieder zu schließen. Uta stemmte sich mit aller Gewalt dagegen. »Den Grifo möchte ich sprechen«, beharrte sie.

»He, bist du übergeschnappt? Weg mit dir, bevor ich dir den Hintern versohle.«

»Niemand versohlt mir den Hintern. Du erst recht nicht, Meister Ricbald.«

Der andere gab dem Druck des Tores nach. Auge in Auge standen sie sich gegenüber. Trotzig blickte Uta zu ihm empor. Den Stallknecht kannte sie aus den Erzählungen ihres Vaters. Ricbalds Kinnlade zuckte verunsichert. Da war etwas in den Augen des Mädchens, das ihm Unbehagen bereitete.

»Zum Teufel, was willst du?«

»Wie oft muss ich es wohl noch sagen: Wo ist Grifo?«

Der Stallknecht atmete tief durch. Es durfte doch nicht sein, dass er sich von einer Göre kommandieren ließ.

»Jetzt will ich dir mal was sagen, Mädchen: Der Gaugraf mag es nicht, wenn man hier herumlungert. Erst recht nicht am Tag des Herrn.« Drohend hob er den Zeigefinger, unter dessen Nagel sich der Schmutz der letzten zehn Jahre befand. »Also pack deine Beine und verschwinde endlich. Und zwar auf der Stelle!«

»Wenn du mir nicht den Grifo holst«, erwiderte Uta ungerührt, »werde ich dafür sorgen, dass der Gaugraf ein paar Dinge über dich erfährt, die er besser nicht wüsste.«

Ricbald lachte rau. »So? Und um welche Dinge handelt es sich dabei, he?«

»Wirst schon sehen.« Sie blickte ihm weiter frech in die Augen.

»Ich habe vor dem Gaugrafen nichts zu verbergen.«

»Tatsächlich nicht? Na schön.« Uta zuckte mit den Schultern und machte kehrt. »Dann wirst du dich bald sehr wundern. Hast es nicht anders gewollt.«

Mit offenem Mund starrte Ricbald ihr hinterher.

»Warte!«, krächzte er, als sie schon das Ende der Brücke erreicht hatte.

Uta blieb stehen, ohne sich umzuwenden. Erst als er sie mit gedämpfter Stimme dazu aufforderte, kehrte sie mit einem Grinsen zu ihm zurück.

»Glaub nur nicht, dass ich mich von dir einschüchtern lasse«, brummte Ricbald, als das trotzige Mädchen wieder vor ihm stand. »Ich bin ein rechtschaffener Mann. Einen Gefallen tue ich dir nur deshalb, weil heute Sonntag ist und ich ein so gutes Herz habe.«

»Aber gewiss doch.«

»Wie hieß doch gleich der Bursche, den du treffen willst? Grifo?«

»Korrekt. Der Sohn des Ledermachers.«

»Warte hier. Und rühr' dich nicht von der Stelle!«

Er schloss das Tor. Uta grinste immer noch. Sie hatte nicht die geringste Ahnung, ob der Stallknecht sich etwas hatte zuschulden kommen lassen, doch offenbar war sein Gewissen so rein wie seine Fingernägel.

Nach einer Weile kam ein kräftiger, vielleicht fünfzehnjähriger Bursche am Tor zum Vorschein. Sein Mund stand weit offen, denn vor ihm schien das Mädchen seiner Träume zu stehen. Grifo blickte in das schönste Gesicht, das er jemals gesehen hatte.

»Grifo?«

»Ja?«

»Mein Name ist Uta.«

»Uta«, echote der Bursche leise.

»Ich habe eine Überraschung für dich, Grifo.«

»Für ... mich?«

Sie forderte ihn mit einer Geste auf, ihr zu folgen. Sie ließen die Burganlage hinter sich und erreichten den Waldrand. Uta spähte ins Gebüsch.

»Rotrud! Wo steckst du denn?«

Irgendwo raschelte es, dann kam die Freundin zum Vorschein. Blonde Haarsträhnen verdeckten ihr Gesicht fast ganz, als wollte sie so ihre Verlegenheit verbergen. Uta packte ihre Hand und zog sie heran.

»Das ist meine Freundin Rotrud«, erklärte sie dem irritierten Grifo. »Ich glaube, du kennst sie, nicht wahr?«

»Wie? Kann schon sein.«

»Prima. Dann werde ich euch jetzt mal alleine lassen.«

»Alleine lassen?«, fragten Grifo und Rotrud im Chor.

»Alleine«, bestätigte Uta.

»Aber ...« Rotrud wischte ihr Gesicht frei. »Was soll ich denn nun tun?«, flüsterte sie flehentlich.

»Was schon? Unterhaltet euch.« Uta lächelte beiden zu.

»Und du? Du ... du könntest bei uns bleiben«, stammelte Grifo.

»Wozu? Ich werde in der Zwischenzeit ein wenig im Wald spazieren.«

»In den Wald?«, japste Grifo.

»Wann kommst du denn zurück?«, wollte Rotrud wissen.

»Wer weiß?« Lachend ließ Uta sie stehen.

Bald umgab sie wieder die wohltuende Kühle des Waldes, durch den das wilde Pochen eines Spechts schallte. Ihre Mission war erfüllt. Vorläufig. Blieb zu hoffen, dass die Freundin sich nicht allzu dumm anstellte.

Ein Findling am Wegrand lud Uta zum Sitzen ein. Hier, in der grünen Einsamkeit, hätte sie die Sorgen des Alltags am liebsten verdrängt. Doch Sorgen, das hatte sie längst erfahren, ließen sich nicht einfach beiseiteschieben. Wie beispielsweise die um den Vater, der sich stolz rühmte, ein freier Mann zu sein. Doch diese Freiheit schien ihn und die Familie zu erdrücken. Oder die Sorge um Mutter und Hugo, ihren jüngeren Bruder: Die beiden kränkelten seit einigen Jahren um die Wette. Früher war Mutter eine robuste Person gewesen, kräftig und unverwüstlich. Aber die Last der Arbeit auf Hof und Feldern hatte sie ausgezehrt, die einst so frischroten Wangen waren fahl und bleich geworden, sie redete nur noch, wenn es nötig war. Abends, wenn alle um das Herdfeuer versammelt

saßen, herrschte lastendes Schweigen, nur das ständige Husten des kleinen Hugo brach dann die Stille.

Wieder der krächzende Eichelhäher. Uta horchte auf. Dumpfes Hufgetrampel. Sie erhob sich und spähte in die Richtung, aus der sich ein Reiter näherte.

Roland, der Sohn des Gaugrafen, zügelte seinen rabenschwarzen Hengst und widmete seine volle Aufmerksamkeit dem Mädchen, das da vor ihm stand.

»Sei gegrüßt, süße Waldfee!«

Er mochte um die zwanzig sein, sein Haar war kurz geschnitten und dunkel wie das seines Hengstes. Die übergroßen Augen, die tief in ihren Höhlen lagen, verliehen ihm etwas Unheimliches.

Uta wusste, wen sie da vor sich hatte. Oft genug waren Roland und der Gaugraf am Hof erschienen und hatten auf Vater eingeredet.

»Willst du meinen Gruß nicht erwidern?« Rolands Mundwinkel umspielte ein kaltes Lächeln.

»Wenn Euch so viel dran liegt: Seid mir ebenfalls gegrüßt, Herr Roland von Altenburg.«

Uta, die Arme vor ihrer Brust verschränkt, dachte nicht daran, seinem Blick auszuweichen.

»Ich weiß, wer du bist«, sagte Roland nach einer Weile.

»Dann bleibt es mir wohl erspart, mich Euch vorzustellen.«

»Du bist die Tochter des Bauern Wernar, der sich seit Jahren beharrlich weigert, meinem Vater seinen Hof zu verkaufen.«

»Genau die«, bestätigte Uta nickend.

»Du bist ganz schön keck.«

»Wenn Ihr das sagt.«

»Dein Vater ist nicht besonders klug.«

»Weil er sich nicht zu Eurem Sklaven machen lässt?«

»Es würde ihm viele Sorgen nehmen.«

»Ja, und vor allem die Freiheit.«

»Seine Freiheit!« Roland warf lachend den Kopf in den

Nacken. »Wisst ihr Bauern denn überhaupt, was das ist: Freiheit?«

»Gewiss. Man ist niemandem hörig.«

»Es hat wohl wenig Sinn, mit dir über diese Frage zu streiten.«

»Ich habe Euch nicht um dieses Gespräch gebeten, Herr.«

Roland schob die Unterlippe vor. Einen Augenblick sah es so aus, als wollte er wenden und weiterreiten. Dann aber sprang er behände aus dem Sattel und trat Uta direkt entgegen. Uta wich einen kleinen Schritt vor ihm zurück.

»Gewachsen bist du«, stellte er fest. Sein Blick streifte ihre entblößten Füße, wanderte hoch über ihren grauen Trägerrock aus grobem Wollstoff, verharrte einen Augenblick an der Stelle, wo sich ihre Brüste abzeichneten, und blieb zuletzt in ihrem sommersprossigen, von kastanienbraunem Haar umrahmten Gesicht haften.

»Fast schon erwachsen. Und keineswegs hässlich.« Dass Uta es immer noch wagte, ihm offen in die Augen zu sehen, erweckte eine seltsame Art von Begierde in ihm. Er hob seine rechte Hand und legte sie auf die Wange des Mädchens. Mit dem Daumen streichelte er ihre Haut.

»Sind die Sommersprossen echt? Oder hast du die nur aufgemalt?«

»Sie sind echt. Und ich mag es nicht, wenn man mir ins Gesicht fasst.«

»Oh!« In gespielter Überraschung zog Roland seine Hand zurück. »Sie mag es nicht.« Er schielte auf ihre Brüste. »Vielleicht willst du lieber, dass ich woanders hinfasse.«

»Da muss ich Euch enttäuschen.«

»Du solltest es ruhig drauf ankommen lassen. Du wärst die Erste, der es nicht gefallen würde. Außerdem: Mein Wohlwollen kann dein Schaden nicht sein.« Grinsend hob er die Hand. Aber bevor er Uta von neuem berühren konnte, traf ihn eine schallende Ohrfeige.

»Du wagst es?«, brachte er mühsam hervor.

»An Eurem Wohlwollen liegt mir nichts!« Uta schickte sich an zu gehen.

»Bleib stehen!«

Unbeirrt ging sie weiter. Rasch hatte Roland sie wieder eingeholt und versperrte ihr den Weg, wagte aber nicht, sie nochmals anzufassen. Die Blicke der beiden bohrten sich ineinander.

»Das wirst du noch bereuen«, flüsterte Roland. Seine schwarzen Augen verströmten etwas Maliziöses, Fremdes. Und plötzlich verspürte die sonst so unerschrockene Uta eine Furcht, die ihr beinahe die Beine versagen ließ. Immerhin brachte sie es fertig, sich an ihm vorbeizuzwängen und dem Ort dieser merkwürdigen Zusammenkunft den Rücken zu kehren.

Diesmal verfolgte Roland sie nicht. Doch sie spürte förmlich seinen finsteren Blick in ihrem Rücken.

Sie schien die Stimme, die nach ihr rief, nicht wahrzunehmen. Uta kauerte auf dem morschen Stamm einer entwurzelten Eiche und starrte ins Leere. Sie hatte den Sohn des Gaugrafen geohrfeigt.

Allmählich wurde ihr bewusst, was sie da getan hatte. Ihre Tat konnte für sie und ihre Familie, die unter den Repressalien des Altenburgers schon genug litt, ein übles Nachspiel haben. Roland würde die Kränkung nicht auf sich sitzen lassen.

»Uta! Wo steckst du denn? So antworte doch!«

Erst jetzt vernahm sie Rotruds Stimme. »Ich bin hier!«

Wenige Augenblicke später erschien Rotrud neben ihr. Uta lächelte matt. »Ist euer Stelldichein schon beendet?«

»Soll ich dir was verraten?«

»Nur zu.«

Schnaufend setzte sich Rotrud neben die Freundin, die auf ihre Füße starrte.

»Der Grifo scheint verknallt zu sein, aber ordentlich.«

»Wirklich? Das freut mich für dich.«

»Muss es nicht. Er ist nicht in mich verknallt.«

»So? Dieser Blindfisch! Wer ist denn seine Auserwählte?«

»Du!« Rotruds Stimme hatte etwas Säuerliches.

»Aber ... ich will doch gar nichts von ihm.«

»Dafür will er umso mehr von dir. Schon als wir uns trennten, hat er dir hinterher gestarrt, als wärest du die Jungfrau Maria.«

»Die bin ich aber nicht. Burschen starren oft und viel, wenn der Tag lang ist.«

»Aber er hat sich ständig nach dir erkundigt. Wollte wissen, wo euer Hof liegt, ob du verlobt bist.« Ihre Stimme drohte sich zu überschlagen. »Das muss man sich mal vorstellen. Da stehe ich genau vor ihm und mache ihm schöne Augen. Und der Kerl? Interessiert sich nur für meine beste Freundin.«

Uta schüttelte seufzend den Kopf. »Du kannst völlig beruhigt sein. Ich will ihn nicht. Du kannst ihn ganz für dich haben.«

»Ganz für mich, wie? Offenbar hast du nicht begriffen, dass er mich nicht will.«

»Und sonst? Ich meine, habt ihr denn über nichts anderes gesprochen?«

»Nein. Das einzige Thema war die unglaubliche Uta!«

Uta griff nach Rotruds Hand, um sie zu drücken. »Beruhige dich, meine Liebe. Noch ist nicht aller Tage Abend.«

»Für mich schon.«

»Unsinn. Du darfst nicht aufgeben. Niemals. Ganz bestimmt gibt es noch Möglichkeiten, Grifos Herz zu erobern.«

»Ja, leih mir deine Gestalt.«

»Genug. Du redest daher, als wärst du eine hässliche Jungfer. Du wirst um Grifo kämpfen, wenn du ihn unbedingt haben willst. Hast du mich verstanden?«

»Aber ...«

»Kein Wort mehr. Nichts ist verloren.«

Rotrud schluckte, ließ es aber bleiben, ihr Leid weiter in die Welt hinauszuposaunen. »Warum bist du so blass?«, fragte sie stattdessen.

»Bin ich das?«

»Wie eine Leiche.«

»Das ... hat seinen Grund.«

»Vielleicht kannst du dich ja durchringen, ihn mir zu nennen, beste Freundin.«

Uta kaute auf einem Mundwinkel. »Ich habe im Wald den Sohn des Gaugrafen getroffen«, gab sie schließlich zu.

»Was? Diesen aufgeblasenen Roland?«

Uta nickte knapp.

»Und?«

»Er wollte mir an die Wäsche.«

»Jesses! Willst du etwa der ganzen Männerwelt den Kopf verdrehen?«

»Was kann ich denn dafür, dass der Kerl glaubt, er könne tun und lassen, wonach ihm gerade der Sinn steht?«

»Aber das kann er.«

»Da bin ich aber anderer Meinung, Rotrud.«

»Was ist geschehen?«

»Er hat von mir fünf Finger an die Backe bekommen.«

»Du hast ihn – geohrfeigt?«

»So nennt man das wohl.«

»Uff!« Rotrud wedelte mit beiden Händen.

»Wie du siehst, bist du nicht die Einzige, die über den Verlauf der letzten Stunde unglücklich ist.«

»Du musst dich bei ihm entschuldigen.«

»Eher verfaule ich bei lebendigem Leib.«

»Aber er wird es dich und deine Familie spüren lassen. Und eines Tages wird er selbst Gaugraf sein.«

»Selbst ein Gaugraf darf mich nicht anrühren, wenn ich das nicht will.«

Diesmal war es Rotrud, die nach der Hand der Freundin tastete und sie fest drückte. »Ach, hätte ich nur ein wenig von dir, Uta.«

»Dann wärst du nicht Rotrud. Und das wäre schade.« Uta blickte ihr tief in die Augen und erschrak fast zu Tode. Denn was sie darin sah, war noch Unheimlicher als Rolands bedrohlicher Blick.

»Was hast du denn?«, fragte Rotrud, der die plötzliche Veränderung in Utas Wesen nicht entging.

Uta antwortete nicht.

»Was starrst du mich so an? Du machst mir Angst!«

Es kostete Uta gewaltige Anstrengung, ihren Blick von Rotrud zu lösen. »Es tut mir leid«, stammelte sie.

»Was tut dir leid? So rede doch endlich. Was ist plötzlich los mit dir?«

»Lass uns nach Hause gehen«, erwiderte Uta heiser. Sie stand auf und schritt zügig voran. Rotrud folgte ihr und fasste sie von hinten an der Schulter.

»Bleib stehen. Du schuldest mir eine Antwort.«

»Ich ... kann nicht darüber sprechen.«

»Warum nicht? Ich bin deine Freundin.«

»Genau deshalb.« Immer noch mied sie Rotruds Blick.

»Uta! Beim Leib des Erlösers, verrate mir endlich, was mit dir geschehen ist.«

Uta holte tief Luft. Widerstrebend wandte sie sich der Freundin zu, die sie erwartungsvoll anstarrte. »Es sind deine Augen, Rotrud«, brachte sie mühsam hervor.

»Was ist damit?«

»Ich ... ich kann in ihnen etwas erkennen!«

»So? Und was, bitte, erkennst du in meinen Augen?«

Utas Lippen bebten. Rotrud rüttelte an ihren Schultern.

»Verflucht, so rede doch endlich. Was siehst du in meinen Augen?«

»Ich sehe«, antwortete Uta mit heiserer Stimme, »dass du bald sterben wirst.«

Rotrud ließ die Freundin los und starrte sie entgeistert an. »Was redest du nur für einen Unsinn?« Ein dumpfes Lachen kam aus ihrer Kehle. »Sterben? Hältst du dich für den Allmächtigen?«

Als Uta nicht antwortete, sondern betreten auf ihre Füße schaute, verwandelte sich Rotruds Lachen in ein erregtes Kreischen. »Du bist völlig verrückt! Was bezweckst du mit dieser boshaften Lüge?«

»Rotrud, ich ...«

»Du willst mir Angst machen. Ich weiß auch genau, warum. Du willst, dass ich Grifo vergesse. Damit du ihn für dich haben kannst.«

Uta schüttelte traurig den Kopf.

»Natürlich, das ist es«, schrie Rotrud. »Aber deshalb hättest du unsere Freundschaft nicht opfern müssen. Ich hätte ihn dir auch so überlassen. Sowieso hat er nur dich im Kopf.«

»Es hat nichts mit Grifo zu tun«, wehrte sich Uta verzweifelt, doch abermals schnitt Rotrud ihr das Wort ab.

»Hoffentlich wirst du glücklich mit ihm. Ich jedenfalls werde nicht auf deiner Hochzeit erscheinen. Ich habe nämlich keine Freundin mehr, die den Namen Uta trägt.«

Ihre Augen schossen noch einen Blitz ab; dann verschwand sie im Wald. Wie gelähmt sah Uta ihr hinterher.

Der Sommer schien sich vorläufig verabschiedet zu haben. Ein Gewitter hatte am Morgen getobt, seitdem hingen schwere Wolken am Himmel. Es hatte sich merklich abgekühlt.

Ein etwa siebenjähriger Knabe, sommersprossig wie seine Schwester und mit dem gleichen kastanienbraunen Haar auf dem Kopf, betrat die Scheune und spähte in das Halbdunkel.

»Uta? Bist du hier?«

»Ja, Bruderherzchen. Hier, hinter dem Karren.«

Der Knabe kam näher. »Vater sucht nach dir«, erklärte er.

»Lass ihn suchen. Setz dich zu mir.«

Der Bruder gehorchte, schüttelte aber missbilligend den Kopf. »Die Eltern werden wütend sein, wenn du ihnen nicht bei der Arbeit hilfst.«

»Ich muss zuerst ein wenig mit mir und meinen Gedanken alleine sein. Trotzdem darfst du gerne bei mir bleiben, Hugo.« Sie schlang die Arme um den Bruder und hielt ihn fest. Schweigend genoss Hugo ihre Umarmung.

»Warum hast du sie beschimpft, die Rotrud?«, fragte er nach einer Weile.

»Ich habe sie nicht beschimpft, Hugo.«

»Nein. Nur den Tod hast du ihr an den Hals gewünscht. Warum?«

»Ach, Hugo. Nicht einmal du wirst mich verstehen. Ich habe ihr nicht den Tod gewünscht. Ich habe nur erkannt, dass sie bald sterben muss. Es stand in ihren Augen geschrieben.«

»Aber … ist das möglich? Das wusste ich nicht.«

»Ich auch nicht.«

Plötzlich überkam Hugo ein Hustenanfall. Uta streichelte über seinen zitternden Rücken, so, wie sie es immer tat, wenn er hustete. Denn das beruhigte den Bruder.

»Bestimmt hast du dich geirrt«, griff er den Faden ihres Gespräches wieder auf.

»Das wünschte ich mir auch.«

Hugo fröstelte. »Auf jeden Fall hört sich das unheimlich an.«

»Ja«, murmelte Uta. »Das ist es.«

»Im Dorf sprechen sie über dich.«

»Wirklich? Was sagen sie denn?«

»Dass du verrückt bist.«

»Hältst auch du mich für verrückt?«

»Natürlich nicht«, kam es empört zurück. »Aber Rotruds Vater war vorhin bei unserem Vater. Er war ziemlich außer sich. Hat dich eine Zauberin genannt.«

»Der arme Vater. Das habe ich nicht gewollt. Wie hat er reagiert?«

»Er versuchte ihn zu besänftigen. Doch Rotruds Vater bekam sich gar nicht mehr ein, sagte was von

Gotteslästerung. Und hat darauf bestanden, dass man dich gehörig verprügelt.«

»Wird Vater es tun?«

»Was tun?«

»Mich verprügeln.«

Die Geschwister lächelten sich an.

»Wenn er es tut, dann werde ich dir die Hand halten, versprochen.«

Ein paar Hühner hatten sich ins Innere der Scheune verirrt und gackerten. In der Ferne war immer noch Gewittergrollen zu hören. Hugo war eingeschlafen. In seiner Brust rasselte der Atem. Uta strich sanft über sein Haar. Von draußen näherten sich Schritte. Dann fiel Licht durch den Spalt des sich öffnenden Tores. Uta erkannte ihren Vater. Er war ein groß gewachsener, schwarzbärtiger Mann mit breiten Schultern. Unter dichten Brauen leuchteten eisblaue Augen, die in der Dunkelheit nach der Tochter suchten.

»Uta, wo steckst du?« Seine Stimme war laut und durchdringend, doch überraschenderweise lag nichts Bedrohliches in ihr, so wie früher, wenn sie etwas ausgefressen hatte.

»Ich bin hier, Vater.«

Hugo war aufgewacht und hustete sich erst einmal den Schlummer aus dem Leib. Erschrocken sah er zum Vater hoch, dessen Aufmerksamkeit jedoch allein der Tochter galt.

»Was machst du hier?«

»Ich brauchte etwas Ruhe, bitte sieh es mir nach. Natürlich werde ich dir und Mutter jetzt bei der Arbeit helfen.« Sie wollte sich erheben, doch die Hand des Vaters, der neben ihr in die Knie gegangen war, hielt sie unten.

»Bleib«, bestimmte er ruhig. Und an Hugo gewandt: »Lass mich mit deiner Schwester allein.«

Der Knabe verließ flugs die Scheune.

»Ich muss mit dir reden, Uta.«

Sie machte einen schweren Atemzug. »Vater, ich weiß, dass Rotrud und ihre Eltern sehr verärgert über mich sind, aber ...«

»Still. Es geht nicht darum, dass sie verärgert wären.«

Einen Augenblick lang schoss Uta der Gedanke durch den Kopf, der Sohn des Gaugrafen könne der wahre Grund für die offenkundige Besorgnis des Vaters sein. Zwei Tage waren seit jener unheilvollen Ohrfeige vergangen. Hatte Roland inzwischen für weitere Repressalien gegen ihren Vater gesorgt?

»Worum geht es dann, Vater?«

Er setzte sich zu ihr und drehte einen Strohhalm zwischen seinen Fingern. »Du behauptest, in Rotruds Augen gesehen zu haben, dass sie bald sterben muss, nicht wahr?«

»Ja, Vater.«

»Was genau konntest du denn sehen?«

Uta schluckte mühsam und suchte nach Worten, die dann heiser über ihre Lippen kamen. »Ich sah einfach nur – den Tod! Einen Totenschädel ohne Haut und Haar.«

»Wenn du wirklich diesen Schädel gesehen hast – wie kannst du wissen, ob er nicht nur Einbildung war? Und wieso deutest du ihn als Vorboten des Todes?«

»Vater, ich ...« Uta presste beide Hände an ihre Schläfen. »Ich kann dir diese Fragen nicht beantworten. Ich weiß nur, dass ich mir plötzlich völlig sicher war, dass Rotrud bald sterben wird. Vater, es war wie eine absolute Gewissheit – woher auch immer sie kam!«

»Und jetzt? Bist du immer noch überzeugt, dass deine Freundin sterben muss?«

Über Utas Wange kullerte eine Träne. »Bitte frag mich nicht warum, aber ich weiß es.«

»Sie ist tot«, bemerkte der Vater nach einer Weile.

Uta saß reglos da. Fast schien es, als sei ihr eine große Last von der Seele genommen. »Wann ist sie gestorben?«, fragte sie matt.

28

»Heute Morgen, bei dem Gewitter. Der Blitz hat sie erschlagen, auf dem Feld. Ein Knecht fand ihre Leiche. Das ganze Dorf weiß es bereits.«

Uta hatte die Augen fest verschlossen. »Ich hoffe nur«, sagte sie, »dass die Priester Recht haben. Dass Rotrud nun in Gottes Hand ist.«

»Wie es scheint, besitzt du eine seltene Gabe«, sagte der Vater nachdenklich.

Schluchzend warf sie sich ihm an die Brust. »Vater! Ich will diese Gabe nicht besitzen. Sie macht mir Angst.«

Hilflos strich er ihr übers Haar. »Mein Kind, es wird schon alles gut werden.« Sein Blick verlor sich in der Dunkelheit der Scheune.

Draußen, wo vor Stunden die Sonne hinter den Wäldern des Rurtals versunken war, tobte ein Hagelsturm. Seit dreißig Sommern – so wusste es der Knecht Arbo – hatte es im Erntemonat nicht mehr gehagelt. Damals hatte Arbo etwa elf Lenze gezählt. Das Unwetter hatte sich seiner Erinnerung nicht entzogen, denn an jenem Tag war sein Hund Loki gestorben. Loki hatte sich mit einem streunenden alten Wolf angelegt und den grimmig geführten Kampf nur um wenige Stunden überlebt. Dann war er seinen Wunden erlegen, trotz der aufopfernden Pflege, die Arbo ihm zukommen ließ. Und draußen hatte das Unwetter gewütet. Arbo erinnerte sich genau, es war der Erntemonat gewesen. Denn sein um die Ernte besorgter Vater hatte den Tod des treuen Hundes herzlos zur Kenntnis genommen.

Hagel im Sommer, das war kein gutes Omen! Damals war der Hagelsturm der Auftakt von drei miserablen Sommerernten in Folge gewesen. Not und Elend hatten sich des Landes bemächtigt. Zwei von Arbos vier Geschwistern waren entkräftet gestorben, die Mutter fast dem Wahnsinn verfallen. Das wenige Mehl, das ihnen noch zur Verfügung stand, wurde mit Erde vermischt, um Brot daraus zu backen. Wie die Fliegen waren die Menschen gestorben. Und schließlich war er, Arbo, wie eine Ziege verkauft worden.

Zum Glück hatte sein Herr und Besitzer ihn nie wie eine Ziege behandelt. Obgleich nur Sklave, hatte Arbo ordentliche Kleidung und ausreichend zu essen erhalten. Wernar war ein recht wohlhabender Bauer gewesen, der selbst in den Zeiten der Not von seinen Reserven hatte zehren können. Als er eines Tages starb und sein gleichnamiger Sohn und dessen Frau Gisela den Hof übernahmen, änderte sich für Arbo nicht viel. Auch der jüngere Wernar behandelte ihn gut, holte sich überdies seinen Rat ein, wenn wichtige Entscheidungen gefällt werden mussten. Mit dem Reichtum jedoch war es vorbei. Im Reich hatten sich die Zeiten und Verhältnisse geändert. Macht und Einfluss der Adeligen waren immer größer geworden. Freie Bauern spürten den kalten Windhauch drohender Schwerter.

Die Familienmitglieder kauerten um das offene Herdfeuer, über dem ein dampfender Kessel schwebte. Arbo, auf seiner Bank an der Wand liegend, betrachtete sie der Reihe nach: Wernar, sein Herr – er wirkte abgezehrt und teilnahmslos, apathisch stierte er auf die glimmenden Scheite. Auch das Gesicht der Herrin, Gisela, war fahl und blass, dies freilich schon seit längerer Zeit. Der kleine Hugo hüstelte wieder, man hatte ihm ein Schaffell über die Schultern gelegt. Uta streichelte nachdenklich den Kopf eines jungen schwarzen Hundes, der dösend neben ihr lag.

»Ich will nicht, dass er kommt«, sagte sie zum Vater und hoffte, dass das Unwetter den Gast, den die Eltern herbestellt hatten, noch eine Weile fernhalten würde.

Wernar breitete beschwörend die Hände aus. »Aber Kind. Du hast selbst gesagt, dass du diese Gabe nicht besitzen willst. Also lass dir helfen, in Gottes Namen.«

»Dieser Mönch ist ein Säufer und Kinderschänder. Wie soll ein solcher Mensch mir helfen?«

Gisela, die Bäuerin, erwachte aus ihrer Erstarrung und presste einen knochigen Finger auf ihren Mund. »Still, Unselige. Wie kannst du so von einem Mann Gottes sprechen?«

»Auch der liebe Gott dürfte nicht erfreut sein über Remigius' Treiben.«

»Du hast es gerade nötig, über andere zu richten!«

»Was willst du damit sagen, Mutter? Dass gerade ich, die Besessene, besser den Mund halten sollte? Ich habe mir diese Gabe, von der du glaubst, sie stamme vom Teufel, nicht ausgesucht. Außerdem richte ich nicht. Ich spreche aus, was allgemein bekannt ist. Dieser Mönch säuft wie ein Loch und vergreift sich an Kindern.«

»Haltlose Gerüchte! Nie hat eines der Kinder ihn beschuldigt.«

»Weil er ihnen mit allen Höllenstrafen droht. Frag doch Hugo, wo der fromme Bruder ihn anfassen wollte, als er das letzte Mal bei uns war.«

»Unsinn! Segnen wollte er den Kleinen.«

Hugo wurde von einem neuerlichen Hustenanfall geschüttelt. Uta ließ ab von dem Hund, um stattdessen den Rücken des Bruders zu streicheln. Dies schien ihm augenblicklich Linderung zu verschaffen.

»Warum gehst du nicht schlafen, Herzbrüderchen?«

Hugo nickte und ging hinüber zu seinem Lager.

»Hast du vielleicht auch den Tod in den Augen deines Bruders gesehen?«, fragte Gisela finster.

»Keine Sorge, Mutter. Hugo hat nichts zu befürchten.«

»Fragt sich, wie lange noch.«

»Vielleicht wird er eines Tages gesund.«

»Ja. Wenn seine Schwester mit der Teufelsgabe ihm die Krankheit aus dem Leib zaubert.«

»Warum redest du so, Mutter? Wer sagt, dass die Gabe vom Teufel kommt?«

»Käme sie vom Himmel, so wäre sie etwas Gutes, Erstrebenswertes. Nichts, was uns Furcht einjagt.«

»Hat der liebe Gott dir das zugeflüstert?«

»Genug jetzt!« Des Vaters Stimme dröhnte durchs Haus. »Uta, es ziemt sich nicht, so mit seiner Mutter zu reden!«

Uta senkte den Kopf. »Gewiss nicht. Es tut mir leid.«

»Ob Remigius dir helfen kann, Uta, wissen wir nicht«, fuhr Wernar ruhiger fort. »Aber wir wollen es nicht unversucht lassen.«

Schweigend stierten sie in die Glut.

Eine knappe Stunde verging, bis es an der Tür klopfte. Herein trat ein kleiner Mann in einer Mönchskutte. Frater Remigius lebte in einer Einsiedelei am Waldrand hinter dem Dorf. Niemand wusste, warum er einst den Konvent der Aachener Benediktiner verlassen hatte. Man munkelte, er sei von seinen Mitbrüdern verstoßen worden, doch niemand wusste es genau. Jetzt lebte Remigius von der Gunst und den Gaben der Bauern, für deren Heil er, wie er behauptete, in der Stille des Waldes unablässig betete. Obwohl viele ihn für einen Tunichtgut hielten, ließ man ihn gewähren, zumal er stets bereitwillig erschien, wenn geistlicher Beistand gewünscht wurde.

Remigius streifte sich die Kapuze vom Kopf, zum Vorschein kam ein rundes, teigiges Gesicht. Aus schmalen Augen unter hängenden Lidern musterte er die Familienmitglieder, die um das Herdfeuer versammelt saßen. Ein Kranz von verdreckten Haaren umgab seine Tonsur. Sein unsteter Blick ließ vermuten, dass er ständig auf der Hut war.

»Danke, dass du gekommen bist, Bruder.« Gisela trat dem Mönch verlegen gestikulierend entgegen. »Vermutlich ahnst du ja bereits, warum wir dich rufen ließen.«

Remigius nickte knapp und nahm Uta in Augenschein. Die machte sich nicht die Mühe, dem Ankömmling Aufmerksamkeit zu schenken. »Ja«, sagte er mit einem Ernst, der gar nicht zu seiner trillernden Stimme passen wollte. »Verzeiht, dass ich so spät komme. Das Unwetter ...«

»Gewiss, Frater.« Mit einer Handbewegung lud Wernar den Gast ein, sich zu ihnen ans Herdfeuer zu setzen. Remigius ließ sich nieder.

»Halten wir uns nicht mit langen Vorreden auf«, begann er, »wir alle wissen, worum es geht: Eure Tochter ist von einem bösen Geist besessen.«

»Und woraus schließt du das?«, fragte Uta mit verächtlichem Grinsen.

»Wenn jemand übernatürliche Gaben empfängt, werden diese entweder von einer guten oder einer bösen Macht verliehen. Da unser Herrgott bekanntlich nicht möchte, dass der Mensch die Stunde seines Todes kennt, kann deine Gabe nur vom Teufel selbst stammen.«

»Auch ich wusste weder den Tag noch die Stunde von Rotruds Tod«, warf Uta ein, wütend darüber, sich vor diesem ärgerlichen Mönch rechtfertigen zu müssen. »Ich wusste nur …«, ihre Lippen bebten, »… dass sie sterben muss.«

»Was ja dann auch geschah«, erwiderte Remigius ungehalten.

»Frater, kannst du etwas für sie tun?«, flehte Gisela.

»Vielleicht. Ich will versuchen, den unreinen Geist mit Gebeten aus ihrem Körper zu treiben. – Leg dich rücklings auf den Boden!«, forderte er Uta auf.

Uta sah ihren Vater fragend an. Erst als dieser nickte, kam sie der Aufforderung des Mönchs widerwillig nach. Remigius kniete sich neben sie und zückte ein kleines erdfarbenes Behältnis aus seinem Gewand.

»Was ist das?«, fragte Uta skeptisch.

»Geweihtes Wasser.« Er ließ den Blick durch das Haus schweifen, das von der Glut des Herdfeuers nur noch mäßig erhellt war. Immerhin konnte Remigius noch den schlummernden Knecht erkennen, obwohl Uta überzeugt war, dass Arbo seinen Schlaf nur vortäuschte und in Wirklichkeit das Geschehen aufmerksam verfolgte. Zuletzt nahm der Mönch auch den kleinen Hugo wahr, der, anders als Arbo, tatsächlich schlief.

»Ruft den Knaben her«, sagte der Mönch. »Er sollte früh erkennen lernen, welcher Weg der rechte ist.«

»Hugo bleibt, wo er ist«, erwiderte Uta, die dem Mönch im Stillen unkeusche Gedanken unterstellte. »Beginne endlich mit deinen ... Gebeten. Oder was auch immer du vorhast.«

Remigius zuckte mit den Schultern und zog den Stopfen aus seinem Behältnis.

»Mädchen, willst du, dass ich den unreinen Geist aus deinem jungfräulichen Leib vertreibe?«

»Deshalb bist du doch gekommen, oder nicht?«

»Uta«, zischte Wernar. »Er will dir helfen.«

Uta unterdrückte einen Seufzer und beantwortete Remigius' Frage ein zweites Mal. »Ja, ich will!«

»Nun gut, dann schließ die Augen: *In nominus Patri et filius et spiritis sancti!*«

Wassertropfen benetzten ihr Gesicht. Der Frater beugte sich über sie und murmelte weitere Verse. Sie roch die Weindünste, die ihn umwehten. Seine helle Stimme wurde immer eindringlicher, bis sie in einen inbrünstigen Singsang überging.

»Bringt mir eine Rute«, befahl er den Eltern.

»Eine Rute?«

»Herrgott, ja. Oder einen Stock, irgendetwas. Beeilung!«

Gisela gab ihm einen Ast, der für das Herdefeuer bereitlag. Damit begann Remigius auf die Liegende einzudreschen.

»Er ist wahnsinnig!« Uta machte Anstalten, sich den Schlägen zu entziehen. Allein der Befehl des Vaters hielt sie zurück.

»So bleib doch liegen! Du hast es gleich geschafft!«

Der junge Hund fühlte sich indessen berufen, der Gepeinigten zu Hilfe zu kommen. Knurrend zerrte er an der Kutte des Mönchs, der das Tier in seiner Ekstase nicht wahrzunehmen schien. Wernar sorgte mit einem Fußtritt dafür, dass der Hund sich trollte.

»Weiche, unreiner Geist!«, schrie Remigius. »Weiche aus dem Leib dieser Jungfrau! Die Macht Christi ist größer als deine! Verschwinde in deine stinkende Unterwelt!«

Noch einige Male drosch er auf Uta ein, dann sackte er erschöpft in sich zusammen. Eine Weile blieb es totenstill im Haus. Uta biss auf die Zähne. Die Körperstellen, die der Mönch mit seiner Rute bearbeitet hatte, brannten wie Feuer. Am liebsten hätte sie laut geschrien und unterließ es nur ihren Eltern zuliebe.

»Ist der unreine Geist aus ihr gewichen?«, fragte Gisela hoffnungsvoll.

»Wir werden sehen. Bringt mir ein Huhn. Und ein Handbeil.«

Abermals kam Gisela seinen Wünschen nach. Remigius nahm das schlaftrunkene Huhn, das Gisela ihm reichte, in Empfang und begutachtete es von allen Seiten. »Nicht gerade das fetteste«, murmelte er. Dann forderte er Uta auf, dem Tier in die Augen zu schauen.

Uta richtete sich auf und schüttelte fassungslos den Kopf. »Ich soll ... was?«

»Schau dem Huhn in die Augen und stelle keine Fragen!«

Uta tat es, hoffend, dass diese unwürdige Prozedur endlich ein Ende fand. Das Huhn wirkte in den fleischigen Händen des Mönchs wie gelähmt. In den Augen des Tieres schimmerte Angst. Angst und –

»Nun? Was siehst du?«

»Ein Huhn.«

»Törichte! Was erkennst du in seinen Augen?«

Uta zögerte. »Nichts«, bekannte sie endlich.

»Wirklich nichts?«

»Was gäbe es wohl in den Augen eines Huhns zu sehen?«

»Ich weiß nicht. Vielleicht, dass es bald sterben muss?«

»Ich sehe aber nichts.«

»Hmmh!« Remigius griff nach dem Handbeil, drückte das Huhn zu Boden und schlug ihm mit einem einzigen Hieb den Kopf ab. Der Körper des getöteten Tieres zappelte noch ein paar Augenblicke, bevor das Leben ganz aus ihm wich.

Remigius fegte ein paar Federn, die vor seiner Nase flatterten, beiseite. »Das Ritual war erfolgreich«, verkündete er strahlend. »Der unreine Geist hat deinen Körper verlassen, Mädchen.«

»Was für ein Segen«, knurrte Uta.

Wernar und seine Frau sahen sich an.

»Dem Herrn sei's gedankt«, sagte Gisela. »Wie können wir dich für deine fromme Tat belohnen, Bruder Remigius?«

Der Mönch winkte ab. »Im Himmel wird es mir tausendfach vergolten. Inzwischen gebe ich mich mit dem Huhn zufrieden.« Er griff nach dem kopflosen Tier und verschwand Richtung Tür. Ein letztes Mal wandte er sich um, spendete einen fahrigen Segen und verließ das Haus.

»Hoffentlich erstickt er an dem Huhn«, zischte Uta und weckte damit einmal mehr den Unmut der Mutter.

»Schämen solltest du dich, einem Mann Gottes so etwas zu wünschen. Zumal er dich von deinem Übel befreit hat.«

»Einen Dreck hat er.«

»Wie meinst du das?«, fragte der Vater streng.

»Selbst in den Augen dieses armen Huhns konnte ich den Tod sehen.«

Wernar und Gisela schnappten nach Luft.

»Aber du hast gesagt ...«

»Ich habe diesen Scheinheiligen belogen, na und? Es war sowieso kein guter Einfall, ihn zu rufen. Ich wusste genau, dass er mir nicht helfen würde. Aber ihr wolltet mir ja nicht glauben.«

»Und was nun?«, schluchzte Gisela.

Nachdenklich betrachtete Uta den abgeschlagenen Hühnerkopf. »Wie es scheint«, sagte sie schweren Herzens, »muss ich lernen, mit dieser Gabe zu leben.«

2

An einem nasskalten Herbsttag überbrachte mir mein jüngerer Bruder Dietram die Nachricht vom Tode des Vaters. Der Abt ließ mich ziehen, damit ich am Begräbnis teilnehmen konnte. Gemeinsam mit dem Bruder ritt ich nach Cornelimünster, in meine Heimat, die ich vor einigen Jahren verlassen hatte.

Hilmintrud, die Witwe meines Vaters, hatte sich kaum verändert. Sie war jung und schön, so wie ich sie in Erinnerung hatte, wenngleich die Trauer um den Verstorbenen ihr Lächeln versiegelt hatte. Dem Leser wird es inzwischen kaum entgangen sein, dass ich jener Hilmintrud – die meine Stiefmutter war, obgleich sie meine Schwester hätte sein können – eine besondere Aufmerksamkeit widme, wie es mir als Diener des dreieinigen Gottes nicht zukommen sollte. Dennoch tue ich es, mit der einen Absicht: Überzeugt, dass Gott mir die sündigen Gedanken von einst verziehen hat, möchte ich meinen jüngeren Mitbrüdern in Christo Mut zusprechen. Gott schuf uns als Menschen, nicht als himmlische Wesen. Unseren Platz im Paradies müssen wir uns während des mühseligen Erdendaseins erst verdienen. Dazu zählen auch Prüfungen, die Gott uns auferlegt. Wir dürfen schwach sein, wären wir sonst Menschen?

Ja, ich habe Hilmintrud geliebt. Nicht, wie man eine Mutter liebt oder eine Schwester. Noch bevor der Vater sie zu seiner dritten Gemahlin machte, hatte ich der Magd heimlich mein Herz verschrieben. Ich liebte ihr sanftes Gemüt, ihr herzliches Lachen, ihre weichen Hände, mit denen sie mir neckisch über den Kopf strich, ahnte sie doch nicht, was sie mir damit antat. Meine Liebe habe ich ihr damals nicht gestanden, erst viele Jahre später. Und als der Vater seinen Kindern kundtat, dass er Hilmintrud ehelichen würde, brach eine Welt für mich zusammen. Zwar hatte in mir schon immer der Gedanke gekeimt, ein Leben im Dienste Gottes zu führen, doch erst die Heiratspläne meines Vaters ließen mich endgültig den Beschluss fassen, einem Orden beizutreten. Ich wählte ein Kloster fernab der Heimat, um jeglichen Versuchungen widerstehen zu können – Stablo.

Als ich Hilmintrud wiedersah, an jenem Tag der Beisetzung, hatte ich bereits meine ewigen Gelübde abgelegt. Ich gestehe, dass ich einen Schwindel erregenden Augenblick lang mit dem Gedanken spielte, dem Klosterleben zu entsagen und mich der Witwe des Vaters anzunehmen. Doch schnell obsiegte die Vernunft, und während ein Mitbruder der Benediktiner am Grab meines Vaters das Totengebet sprach, flehte ich Gott im Stillen um Vergebung an. Übrigens erfuhr ich später, dass einer meiner Oheime – ein verwitweter Bruder meines Vaters, er hieß Ludwig – Hilmintrud zu seiner Gemahlin machte. Dies ließ die Sünde der Eifersucht in mir gären. In meinen Träumen begegnete mir Oheim Ludwig manche Male, und immer war er ein Rivale.

Als ich am Morgen nach Vaters Begräbnis nach Stablo zurückkehrte, begleitete mich abermals mein Bruder Dietram. Unterwegs erkundigte er sich nach dem Grund meiner Schweigsamkeit. Kurz spielte ich mit dem Gedanken, mich dem jüngeren Bruder anzuvertrauen, besann mich aber anders und begründete meine Wortkargheit mit der Trauer um den verstorbenen Vater.

Freilich sollen die Verwirrungen meiner Seele in jenen Jahren nicht Gegenstand meiner Niederschrift sein. Wenn ich dennoch von meinen persönlichen Empfindungen berichte, dann auch deshalb, weil es mir Erleichterung verschafft. Nachfolgende Generationen sollen begreifen, dass auch wir damals nichts weiter als unseren Alltag lebten. Denn nicht der Gedanke an das Ende der Welt erfüllte die Menschen. Unser von Gott geschenktes Leben mit all seinen Nöten musste erst noch gelebt werden, bevor der Jüngste Tag anbrach, sofern man nicht ohnehin an den Prophezeiungen zweifelte. Mir scheint, als glaubten heute viele junge Menschen, wir hätten unsere Tage ohne

Unterlass im Gebet verbracht, bittend, büßend, wehklagend und angstvoll erstarrt ob des himmlischen Strafgerichtes, das über die Menschheit zu kommen drohte. Gewiss, ein Strafgericht sollte wirklich über uns kommen. Doch ich greife den Ereignissen zu weit voraus.

Es waren die Jahre, als die Erben des großen Karl sich um das Reich Kaiser Lothars[5] stritten. Auch des Kaisers gleichnamiger Sohn war nämlich inzwischen verstorben. Seine beiden Oheime teilten das Mittelreich unter sich auf[6], doch Ruhe sollte den Menschen meiner Heimat nicht beschieden sein. Der Tod König Ludwigs[7] weckte die Habgier seines Bruders Karl[8], der sich flugs zum Kaiser krönen ließ und sich dem Sohn und Nachfolger Ludwigs mit Heeresmacht entgegenstellte. Bei Andernach fiel die Entscheidung. In einer gewaltigen Schlacht wurde das Heer Kaiser Karls geschlagen; der Sieg des jüngeren Ludwigs war vollständig.[9] Ein Jahr später, als der Bruder seines Vaters starb, brachte Ludwig auch den westfränkischen Anteil Lotharingiens an sich.

Es war eine Zeit der ständigen Not. Immer wieder zogen Heere durch das Land, sie fraßen, plünderten, vergewaltigten und trieben die hilflosen Bauern in die Verzweiflung. Doch keiner der Leidgeplagten konnte ahnen, dass die Armeen, die da über ihre Felder trampelten, wahre Friedensbringer waren im Vergleich zu den Horden, die bald das Land heimsuchen sollten.

Als die Menschen sich ein kaiserliches Heer herbeisehnten, das sie von der Geißel aus dem Norden befreite, hofften sie vergebens.

---

5   Gemeint ist das »Regnum Lotharii«, später Lothringen genannt. Es lag zwischen den beiden anderen karolingischen Reichen (Westfranken, Reich Karls des Kahlen, und Ostfranken, Reich Ludwigs des Deutschen). In Lothringen lag auch die Kaiserpfalz Aachen.

6   Vertrag von Meersen, 870.

7   Gemeint ist Ludwig der Deutsche; die Beinamen der Herrscher stammen zumeist von späteren Geschichtsschreibern.

8   Karl der Kahle.

9   Schlacht von Andernach, 876.

Januar 880 A. D.

Der Raum, den Roland betrat, war erfüllt von Geruch nach Krankheit und Siechtum. Das Kohlebecken vermochte kaum Wärme abzustrahlen, und in einem Kandelaber aus Bronze neben der Bettstatt des Vaters flackerten unruhig ein paar Kerzen. Der Medicus, ein alter Jude, der täglich aus Jülich eintraf, um nach dem Patienten zu schauen, hockte auf einem Schemel und tastete den Puls des Kranken. Bertha, die Gattin des Gaugrafen, stand neben dem Heilkundigen und schluchzte in ein Tuch, das sie sich vor den Mund presste.

Roland trat näher. »Wie geht es ihm?«, fragte er flüsternd.

Der Medicus machte eine abwägende Geste mit der Rechten. »Sein Schlaf hält an. Wenigstens hat sein Zustand sich nicht weiter verschlechtert.«

»Und was bedeutet das?« Roland machte aus seiner Ungeduld keinen Hehl. »Wird er leben oder sterben?«

»Das weiß der Allmächtige allein«, seufzte der Medicus.

»Der Allmächtige! Warum seid ihr Ärzte? Niemals könnt ihr eine klare Aussage treffen.«

Der Medicus war offensichtlich eingeschnappt. »Ich bin kein Prophet, Herr.«

»Wie gedenkst du ihn weiter zu behandeln?«

»Morgen werde ich Euren Vater noch einmal zur Ader lassen, damit ...«

»Damit die bösen Säfte aus seinem Körper fließen, ja, ich weiß.«

»Wenn Ihr wollt, könnt Ihr ja einen anderen Heilkundigen kommen lassen, Herr. Ihr werdet sehen, dass ...«

»Dass ihm auch nichts anderes einfällt. Schon gut, du kannst gehen.«

Der Medicus erhob sich, packte mit finsterem Gesicht seine Utensilien zusammen und verließ, nachdem er sich vor den Herrschaften verbeugt hatte, zügig den Raum.

»Warum warst du so garstig zu ihm, Roland?«, fragte die Gaugräfin. Tränen rollten über ihre Wangen.

»Weil ich ihn mehr sehen kann, diesen Quacksalber.« Er betrachtete den schlafenden Vater, dessen Atem unruhig rasselte.

»Er wird wohl sterben«, schluchzte die Gräfin. »Dann wird man dich zum Gaugrafen machen.«

»Vater lebt noch, Mutter.«

»Dank der Gnade Gottes.«

»Doch selbst wenn er überlebt, ist es fraglich, ob er seine körperlichen und geistigen Kräfte wiedererlangen wird.«

Der Gräfin stockte der Atem. »Worauf willst du hinaus?«, fragte sie lauernd.

»Die Verhältnisse im Reich sind unsicher. Wer weiß schon, wie lange Ludwig noch König sein wird und ob nicht einer seiner Vettern ihn mit Heeresmacht zum Teufel jagt. Wie oft schon wurde dieses Reich geteilt. Es wird wieder geschehen. Wir sollten frühzeitig dafür Sorge tragen, dass der Jülichgau in der Hand unserer Familie bleibt.«

»Du willst ...?«

»Vorbeugen, Mutter. Meine Nachfolge schon jetzt legitimieren lassen.«

»Noch atmet dein Vater.«

»Es wäre auch in seinem Interesse.«

Die Lippen der Gräfin zitterten. »Noch nie hast du dich um die Interessen deines Vaters geschert.«

»Wie kannst du so etwas nur sagen?«

»Seit Jahren bekniet er dich, der du nun so leichthin von Nachfolge plapperst, doch endlich den Sohn zu zeugen, der unser Geschlecht am Leben hält.«

»Mutter, ich ...«

»Schweig. Längst weiß ich, dass du deine Gemahlin nicht anrührst. Oft genug hat sich Adelheid sich bei mir ausgeweint.«

»Dieses hinterhältige Weibsstück!«

»Ich würde sie ein bedauernswertes nennen. Warum rührst du sie nicht an?«

Roland biss sich auf die Lippen.

»Antworte deiner Mutter!«

»Sie hat nichts, wirklich nichts, was Begierde in mir weckt.«

»Aber diese Magd aus dem Gesinde, die vermag dich zu entflammen, wie? Willst du lieber einen Bastard zeugen? Geh mir aus den Augen. Und sprich nie wieder über deines Vaters Nachfolge, solange er noch unter uns weilt.«

Sie ergriff die Hand ihres Gatten, um sie sanft zu streicheln und schenkte dem Sohn keine weitere Beachtung.

Eilig verließ Roland den Raum. Vor der Tür stand seine Gemahlin Adelheid, die ihn trotzig ansah. Roland musterte sie kalt.

»Du hast gelauscht.«

»Deine Sünden kannst du nicht ewig verheimlichen.«

»Ich weiß nicht, wovon du sprichst.«

»Vielleicht von deinen nächtlichen Abenteuern mit jener Magd?«

»Ich tue, was mir gefällt.«

Er wollte sich an ihr vorbeizwängen, doch sie hielt ihn fest.

»Was«, fragte sie beschwörend, »hat diese Magd, was ich nicht habe?«

Er musterte sie von neuem, als sähe er sie zum ersten Mal. Adelheid war kein hässliches Weib. Ihr Gesicht war hell und ebenmäßig. Blondes langes Haar quoll unter der Haube hervor.

»Lass uns ins Schlafgemach gehen«, hauchte sie. »Erfüllen wir endlich den Wunsch deiner Eltern und zeugen einen Sohn. Für sie. Und für uns.«

Roland riss sich jäh von ihr los. »Warum gehst du nicht wieder zu meiner Mutter und heulst ihr etwas vor?«

»Seit unserer Hochzeitsnacht hast du mich nicht mehr angerührt. Warum?« Als er nicht antwortete, sondern zur Tür schritt, um das Haus zu verlassen, schmetterte sie ihm eine weitere Frage hinterher. »Du gehst zu *ihr*?«

»Wohin sonst?« Mit einem wölfischen Grinsen verschwand er in die Nacht.

Schlaflos wälzte sich Uta auf ihrem Nachtlager. Der Wind pfiff durch die mit Lehm verschmierten Wände aus Flechtwerk.

Wernar und Arbo schnarchten um die Wette. Hugo murmelte im Schlaf ein paar unverständliche Worte, und die Mutter suchten Träume heim. Böse Träume. Denn unruhig fuchtelte sie mit ihren Händen in der Luft.

Fast fünf Jahre waren vergangen seit dem schwülen Sommertag, an dem sich alles verändert hatte. Jener Tag, als Uta zur Komplizin des Todes geworden war. So zumindest sahen es die Leute des Dorfes, die sie seitdem weitgehend mieden. Zum Leidwesen ihrer Eltern war sie eine Geächtete geworden.

Längst war Uta mit ihren siebzehn Jahren über das heiratsfähige Alter hinaus, doch keiner der hiesigen Bauern wäre bereit gewesen, seinen Sohn mit Wernars unheimlicher Tochter zu vermählen. Die jungen Burschen, die ihr begegneten, waren hin- und hergerissen. Uta war sich der seltsamen Anziehungskraft, die sie auf Männer ausübte, bewusst, begriff aber nicht, warum dies so war. Andererseits entging ihr nicht, dass die Burschen gleichwohl Distanz zu ihr zu wahren, weil sie offenbar den mahnenden Worten ihrer Mütter gehorchten.

Utas Hund Frido, der neben ihrer Schlafstätte lag und ihre Unruhe wahrnahm, stieß sie mit der Schnauze an. Sie tätschelte ihm den Kopf. Abgesehen von ihrem Bruder war Frido ihr einziger Freund. Darüber hinaus besaß sie allerdings noch eine mysteriöse Vertraute: Obwohl Rotrud seit langem begraben lag, hielt Uta, wenn sie sich schlecht fühlte, Zwiesprache mit ihr. Dann bekannte sie der Verstorbenen ihren Kummer, ihre Sorgen, ihr Leid – und die Freundin antwortete ihr. Uta versuchte erst gar nicht, sich gegen ihre Einbildungskraft zu wehren. Es war tröstlich zu wissen, dass Rotrud ihr verziehen hatte. Rotrud hätte ja auch keinen Grund gehabt, ihr weiter gram zu sein, denn Uta hatte damals ja nur die Wahrheit

prophezeit. Es war wunderbar, wieder vertraute Gespräche mit ihr zu führen, als sei nie etwas zwischen ihnen vorgefallen. Rotrud schien es gut zu gehen, auch wenn sie sich keinerlei Aussagen über Himmel, Jenseits oder Unterwelt entlocken ließ.

In den vergangenen Jahren hatte Uta noch drei weitere Male den Tod anderer Menschen vorhergesehen. Das erste Mal hatte ein Bauer aus Güsten, der von ihrer Gabe gehört hatte, sein krankes, gelähmtes Mütterchen in einem rumpelnden Handkarren zu ihr gebracht und ihr die schreckliche Frage gestellt. Am liebsten wäre Uta weinend davongerannt, doch dem Bauern war es ernst gewesen, und auch die Kranke selbst bat flehentlich um Antwort. Widerstrebend bekannte Uta, dass das Unausweichliche bald eintreten werde. Der Sohn der Kranken heulte schmerzlich auf, doch die Todgeweihte trug es mit Fassung, ja mit Erleichterung. Sie war, wie später zu hören war, noch am Abend gestorben.

Das zweite Mal war es auf dem Markt zu Jülich geschehen, den der alte Gaugraf wöchentlich abhalten ließ. Uta war mit ihrem Bruder dort gewesen, um Äpfel zu verkaufen. Einem der Käufer hatte der Tod in den Augen gestanden. Uta flüsterte es hinterher schaudernd ihrem Bruder zu, doch dummerweise hatte der herumlungernde Bub eines Kesselflickers feine Ohren. Als ein betrunkener Raufbold dem Mann am Abend bei einer Wirtshausschlägerei ein Messer in die Kehle bohrte und die Nachricht von dieser Bluttat die Runde machte, machte des Kesselflickers Söhnchen Utas Prophezeiung öffentlich. Wieder wurde über sie gesprochen.

Und noch ein drittes Mal hatte sie dem Tod ins Antlitz geschaut – in den Augen der Mutter! Das war erst vor wenigen Stunden geschehen. Kein Wunder, dass an Schlaf nicht zu denken war.

Uta quälte sich mit der Frage, ob sie der Mutter – oder irgendjemandem – von ihrer Gewissheit berichten musste. Sicher, Mutter kränkelte schon seit langem. Hager war sie geworden, gebeugt von Gicht und Rheuma. Aber noch war sie bisher in der Lage gewesen, ihrer Arbeit nachzukommen.

»Rotrud, was rätst du mir? Soll ich's ihr sagen? Damit sie sich auf das Jenseits vorbereiten kann?«

Eine schwierige Frage stellst du mir da!, antwortete die Freundin.

»Wenn nicht *du* in der Lage bist, mir einen Rat zu geben, wer dann? Gibt es diesen Gott, zu dem wir alle beten sollen?«

Rotrud kicherte. *Früher war ich es, die dir pausenlos Fragen stellte.*

»Heute bist du mir keine große Hilfe«, seufzte Uta und starrte in die Dunkelheit.

Dunkelheit umfing auch den Grafensohn Roland und die Magd Hruoswitha, die neben ihm im Stroh lag. Roland hatte eine wollene Decke besorgt, mit der sich die beiden vor der Kälte schützten. Nebenan, in der Koppel, schnaubten Pferde.

»War es schön für Euch, Herr?«

Als Roland nicht antwortete, drehte sich Hruoswitha zur Seite. »Warum ich?«, fragte sie leise. »Was liegt Euch an mir?«

»Nicht das geringste!«, erwiderte der Grafensohn und fügte nach einer Weile hinzu: »Es ist nur so, dass du mich an jemanden erinnerst.«

»An wen, Herr?«

»Das geht dich nichts an!« Und wie schon so oft in den vergangenen Jahren sah er das Bild des Bauernmädchens vor seinen Augen. Ihr braunes Haar! Ihre feinen Lippen. Die Sommersprossen in ihrem Gesicht. Und die Augen, aus denen der Trotz sprühte.

Sie hatte ihn geohrfeigt. Ihn, den kommenden Gaugrafen. Eine ungeheuerliche Tat, für die jeder andere bitter hätte büßen müssen. Doch das Mädchen hatte ihn in

seinen Bann gezogen. Er begehrte es. So sehr, wie er noch keine begehrt hatte. Er konnte sich das nicht erklären. Manchmal zog er die Möglichkeit in Erwägung, dass sie ihn verzaubert habe. Doch selbst das störte ihn nicht. Er hatte sich geschworen, dieses Bauernmädchen eines Tages zu besitzen.

Nein, seine Gemahlin vermochte sein Blut nicht in Wallung zu bringen. Gewiss, Adelheid war eine gute Partie. Tochter eines nicht unvermögenden Landadeligen. Und durchaus ansehnlich. Es hätte ihn also schlimmer treffen können an jenem Tag vor vier Jahren, als man ihm seine Braut vorstellte. Ebenso gut hätte sie bucklig oder zahnlos sein können. Oder verkrüppelt oder flachbrüstig. Adelheid war nichts von alldem. Sie hatte lohfarbenes Haar, wie man es aus Liedern kannte. Doch sie brachte sein Blut nicht in Wallung.

Schon in der Hochzeitsnacht hatte er sich vorgestellt, das Bauernmädchen läge neben ihm. Aber nicht lange hatte er sich dieser Illusion hingeben können. Denn letztlich war und blieb es Adelheid, seine Braut, die er in seinen Armen hielt. Nach dem Beischlaf hatte er sie von sich geschoben und seitdem nie wieder angerührt.

Als er Hruoswitha, die Magd, vor einigen Monaten zum ersten Mal gesehen hatte, war sie ihm im ersten Augenblick tatsächlich wie das Mädchen seiner Tag- und Nachtträume erschienen: Ein herb-schönes Antlitz und verlockende Konturen unter dem groben Wollstoff ihres Kleides. Doch schnell hatte Roland begriffen: Sie war es nicht. In den Augen der Magd fehlte das Feuer. Und trotzdem: Noch in der folgenden Nacht hatte er sie aufgesucht, tat es seitdem fast jeden Abend. Denn nur in Hruoswithas Armen bildete er sich ein, es sei das Bauernmädchen, deren Atem ihm entgegenschlug. Wenn aber der Akt der Vereinigung vorüber war, überkam ihn Verdrossenheit. Eines Tages – immer wieder erneuerte er diesen Schwur – würde er das Bauernmädchen besitzen.

Wenn er erst einmal Gaugraf war, würde sie es nicht wagen, sich ihm zu widersetzen.

»Er lebt immer noch«, murmelte Roland gedankenverloren.

»Ihr meint Euren Vater, Herr?«

Beinahe hätte er vergessen, dass Hruoswitha noch neben ihm lag. Sie war nackt und ihr Körper warm. »Ja, ihn meine ich.«

»Wird er sterben?«

»Das weiß der Allmächtige allein, sagen die Ärzte.« Er lachte hohl. »Sie reden wie die Pfaffen.«

»In den Dörfern lebt eine junge Frau«, erklärte Hruoswitha nachsinnend. »Es heißt, sie könne Menschen erkennen, die bald sterben.«

»Tatsächlich?« Wieder lachte Roland, diesmal klang es erheitert.

»Ihr solltet sie rufen lassen, Herr.«

Einen Augenblick lang schien Roland darüber nachzudenken. »Unsinn«, sagte er dann unwirsch. »Was schert mich das Geschwafel einer Zauberin?«

»Aber sie hat mit ihren Wahrsagungen noch immer Recht behalten.«

»Was nützt es mir, wenn sie mir offenbart, dass der Graf noch einige Jahre auf seinem Krankenbett dahinsiechen wird?«

»Ihr hättet Gewissheit.«

»Gewissheit, pah! Die kann man sich auf andere Weise verschaffen.«

»Wovon sprecht Ihr, Herr?«

Roland schwieg. Ein ungeheuerlicher Gedanke hatte ihn heimgesucht. Er wollte endlich mächtig sein. Plötzlich glaubte er, keinen Tag länger mehr warten zu können. Er schlug die Decke beiseite und tastete nach seinen Kleidern.

»Zieh dich an und verschwinde!«

Stumm kam Hruoswitha seiner Aufforderung nach und verließ den Stall.

»Wozu eine Zauberin fragen, wenn man auf andere Weise Gewissheit erlangen kann?«, sprach Roland zu sich selbst und erhob sich, um zur Tat zu schreiten. Sein Gesicht war eine Maske eiserner Entschlossenheit.

Draußen lief ihm Ricbald, der Stallknecht, geradezu in die Arme.

»Herr! Ihr hier?«

»Wie du siehst«, knurrte Roland. Hatte der Kerl sein Gespräch mit Hruoswitha belauscht? Doch es war nicht der rechte Augenblick, ihn einzuschüchtern, darum würde er sich später kümmern. Also ließ er Ricbald einfach stehen.

Das Haus der Grafenfamilie war der einzige aus Stein errichtete Bau innerhalb der Burganlage. Dunkel hoben sich die Mauern in den Nachthimmel. Roland verharrte kurz, um die Residenz zu betrachten. Längst hatte er beschlossen, sie auszubauen, wenn er Gaugraf sein würde. Und das Bauernmädchen würde dann immer in seiner Nähe sein.

Eine alte Magd hielt Wache am Krankenbett des Grafen, doch sie war eingeschlafen. Zusammengekauert lag sie am Boden, schnarchte wie ein Bär. Die schlafende Alte ersparte dem Sohn des Grafen weitere Überlegungen. Alles war so einfach. Es musste nur lautlos geschehen.

Spärliches Kerzenlicht. Gelbes Sekret verklebte die Augen des Grafen. Plötzlich öffneten sie sich.

Roland wollte erstarren. Wie konnte es sein, dass ausgerechnet jetzt, da er fest entschlossen war, das Schicksal in seine rechte Bahn zu lenken, dass ausgerechnet in diesem Augenblick das Bewusstsein des Vaters zurückkehrte?

Ihre Blicke trafen sich.

Kalt lief es Roland über den Rücken. Nein, es durfte nicht sein, sagte er sich. Und sogleich verflüchtigte sich das Grauen, das ihn kurz umfangen hielt.

Roland streckte eine Hand aus, presste sie auf Mund und Nase des Vaters. Ein fassungsloses Leuchten in den

Pupillen des Gelähmten. Roland war fest entschlossen, seinem Blick nicht auszuweichen.

Ein stiller Todeskampf, der eine halbe Ewigkeit zu dauern schien. Erst als der Sohn spürte, dass alles Leben aus dem Körper des Vaters gewichen war, atmete er erleichtert auf. Sein Herz klopfte ein wenig schneller, doch er fühlte sich gut wie schon lange nicht mehr.

»Hast du mich jemals geliebt, Vater?«, zischte er dem Toten zu.

Ein Blick auf die Alte. Sie schlief immer noch. Wenn sie aufwachte, würde es eine böse Überraschung für sie geben.

So leise, wie er gekommen war, verließ Roland die Todesstätte. Als er sich kurze Zeit später auf sein Bett legte, waren seine Gedanken bei dem Bauernmädchen.

3

Nach dem Begräbnis meines Vaters war ich nach Stablo zurückgekehrt, fügte mich wieder rasch in das Ordensleben ein und versuchte Hilmintrud zu vergessen.

Eine seltsame Ruhe lag über dem Land, und eine nicht minder sonderbare Schwermut hatte die Gemüter vieler Menschen ergriffen. Zumindest rückblickend habe ich diesen Eindruck, doch mag es sein, dass die eigene Trübsal und die folgenden Ereignisse meine Erinnerung nachhaltig verklären.

Ich hatte mich dem Abt in der Beichte anvertraut und ihm von den wirren Stürmen berichtet, die in meiner Seele tobten. Der Abt – noch heute höre ich seine tiefe Stimme, die etwas Beruhigendes hatte – zeigte sich verständnisvoll, befahl mir aber, in dieser Sache sorgsam mit mir selbst ins Gericht zu gehen. Immerhin, so meinte er, sei nicht auszuschließen, dass der Herrgott nun andere Pläne mit mir hege, andererseits könne es auch eine vom Teufel herbeigeführte Versuchung sein, die mich plötzlich zweifeln lasse.

Der Abt befreite mich für eine gewisse Zeit von meinen alltäglichen Pflichten und legte mir nahe, durch die Wälder der Umgebung zu spazieren, damit ich unter Gottes freiem Himmel, geleitet von Seiner gütigen Allmacht, den wahren für mich bestimmten Weg erkennen möge.

Ich tat, wie der Abt mir geheißen, und wandelte manche Stunde durch die Moore des Vennwaldes. Inzwischen hatte der Winter die Landschaft mit einer Schneedecke überzogen und ich erinnere mich, erbärmlich gefroren zu haben. Ich nahm die Kälte als eine Art von Buße hin, war ich doch schnell zu der Erkenntnis gelangt, dass meine Liebe zur Stiefmutter eine Versuchung des Teufels sei, der, auf der ständigen Suche nach Seelen, mich, den schwachen Theodorus, zu seinem Opfer erwählt habe. Ich schwor mir selbst und dem Allmächtigen, dieser Versuchung zu widerstehen, obgleich ich, einem Träumer gleich, das lächelnde Gesicht der Hilmintrud hinter jedem Baum und jedem Strauch zu erkennen glaubte. Ich hörte gar ihre weiche Stimme, die mir betörende Worte zuflüsterte.

Dann kam der Tag, an dem ich meine Zweifel besiegt glaubte. Ich hatte es geschafft, das Bild der Hilmintrud aus meinen Gedanken weitgehend zu verbannen und das Verlangen meiner Seele wieder Gott zu widmen, der offenbar noch wollte, dass ich ihm diene. Mit dieser freudigen und endgültigen Erkenntnis kehrte ich eines Mittags von einer Wanderung ins Kloster zurück. Von nun an wollte ich wieder gänzlich am Klosterleben teilnehmen, und ich freute mich darauf, dem Abt diesen Entschluss mitzuteilen.

Als ich das Klostergebäude erreichte, traf gerade ein fahrender Händler ein, dessen wie aus Stein gemeißeltes Gesicht den Anschein erweckte, der Herrgott habe ihm alle Sünden dieser Welt auf die Schultern geladen. Ich fragte ihn, ob ihm etwas Schreckliches widerfahren sei. Das könne man wohl sagen, erwiderte er, doch das Schreckliche würde nicht ihm allein widerfahren, sondern bald über die ganze Menschheit hereinbrechen. Um welches Unglück es sich hierbei denn handelte, wollte ich von ihm wissen. Er sah mich mit leeren Augen an und verstieg sich in ein Flüstern: Es sei wohl besser, wenn auch der Herr Abt erführe, was er gesehen habe.

Ich trug gleich einem Novizen auf, den Abt herbei-zurufen. Wenig später erschien dieser, und ich berichtete ihm vorab von den beunruhigenden Worten des Händlers. Der Abt winkte den Händler zu sich heran und erbat seinen Bericht. Als ich mich darauf bescheiden zurückziehen wollte, hielt der Abt mich fest, als sei er um jede Menschenseele froh, die eine schreckliche Gewissheit mit ihm teilen müsse. So erfuhren der Abt und ich es als Erste: Die wilden Nordmänner befanden sich bereits im Land!

Der Händler war aus Nimwegen gekommen. Auf dem Rheinfluss hatten er und die verängstigten Nimwegener zwei Tage zuvor fünf Drachenboote gesichtet. Mit quer gestellten Segeln waren die Nordmänner flussaufwärts gerudert. Blutrote Schilde hatten an den lang gestreckten Leibern der Drachen geprangt. Schaurig waren die rauen Gesänge der Bootsmänner zum Ufer herübergeschallt.

Unverzüglich hatte man alle Glocken läuten lassen. Die Nordmänner aber hatten die Stadt gar nicht beachtet, was jedoch nur kurzzeitig für Erleichterung sorgte, war man doch überzeugt, dass sie im Frühjahr zurückkehren würden. Die kleine Flotte war offenbar nur zur Erkundung der Gegend vorausgeschickt worden, zur Prüfung der Schiffbarkeit der Flüsse.

Am Abend, vor dem letzten Tagesgebet, offenbarte der Abt den Mitbrüdern die schreckliche Nachricht. Von da an beteten wir jeden Tag, jede Stunde, flehten wir den Herrn aus tiefstem Herzen im Namen der Menschheit an: »A furore Normannorum libera nos, Domine!«

Januar bis März 880 A. D.

Der Anblick des toten Gemahls ließ die Gräfin schwer atmen, doch es gelang ihr, die Fassung zu wahren. Ein seltsamer Zug umspielte ihre Lippen, Bitternis und Gewissheit zugleich offenbarend. Roland war hinter seine Mutter getreten und legte sanft die Hände auf ihre Schultern.

»Er schaut die Herrlichkeit des Himmelreiches, Mutter«, flüsterte er.

»Tut er das?« Berthas Stimme klang hohl und kalt.

»Sein Leiden hat ein Ende.« Unbeholfen nahm Roland die Hände von ihren Schultern und faltete sie zusammen, wie zum Gebet.

»Als dein Vater starb«, sagte Bertha so leise, dass ihre Worte nur schwer zu verstehen waren, »da weilte ich nicht bei ihm.«

Roland setzte ein entrüstetes Gesicht auf. »Warum ließ die alte Gunda, die bei ihm wachte, nicht nach dir rufen?«

»Sie schlief wohl, als er seinen Geist aushauchte«, seufzte die Gräfin.

»Ich werde sie hart bestrafen lassen!«

»Das wird deinen Vater nicht wieder zum Leben erwecken.«

»Sie ist schuld, dass er alleine war, als er seinen Weg ins Himmelreich antreten musste.«

»War er wirklich alleine?«

Sie fixierte ihn mit eisigem Blick. Roland hielt ihm nur mit Mühe stand. »Ich weiß nicht, was du meinst, Mutter.«

»Schwöre!«, erwiderte sie. »Schwöre, dass du in der Nacht nicht an seinem Bett gestanden hast!«

Nach einem Augenblick der Stille lachte Roland belustigt auf. »Mutter! Was für Gedanken hegst du?«

»Warst du hier?«

»Warum hätte ich wohl hier sein sollen?«

»Schwöre es!«

»Ich soll es schwören? Mutter!« Roland verstieg sich in ein Flüstern. »Glaubst du allen Ernstes, ich hätte ...«

»Schwöre es!«, verlangte Bertha abermals.

Rolands Lippen bebten. »Du hältst es tatsächlich für möglich, dass ich meinen eigenen Vater ...« Er schüttelte ungläubig den Kopf.

»Ich habe von dir einen Schwur verlangt, nicht mehr und nicht weniger. Schwöre, dass du in der Nacht nicht am Krankenlager deines Vaters warst.«

»Ich schwöre!«, schrie der Sohn des Grafen, dem durchdringenden Blick der Mutter ausweichend. Ein letztes Mal sah er in das tote Antlitz des Vaters und verließ mit wütenden Schritten die Kammer.

Draußen schneite es. Ein kalter Wind wirbelte Schneeflocken durch die Luft. Roland zog den Umhang fest um seine Schultern und schritt hügelabwärts, wo sich die Katen der Handwerker im Dunst des Wintermorgens schemenhaft abzeichneten. Hammerschläge verkündeten, dass man bereits der Arbeit nachging.

Roland erreichte die Stallungen.

»Ricbald!«, rief er. »Wo steckst du?«

Fast unverzüglich erschien die gedrungene Gestalt des Stallknechts vor dem Tor.

»Herr«, sagte er überrascht. »So früh schon auf den Beinen?«

»Von heute an wirst du mich Graf nennen, verstanden?«

Der Stallknecht war einen kurzen Augenblick lang begriffsstutzig. Doch als er aber verstanden hatte, senkte er ergeben den Kopf.

»Ja, mein Graf.«

»Sattle den Rappen. Ich reite aus.«

Unter weiteren Bücklingen kehrte Ricbald in den Stall zurück. Roland folgte ihm. Mit verschränkten Armen sah er dem Stallknecht zu. Der fühlte sich unbehaglich unter dem starren Blick des Mannes, der sich soeben als der neue Graf des Jülichgaus ausgegeben hatte, obwohl – das wusste

selbst ein einfacher Stallknecht – nur der König ihm dieses Amt verleihen konnte.

»Euer Vater war ein guter Mann, mein Graf«, erklärte Ricbald, dem das eigenartige Schweigen inzwischen unerträglich erschien. »Gewiss werdet Ihr ein würdiger Nachfolger sein.«

Roland verzog keine Miene.

»Ich wüsste nur zu gerne«, sagte er nach einer Weile lauernd, »was du nachts in den Ställen zu suchen hast, Ricbald.«

»Eine der Stuten ist trächtig«, erwiderte der Stallknecht mit einem gequälten Lächeln, »und wenn es sein muss, schaue ich auch nachts nach ihr.«

»Weißt du, was Sodomie ist, Ricbald?«

Der Stallmeister erbleichte. »Mein Graf?«

»Nun, ich bin sicher, dass du das weißt. Und bestimmt weißt du auch, dass die Priester den Tod der Menschen fordern, die es mit Tieren treiben.«

»Herr ..., ich meine, mein Graf, ich ...«

»Schon gut, Ricbald, schon gut.« Roland machte eine beruhigende Geste mit den Händen, die im Widerspruch zu dem bösen Lächeln stand, das um seine Mundwinkel lag. »Wir beide werden uns prächtig verstehen. Kleine Geheimnisse sollte man für sich behalten, nicht wahr?«

»Wie? Oh ja, unbedingt, mein Graf.« Mit zitternden Händen prüfte er ein letztes Mal den Halt des Sattels. »Auch ich bin niemand, der etwas ausplaudert, Ihr könnt mir vertrauen«, fügte er angstvoll hinzu.

»Das ist gut«, lobte Roland. »Sehr gut.«

Er nahm den Zügel, den der Stallknecht ihm reichte, und führte das schnaubende Tier nach draußen. Hier schwang sich Roland in den Sattel und verließ die Altenburg, die endlich ihm gehörte.

Der Schneefall nahm zu. Inzwischen lagen die Äcker unter einer geschlossenen weißen Decke verborgen, und die kahlen Baumkronen des nahen Waldes wirkten im

Dunst wie die erhobenen Arme von Gespenstern. Eine noch nie empfundene Euphorie hatte Roland erfasst: Nun war er der Gaugraf. Welche Steine sollte der König ihm schon in den Weg legen? Diese schwächlichen Karolinger hatten weiß Gott andere Sorgen, als einen Edeling um sein wohlverdientes Erbe zu bringen. Niemand würde ihm etwas streitig machen. Und niemand würde ihn daran hindern, sich endlich seiner Begierde hinzugeben. Jener Begierde, die ihn unbarmherzig gefangen hielt, ohne dass er jemals Kontrolle über sie gewonnen hätte. An Kontrolle über diese Begierde lag ihm freilich nichts, gar nichts. Er wollte ihr endlich nachgeben. Er wollte das Mädchen. Nun war er der Graf, nun konnte er sich endlich den Wunsch erfüllen, der ihm bislang verwehrt geblieben war. Oder besser gesagt: den er sich aus kühlen Überlegungen der Vernunft heraus noch nicht erfüllt hatte. Fünf Jahre, die ihm manchmal wie eine Höllenfolter erschienen waren. Die seine Vernunft oft auf harte Proben gestellt hatten. Vernunft? Roland fragte sich im Stillen, was das Ganze überhaupt mit Vernunft zu tun hatte. Offenbar war er einer Zauberin verfallen, doch das war ihm gleichgültig. Ob Zauberin, ob Bauernmädchen – bald würde er sie *besitzen*!

Der alte Graf war tot, endlich und nochmals endlich. Roland sog wie befreit die kalte Winterluft in seine Lungen. Nicht einen Monat länger hätte er warten können. Und künftig würde er nicht länger seine Vorstellungskraft bemühen müssen, wenn er seiner Begierde nachging. In Zukunft würde *sie* an seiner Seite liegen.

In der Ferne wuchsen die schemenhaften Umrisse der Höfe aus dem Winterdunst. Roland zügelte seinen Hengst und verharrte. Kaum zu glauben, aber in diesem Dörfchen gab es noch freie Bauern. Auch der Vater des Mädchens, ein Mann namens Wernar, war ihm nicht hörig. Nun, bald würde sich alles ändern.

Roland nahm sich zusammen. Er war nicht ausgeritten, um sich zu holen, was ihm gebührte. Noch nicht. Tatsächlich

war er ausgeritten, um dem Blick der Mutter zu entgehen, der wie ein heißes Eisen in seinem Herzen gebrannt hatte. Zufrieden stellte er fest, dass die Kälte des Morgens sein Schuldgefühl vertrieben hatte. Ein siechender Graf – wem konnte daran gelegen sein? Dem König? Den Hörigen? Dem Sohn? Keinem!

Aber das Mädchen musste noch warten. Der Graf war erst seit wenigen Stunden tot. Andere Dinge hatten Vorrang, es ging nicht anders. Ein letztes Mal ließ Roland seine Vernunft siegen, was ihm diesmal leichtfiel. Denn es gab nichts mehr, was sich ihm noch in den Weg stellen konnte.

»Geduld«, sagte er zu sich selbst und wendete sein Pferd, um zur Altenburg zurückzureiten.

Giselas ohnehin fahle Haut hatte eine gelbliche Färbung angenommen, die sich in ihren Augen widerspiegelte. Ihr Bauch war aufgedunsen wie der einer Leiche, die man nach Tagen aus dem Wasser zieht. Sie war außerstande, sich von ihrem Lager zu erheben; zu anstrengend war jede Bewegung, die sie tat, das Atmen bereitete ihr größte Mühe. Abends saßen Wernar, ihr Gemahl, sowie Uta und Hugo an ihrer Bettstatt, hielten ihre Hände und schauten in ihr ausgemergeltes Gesicht, während Arbo, der Knecht, schweigend im Hintergrund hockte oder sich um das Herdfeuer kümmerte. Gisela hatte ein großes Bedürfnis nach Schlaf, was der Familie die Sache erleichterte. Wernar schien den nahenden Tod seiner Frau mit Fassung zu tragen, doch in seinen Augen zeigte sich schon jetzt die Glut unendlicher Trauer. Erst wenn alles vorbei war, würde er wohl vollends begreifen, was ihr Ableben für sie alle bedeutete.

Als Gisela am Abend noch einmal die Augen aufschlug, bat sie Wernar und Hugo mit heiserer Stimme, sie mit ihrer Tochter alleine zu lassen. Stumm gesellten sie sich zu Arbo ans Herdfeuer, wo sie reglos in die Glut stierten.

Gisela tastete nach der Hand der Tochter und suchte ihren Blick. Uta lächelte ihr zu; es war das erste Mal seit vielen Jahren, dass sie der Mutter eine derartige Freundlichkeit entgegenbrachte.

»Meine Tochter«, hauchte Gisela. »Es ist nun an der Zeit, mich mit dir auszusöhnen.«

Uta schluckte. »Du sprichst, als seien wir einander feind gewesen.«

»Nein, Feindinnen waren wir nie. Aber wir waren uns immer fremd.«

»Mutter ...«

»Still, mein Kind.« Sanft drückte sie die Hand der Tochter. »Still. Lass uns eine Weile schweigen. Einfach nur schweigen und uns fühlen.«

Tapfer unterdrückte Uta die Tränen, die aus ihren Augen quellen wollten. Als sie schon glaubte, die Mutter sei wieder eingeschlafen, erhob diese abermals die Stimme.

»Du weißt es schon seit Tagen, nicht wahr? Du wusstest es, noch bevor ihr mir dieses Krankenlager bereitet habt.«

Leugnen hatte keinen Zweck. »Ja, Mutter.«

»Du hättest es mir sagen können.«

»Ich wollte es tun, aber ...«

»Du trautest dich nicht.« Ein leiser Seufzer rang sich aus ihrer Brust. »Weil ich dich immer glauben ließ, es sei eine Gabe des Teufels.«

Uta starrte auf den Lehmboden.

»Es war dumm von mir, das zu behaupten. Du bist ein starker Mensch, Uta.« Sie brachte die Kraft auf zu lächeln. »Ein böser Geist würde sich die Zähne an dir ausbeißen. Inzwischen bin ich davon überzeugt, dass deine Gabe dir von Gott gegeben wurde.«

»Du meinst den Christengott, zu dem du betest?«

»Auch du solltest zu Ihm beten, mein Kind. Warum ist Er dir fremd? War denn alles, was ich dir über Ihn erzählt habe, fruchtlos? Ach, noch immer gibt es so viele Menschen, die ihre heidnischen Wurzeln nicht verleugnen können.

Lass dich nicht von ihnen beirren. Wende dich endlich dem wahren Glauben zu. Jesus wird dir beistehen, auch wenn du durch finstere Schluchten wandelst. Versprichst du mir, diesen Rat, den deine sterbende Mutter dir gab, niemals zu vergessen?«

»Ich verspreche es«, antwortete Uta zögerlich. »Ich verspreche, über diesen Jesus, der dir offenbar so viel Kraft schenkt, nachzudenken.«

»Das mag mir reichen. Und nun lass uns Frieden miteinander schließen.« Ihre Finger verflochten sich. »Ich wünsche dir alles Glück dieser Welt«, sagte Gisela. »Gib gut Acht auf dich und deinen Bruder. Du weißt ja, seine Gesundheit –«

»Ich werde ihn behandeln wie ein rohes Ei. Versprochen.«

»Und dein Vater: Er wird deine Hilfe nötiger haben denn je.«

»Er kann auf mich zählen.« Um Utas Selbstbeherrschung war es geschehen. Dicke Tränen kullerten über ihre Wangen.

»Weine nicht, mein Kind.« Sie umarmte die Tochter, die sich über sie beugte. »Erweise mir noch einen letzten Gefallen.«

»Jeden, den du willst, Mutter.«

»Schick mir den Einsiedler. Ich möchte, dass er mit mir betet.«

Abrupt löste sich Uta aus ihrer Umarmung. »Was? Diesen widerlichen ...«

»Sprich es nicht aus, Kind. Remigius ist ein Mann Gottes, was immer man sich auch über ihn erzählt. Er ist nun einmal der einzige Geistliche in der Nähe des Dorfes.«

»Nun, wenn es dein Wunsch ist ...« Uta fand ihr Lächeln wieder und küsste die Mutter auf die Stirn. Dann gesellte sie sich zu den Männern ans Herdfeuer.

»Sie will den Mönch sehen«, erklärte sie.

»Ich gehe und hole ihn«, sagte Arbo und machte sich auf den Weg in die verschneite Nacht hinaus.

Schlaflos wälzte sich Hruoswitha auf ihrem Strohsack. Doch nicht die bittere Kälte war der Grund für ihr Wachsein, auch nicht das unsägliche Geschnarche der anderen Mägde, die neben ihr lagen. Daran war sie gewöhnt, normalerweise hätte sie nach einem arbeitsreichen Tag – und die Tage waren immer arbeitsreich! – auch inmitten einer Horde grölender Saufbolde ihren Schlaf gefunden. Zumindest war das früher so gewesen. Seit einigen Monaten aber hatte sich alles verändert, seit dem Tag, als der Sohn des Grafen, der ja nun die Nachfolge seines Vaters antrat, ein Auge auf sie geworfen hatte. Viele nächtliche Stunden hatte sie seitdem mit Roland gemeinsam verbracht; er hatte es ihr schlicht und einfach befohlen und sie unter Drohungen zum Schweigen verpflichtet. Trotzdem ahnten die anderen Mägde, was da im Busche war. Hinter Hruoswithas Rücken wurde stets getuschelt. Außerdem hatte sie zunehmend das Gefühl, dass man sie verachtete. Dabei gab sie sich die größte Mühe, zu jedermann freundlich zu sein, um – wenn ihre Liebschaft mit dem Grafensohn ohnehin ein offenes Geheimnis war – nicht den Anschein von Hochnäsigkeit zu erwecken. Denn dazu hatte sie keinen Grund. Längst war ihr klargeworden, dass sie Roland nichts bedeutete. Ein Objekt seiner Lust war sie, mehr nicht. Aber warum gerade sie? Hatte Roland nicht ganz andere Möglichkeiten? Abgesehen davon, dass seine Gemahlin Adelheid das schönste Weib war, dem Hruoswitha jemals begegnet war.

Am Abend hatte die neue Gräfin Hruoswitha aufgesucht. Hruoswitha war es siedend heiß über den Rücken gelaufen, doch zu ihrem Erstaunen hatte sich Adelheid wohlwollend gegeben, hatte sie sanft am Ärmel gepackt und in einen Hühnerstall gezogen, wo sie sich ungestört unterhalten hatten.

»Was machst du mit ihm?«, hatte Adelheid gefragt. Weder Hass noch Vorwurf hatten in ihrer Stimme geklungen, nur die flehende Bitte nach einer Antwort. Doch die hatte

Hruoswitha ihr nicht geben können. Den Blick vor der hohen Frau gesenkt, hatte sie nur gestammelt, sie wüsste nicht, was der Graf an ihr fände. Noch ungeheuerlicher war die nächste Frage der Gräfin gewesen.

»Liebst du ihn?«

»Wie kann ich ihn lieben? Er ist mein Graf«, hatte Hruoswitha geantwortet.

»Du bist keineswegs hässlich«, hatte Adelheid festgestellt und sie nachdenklich gemustert. »Dennoch: Ich begreife es nicht.«

»Ich glaube«, hatte Hruoswitha sich getraut zu erwidern, »dass ich Euren Gemahl an jemanden erinnere, Herrin.«

Adelheids Ratlosigkeit war einer unverhohlenen Anspannung gewichen. »So? Und an wen?«

»Ich weiß es nicht, Herrin. Aber er hat es mir selbst gesagt.«

Eine Weile hatte die Gräfin sie nur angestarrt. Dann hatte sie ihr freundschaftlich eine Hand auf die Schulter gelegt und war wieder gegangen.

Unentwegt spukte Hruoswitha diese Begegnung nun durch den Kopf. Durch eine undichte Stelle an der Wand pfiff der Wind und übertönte bisweilen sogar das Geschnarche der Schlafenden.

Adelheid war ihr keinesfalls feindselig gegenübergetreten. Warum bloß hatte sie sich der Gräfin nicht anvertraut? Sie hatte sonst niemanden, dem sie ihr Geheimnis preisgeben konnte. Warum also hatte sie der Gräfin nicht gesagt, dass sie Rolands Kind unter ihrem Herzen trug?

Als die Tür sich endlich öffnete, wehte Schnee ins Haus. Arbo schob einen offensichtlich widerspenstigen Mönch vor sich her.

»Der Kerl wollte nicht mit mir kommen«, erklärte der Knecht und stemmte sich gegen die Tür, um sie wieder zu schließen.

»So? Und warum nicht?«, wollte Wernar wissen, der am Bett seiner Frau Wache hielt.

Die Antwort gab ihm der Mönch selbst. »Weil es in diesem Haus nicht mit rechten Dingen zugeht«, blaffte er und schielte nach der Tür. Doch diese versperrte Arbo, breitbeinig und entschlossen, den Mönch nicht wieder ziehen zu lassen.

»Wie meinst du das, Mönch?« Uta saß neben ihrem Bruder am Herdfeuer und bedachte den Ankömmling mit einem abschätzigen Blick. Außerdem bemühte sie sich, den Zähnefletschenden Frido in Schach zu halten.

»Das fragst du noch? Jedermann weiß von deinen Zauberkünsten.«

»Könnte ich wirklich zaubern, Mönch, so würde ich dich in eine Kröte verwandeln.«

Remigius wandte sich an Wernar. »Ich will nichts mehr mit euch zu tun haben. In diesem Haus steckt der Teufel, vor allem in dem Weib da, das deine Tochter ist und den Tod der Menschen heraufbeschwört. Lass mich gehen.«

Uta lachte verächtlich. »Ich kann mich noch an deine Teufelsaustreibung erinnern, Remigius. Zuerst hast du mich mit einer Rute windelweich geprügelt. Dann hast du geprahlt, der unreine Geist hätte meinen Körper verlassen. Vorher aber hast du noch eines unserer Hühner geköpft und an dich genommen.«

Hugo fühlte sich verpflichtet, seiner älteren Schwester beizustehen. »Wenn du behauptest, der Teufel sei immer noch hier gegenwärtig, dann hast du wohl damals versagt, Bruder Remigius.«

»Hübscher Knabe, was weißt denn du schon? Hüte dich vor deiner Schwester, auf dass sie dich nicht verführt.«

»Ist das alles, was dir dazu einfällt?«, höhnte Uta. »Es entlarvt dich, du *Mann Gottes*.«

»Schweig jetzt, Uta«, befahl Wernar ungehalten. »Nicht wegen meiner Tochter ließen wir dich rufen, Remigius.

Wie du siehst, liegt meine Frau im Sterben. Es ist ihr Wunsch, dass du mit ihr betest.«

»Auf keinen Fall!« Remigius bekreuzigte sich. »Es lästert unseren Herrgott, wenn ich in diesem Haus die heiligen Worte spreche.«

»Gib ihm einen Becher Wein«, befahl Wernar seinem Knecht in der Hoffnung, dass dies den Mönch zum Bleiben bewegen würde.

Arbo grunzte und bewegte sich schlurfend von der Tür weg, die er blockiert hatte. Einen Augenblick lang schien Remigius unschlüssig zu sein, doch dann entschied er sich zur Flucht. Flinker, als man es dem behäbigen Mönch zugetraut hätte, nutzte er die sich bietende Gelegenheit und verschwand in die Nacht. Frido begann zu bellen.

»Ihm nach!«, rief Wernar nach kurzer Verblüffung.

Arbo und auch Hugo hatten die Tür bereits erreicht. Da befahl ihnen eine schneidende Stimme, die selbst den Hund verstummen ließ, zu bleiben. Alle Blicke richteten sich überrascht auf die sterbenskranke Bäuerin. Es dauerte eine Zeit lang, bis sie wieder zu Atem gekommen war.

»Lasst den Mönch in Frieden gehen«, sagte sie matt.

»Aber wer wird dir das Sterbesakrament verabreichen?«, fragte Wernar verzweifelt.

»Niemand. Ich werde wohl trotzdem Aufnahme in den Himmel finden. Kommt zu mir. Auch du, treuer Arbo. Es ist gut zu wissen, dass du zu uns gehörst. – Und nun wollen wir gemeinsam beten.«

Man tat ihr den Gefallen und betete, bis sie in einen ruhigen Schlaf gefallen war.

Am Morgen wachte sie nicht wieder auf.

Allmählich entzog sich das Festland den Blicken der Männer. Ein kalter Ostwind wehte über die See und türmte Wellen auf, durch die sich die Flotte der Wikingerboote pflügte. Am Himmel waren dunkle Wolken aufgezogen.

Die drohenden Naturgewalten beeindruckten die Männer nicht. Da der Wind ihnen vorläufig die Ruder ersetzte, widmeten sie sich anderen Dingen, lachten, sangen oder trugen übermütige Zweikämpfe aus.

Dem jungen Mann am vorderen Steven schien an Geselligkeit nichts zu liegen. Mit verschränkten Armen betrachtete er das Meer, das in seiner unermesslichen Größe vor ihm lag. Der lange Umhang, den er trug und ihn als Edlen kenntlich machte, flatterte unruhig im Wind. Er hörte die Schritte, die sich ihm von hinten näherten und wusste, dass es sein Vater war. Der Mann, der neben ihm stehen blieb, mochte, einem Riesen fast gleich, an die sieben Fuß groß sein. Sein mit grauen Strähnen durchsetzter Bart reichte ihm bis zur Brust. Ein Netz von Falten umspannte seine Augen, über denen wuchtige Brauen wuchsen.

»Nachdenklich, mein Sohn?«, fragte er mit der dunklen Stimme, die man bei seinem Anblick erwarten musste.

»Wir hätten noch einen Tag mit der Abfahrt warten sollen«, erwiderte der Angesprochene mit einem Fingerzeig auf die aufgewühlte See.

»Zehn geopferte Sklaven dürften reichen, um uns die See gefügig zu machen«, meinte der Riese lachend und streckte eine Hand nach oben. »Außerdem kann Thor über den Himmel fahren, wann es ihm beliebt.«

»Du bist der Jarl, Vater.«

Der Vater musterte ihn nachdenklich. »Du bist wütend, Erik.«

»Warum sollte ich wütend sein?«

»Gib dir keine Mühe. Du kannst mir nichts vormachen.«

»Sag mir, wovon du sprichst, Vater.«

»Ist es nicht wie eine Strafe, bartlos und mit geschorenem Haar diese Fahrt anzutreten, von der du noch deinen Enkeln erzählen wirst?«

»Ich war schon mal wütender. Und auch schon gestrafter.«

»Gib es ruhig zu. Aber wisse, dass ich stolz auf dich bin. Du gehörst zu den wichtigsten Männern dieser Fahrt. Und wenn wir heimkehren, beladen mit Beute, wie sie noch nie ein Wikinger machte, dann lässt du dir einen Bart bis zu den Knien wachsen.«

Erik antwortete nicht, starrte weiter auf die See.

»Ich weiß, du wirst mich nicht enttäuschen«, sagte der Riese mit gebleckten Zähnen und klopfte die Schulter des Sohnes. Dann stapfte er davon.

»Und meine Mutter?«, sprach Erik leise zu sich selbst. »Würde ich meine Mutter enttäuschen?«

ZWEITER TEIL

Der Sturm

4

*Wie soll ich sie nennen, die wilden Krieger aus dem
Norden? Geißeln Gottes? Geschöpfe der Hölle? Boten der
Apokalypse?*

*Sie selbst nennen sich Wikinger, was in ihrer eigenen
Sprache etwa »Seekrieger« bedeutet. Ich will sie aber
weiter als Nordmänner bezeichnen, sie nicht länger mit
dem Makel der Blutrünstigkeit behaften, denn heute
haben viele von ihnen den wahren Glauben angenommen,
anders als die Horden der Ungarn, die heutzutage unser
Reich bedrohen. Aber auch aus dem Saulus wurde einst ein
Paulus, aus Nordmännern wurden Christen, und es steht
zu hoffen, dass Ähnliches jenen grausamen Menschen aus
dem Osten widerfährt.*

*In den vergangenen Jahrzehnten gelang es, die Nord-
männer von ihren verheerenden Beutezügen abzuhalten.
Man gab ihnen Land zu Lehen, sie ließen sich nieder und
betreiben heute friedlich Ackerbau und Handel. Handel
betrieben seit jeher auch jene Nordmänner aus Haithabu,
jener Stadt im Land der Dänen, die als Schnittpunkt
wichtiger Handelswege und Umschlagplatz für Waren aus
allen Teilen der Welt Bedeutung erlangt hat, lange bevor
der Drachensturm über das Rheinland hereinbrach. Manch
einer fragt sich heute, was wohl Kaufmänner und Händler
veranlasste, plündernd, mordend und brandschatzend in das
fränkische Reich einzufallen, gleich einer biblischen Plage.
Doch man muss wissen: Bei den Nordmännern handelte es
sich nicht um ein einheitliches Volk. Sie lebten in Sippen und
gehorchten keinem gemeinsamen Herrscher. Nicht nur im
Land der Dänen, auch in den anderen nordischen Ländern
jenseits von Nord- und Ostsee waren sie beheimatet.[10] Und
gewiss waren es keine Männer aus Haithabu, die uns damals
glauben ließen, das Ende der Welt sei gekommen, sondern
solche, die den kargen Lebensbedingungen ihrer kalten*

---

10 Heute: Schweden, Norwegen und Finnland.

71

Heimat entrinnen wollten. Die es hinaus in die Welt trieb, um Ruhm zu erwerben und Beute zu machen. Ruhmsucht und Beutegier sind den Menschen noch nie gut bekommen, wie unser Herr Jesus Christus uns lehrte. Doch vor unserem Heiland hatten die Nordmänner keine Achtung, hatte Er doch mit den Göttern, die sie selbst anbeteten, nichts gemein. Nur so ist es wohl zu erklären, dass sie neben den Dörfern und Städten vor allem die reichen Klöster in Schutt und Asche legten, nachdem sie sich ihrer kostbaren Schätze bemächtigt, die Nonnen geschändet und die Mönche getötet hatten. Nicht einmal den Zorn des fremden Gottes schienen sie zu fürchten, sie wähnten sich unter Odins Schutz. So nämlich nannten sie ihren ranghöchsten Gott, der neben zahllosen anderen Göttern in Asgard lebte, dem Himmel dieser Heiden, wo sich ihrer Meinung nach die Kriegerhalle jenes Odin befand, Wallhall genannt. Dorthin gelangten alle im ehrenvollen Kampf gefallenen Krieger, was die Todesverachtung dieser Männer erklären mag. Den stärksten ihrer Götter aber nannten sie Thor, der Odins Sohn war. Thor fuhr in einem von zwei Ziegenböcken gezogenen Wagen über den Himmel und entfesselte Blitz und Donner. Überdies glaubten die Nordmänner, dass die Welt aus den Gliedern eines Riesen geschaffen sei und dass in deren Mittelpunkt die Weltesche Yggdrasil stünde. Sie glaubten an Nornen, die das Schicksal der Götter und Menschen bestimmten, an Walküren, die Gefallene in die Kriegerhalle Odins brachten, und an zahlreiche andere seltsame Dinge, die aufzuzählen ich allmählich müde werde.

Der Leser mag sich fragen, wie ich, ein Diener Christi, an die Kenntnisse dieses heidnischen Glaubens gelangt bin. Des Rätsels Lösung ist einfach, und die Antwort, die ich schmunzelnd niederschreibe, dürfte den beruhigen, der ein gewisses Unbehagen beim Lesen dieser Zeilen verspürt. Es war ein junger Novize unseres Konvents, der mir vor vielen Jahren über den Götterglauben der Nordmänner berichtete. Sein Vater nämlich war ein solcher gewesen, während seine Mutter aus Lotharingien stammte, also eine Christin war. Das Leben kann seltsame Geschichten schreiben. Von jenem Novizen, den ich – zugegeben heimlich – des Öfteren befragte, erfuhr ich manches über den archaischen Glauben seiner Väter. Es war unfrommer Wissensdurst, der mich leitete. Und erst als ich diesen befriedigt glaubte, rang ich mich dazu durch, dem Abt meine Neugier zu beichten. Immerhin nahm er es gelassen, kannte er doch meine Eigenart, alles beharrlich zu hinterfragen. Noch heute betrachte ich jüngere Mitbrüder, die mehr als nur die christliche Welt begreifen wollen, mit Nachsicht. Wahre Weisheit wird ihnen im Alter zuteil, und ihr Glaube wird sich festigen, wenn sie zu ihren Erkenntnissen gelangt sind. So jedenfalls ist es mir ergangen.

Leider bringt das Alter aber auch die unselige Neigung mit sich, allzu weit vom ursprünglichen Thema abzuschweifen. Wenn ich zuvor noch von Nordmännern schrieb, die den wahren Glauben annahmen, so will ich mich nun wieder der Zeit widmen, in der sie noch mordende Bestien waren.

Ich berichtete von den Raubzügen der Nordmänner vor den Jahren des großen Sturms. Große Städte fielen ihnen zum Opfer, und niemand konnte über diese Plage Herr werden. Dennoch blieben es letztlich nur Überfälle. Hatten sie Mordlust, Beutehunger und Zerstörungswut gestillt, zogen sie ab und ließen sich an dem Ort, den sie verheert hatten, erst nach Generationen wieder blicken. Das sollte sich ändern. Bald sollten sie zu einer immerwährenden Bedrohung werden.

Der Händler aus Nimwegen hatte von Drachenbooten auf dem Rheinfluss berichtet. Das war im Wintermonat[11] gewesen. Die Befürchtung, es habe sich hierbei um eine Art Erkundungstrupp gehandelt, erwies sich im folgenden Frühjahr als berechtigt. Da nämlich drangen erstmals Berichte von verwüsteten Dörfern und Gräueltaten der Zerstörer zu uns nach Stablo. Ein Überfall auf Nimwegen

11 Wintermonat: Januar.

war jedoch zunächst noch am tapferen Widerstand der Einwohner gescheitert. Später freilich holten die Nordmänner dieses Versäumnis mit verstärkten Kräften umso gründlicher nach.

Wie eine Pestilenz ergoss sich nun das Übel ins Land hinein.

Frühjahr 880 A. D.

Der letzte Schnee hatte sich unter den Strahlen der Frühlingssonne aufgelöst und die Felder mit einer Unzahl von Pfützen und Wasserlachen überzogen, in denen sich die Spatzen tummelten. In den Wäldern sprossen die ersten Kräuter, und im Dorf hatte das Federvieh wieder die Herrschaft über den Anger übernommen, wenngleich eine Handvoll lärmender Kinder ihnen diese streitig machte.

Uta genoss die Sonnenstrahlen. Das gleiche schien auch die Ziege zu tun, die sie molk, denn entgegen ihrer Halsstarrigkeit ließ sie den Vorgang diesmal ohne Protest über sich ergehen. Auch Frido nutzte die Gelegenheit, nach einem langen Winter wieder in der Sonne zu dösen. Ausgestreckt lag der Hund neben seiner knienden Herrin, die mit mechanischen Bewegungen die Zitzen der Ziege bearbeitete. Utas Gedanken kreisten um die Mutter, wie so oft in den letzten Monaten. Lass uns Frieden schließen, hatte Gisela auf dem Totenbett zu ihr gesagt. Und: Ich wünsche dir alles Glück dieser Welt! – Worte, die Uta niemals vergessen würde. Sie schämte sich, dass erst der nahende Tod der Mutter die Kluft zwischen ihnen zugeschüttet hatte. Die Kluft, die ihre Gabe heraufbeschworen hatte. Gabe? Es war vielmehr eine Heimsuchung! Uta hätte ihr Augenlicht geopfert, um von dieser unseligen seherischen Fähigkeit befreit zu sein. Doch sie war und blieb vorhanden, noch vor zwei Wochen hatte sie es leidvoll feststellen müssen. Im Dorf war sie einer schwangeren Frau begegnet, in deren Antlitz sich die Zeichen des Todes spiegelten. Erschrocken hatte Uta ihren Blick gemieden und war vorangestapft. Die Erfahrung hatte sie gelehrt, ihre Visionen für sich zu behalten. Drei Tage darauf war die Frau im Kindbett gestorben.

»Ach, es ist ein Elend«, sagte Uta leise, »und du hast mir das eingebrockt, Rotrud.«

Ich? Uta glaubte zu sehen, wie ihre Freundin empört den Kopf schüttelte. *Was kann ich dafür? Ich habe nichts mit deiner seltsamen Gabe zu schaffen. Ich wollte an diesem Tag doch nur den Grifo sehen. Bist du ihm eigentlich jemals wieder begegnet?*

»Nein.«

Wirklich nicht? Ich an deiner Stelle …

»Nach deinem Tod hatte ich ganz andere Sorgen, als irgendwelchen Burschen schöne Augen zu machen.«

Wie rührend. Aber inzwischen dürftest du mein Ableben doch verkraftet haben, oder? Willst wohl eine alte Jungfer werden.

»Hast du im Jenseits eigentlich nichts Besseres zu tun, als mir nachzuspionieren, werte Freundin?«

Tue ich nicht. Ich komme nur, wenn du nach mir verlangst. Und jetzt antworte: Warum gibt es keine Männer, die um dich buhlen?

»Das fragst du noch? Ich bin den Leuten unheimlich.«

Rotrud schwieg eine Weile, als müsse sie über etwas nachdenken. *Ich weiß, wem du diese unselige Gabe zu verdanken hast,* erklärte sie schließlich.

»Da bin ich aber gespannt.«

Hast du mir nicht an jenem Tag erzählt, dass du dem Grafensohn begegnetest? Und dass er dir an die Wäsche wollte?

»So war's.«

Da haben wir's doch. Seitdem besitzt du diese Gabe.

»Wieso sollte dieser Roland etwas damit zu schaffen haben?«

Womöglich hat er dir vor lauter Wut etwas angezaubert, nachdem du ihn zurückgewiesen hast. Er war schon immer ein unheimlicher Kerl.

»So ein Unsinn!«

Wenn du meinst.

»Sei doch nicht gleich beleidigt.«

Ich mach mir ja nur Gedanken.

»Wird man im Jenseits nicht zum Allwissenden?«

Rotrud lachte. *Wirke ich so?*

»Eigentlich nicht. Bist du übrigens schon meiner Mutter begegnet?« Als Rotrud auf diese Frage schwieg, seufzte Uta laut. »Wenn man etwas wirklich Wichtiges von dir erfahren will, hältst du immer den Mund.«

»Darf man fragen, mit wem du da sprichst?«

Uta fuhr herum und blickte in Arbos grinsendes Gesicht. Der Knecht stand, auf einen Spaten gestützt, offenbar schon seit geraumer Zeit hinter ihr.

»Mit meiner Freundin Rotrud«, gestand Uta geradeheraus, nachdem sie ihre Verlegenheit überwunden hatte.

»Mit Rotrud? Ist die nicht seit Jahren tot?«, wunderte sich Arbo.

»Sie spricht aus dem Jenseits zu mir. Wenigstens bilde ich mir das ein.«

»Ach, so ist das.« Arbo nickte verständnisvoll und musterte die Tochter seines Herrn aus zusammengekniffenen Augen. »Aus dem kleinen Mädchen ist ein bezauberndes Weib geworden«, sagte er wie zu sich selbst. »Wann sorgt Wernar endlich dafür, dass es unter die Haube kommt?«

»Fang' du nicht auch noch damit an, Arbo.«

Der Knecht zwinkerte ihr zu. »Wäre ich ein freier Mann und zwanzig Jahre jünger, würdest du dich nicht vor mir retten können.«

»Tja. Wer weiß, ob ich mich überhaupt vor dir retten wollte?«

»Schmier' einem alten Knecht keinen Honig um den Mund. Hast du endlich die Ziege gemolken? Dein Vater will, dass du nach der Kuh siehst.«

»Keine Sorge, die Kuh läuft mir nicht weg.«

»Sie könnte an Altersschwäche gestorben sein, wenn du noch länger brauchst.«

»Das hätte ich ihr angesehen.«

Arbo lachte, um im nächsten Moment wieder völlig ernst zu sein.

»Würdest du es mir sagen?«

»Was?«

»Wenn ich sterben müsste?«

Uta gab der Ziege einen Klaps. Meckernd machte sich das Tier davon. Nachdenklich begann Uta, ihren schlummernden Hund zu streicheln.

»Würdest du es denn wollen?«, fragte sie schließlich den Knecht.

»Tja. Ich weiß nicht so recht.«

»Glaubst du an einen Gott?«

»Na ja, an diesen Jesus kommt man wohl kaum noch vorbei. Selbst die Könige beten zu ihm.«

»Früher beteten sie zu anderen Göttern. Und wer weiß, zu wem sie in hundert Jahren beten werden.«

»Aber es gibt kaum noch Menschen, die nicht zu ihm beten.«

»Würdest du von einem Felsen springen, wenn alle anderen es täten?«

»Du scheinst nicht viel vom Christengott zu halten.«

»Ich weiß nicht, was ich von ihm halten soll«, erwiderte Uta zögerlich. »Meine Mutter jedenfalls glaubte fest an ihn.«

»Deine Mutter war ein guter Mensch. Nun ist sie klüger als wir alle. Und eines Tages werden auch wir …« Er stockte, denn Frido hob den Kopf und begann zu knurren.

»Reiter!«, stellte Uta fest.

Arbo folgte ihrem Blick. Zwei Berittene näherten sich dem Hof im gemächlichen Trab. »Wer ist das?« Der Knecht beschattete seine Augen.

Uta hatte einen der Herannahenden erkannt. »Das ist Roland, der Grafensohn«, erklärte sie düster.

»Du solltest besser sagen: Es ist der Graf selbst«, flüsterte Arbo.

Roland spürte sein Herz klopfen. Da stand es, das Mädchen, das seine Gedanken, ja sein Leben bestimmte. Das ihn, wie immer es das angestellt haben mochte, verwandelt hatte. Verwandelt in einen Sklaven seiner geheimen Wünsche. Er spürte Utas Blick, in dem Verachtung lag. Doch selbst das störte ihn nicht. Er würde sie besitzen. Er *musste* sie besitzen. Jetzt, wo er der Graf war, konnte keine Macht der Welt ihn daran hindern, sich das zu nehmen, was er wollte. Dennoch, sein Herz pochte wie verrückt. Lächerlich, aber so war es. Er bemühte sich, seine Nervosität zu verbergen. Darin war er schon immer ein Meister gewesen. Seine wahren Gedanken blieben den Menschen verborgen. So auch jetzt. Sein Gesicht war wie aus einem Fels gemeißelt.

»Du sollst das Mädchen nicht angaffen«, zischte er seinem Begleiter zu. »Grimmig dreinschauen sollst du! Wirf deinen Überhang beiseite, damit man dein Schwert sehen kann. Die Bauern sollen sich bei unserem Anblick in die Hosen machen.«

Grifo tat, wie ihm geheißen und sorgte dafür, dass sein Schwertgehänge für jedermann sichtbar war. Inzwischen hatten sie Uta und Arbo erreicht und zügelten die Pferde vor ihnen. Uta befahl dem knurrenden Frido, sich ruhig zu verhalten.

Wohl schon tausend Mal hatte sich Roland diesen Augenblick ausgemalt. Nun stellte er entsetzt fest, dass seine Lippen zittern wollten. Unter Aufbringung all seiner Kräfte nahm er sich zusammen.

»Sieh einer an, unsere schlagfertige Schönheit. Aus dir ist ja eine richtige Frau geworden.«

Zu Rolands Verunsicherung gab Uta sich nicht die Mühe, ihm zu antworten. Fieberhaft überlegte er, wie er das Mädchen aus der Reserve locken konnte.

»Früher hattest du mehr Sommersprossen«, sagte er und brachte ein Lächeln zustande.

Noch immer hielt Uta es nicht für nötig, ihm zu antworten. Ihr Blick richtete sich vielmehr auf den Begleiter des Grafen.

»Ich kenne dich«, sagte sie wissend.

Der junge Reiter schluckte. »Wie?«

»Du bist Grifo, Sohn des Ledermachers auf Altenburg.«

Grifos glänzende Augen verrieten, dass auch er Uta wiedererkannte.

»Erinnerst du dich an meine Freundin Rotrud? Du warst ihr großer Schwarm, Grifo.«

Roland kochte innerlich vor Wut. Wie konnte das Mädchen es wagen, ihn einfach zu missachten und sich stattdessen mit einem Diener zu unterhalten? Doch so respektlos ihr Verhalten auch war, sein Verlangen nach ihr wurde dadurch nur noch größer!

»Ich will deinen Vater sehen, Mädchen«, unterbrach er die Unterhaltung der beiden alten Bekannten, während er seinen Diener mit einem vernichtenden Blick bedachte.

Grifo senkte schuldbewusst den Kopf.

Uta sah ein, dass sie den Grafen nicht länger anschweigen konnte. »Ich weiß nicht, ob er gerade Zeit hat«, erwiderte sie schulterzuckend.

Allen Anwesenden drohte die Kinnlade herunterzufallen.

»Ich gehe und suche ihn«, beeilte sich Arbo zu verkünden.

»Nicht nötig«, erscholl es hinter ihm. Wernar war aus dem Hauptgebäude getreten und schritt auf den Grafen zu. Neben seiner Tochter blieb er stehen.

»Mein Graf!« Er deutete eine Verbeugung an. »Darf ich Euch in mein bescheidenes Haus bitten und Euch einen labenden Trunk anbieten?«

Roland winkte unwirsch ab. »Was wir zu besprechen haben, können wir hier tun.« Er spuckte aus und nahm den Bauern in Augenschein. »Mein Vater ist gestorben, wie man selbst in diesem verlausten Nest schon erfahren haben dürfte. Der neue Gaugraf bin ich. Wir sollten deshalb über deine Zukunft reden, Bauer Wernar.«

Wernar holte tief Luft. »Schon Euer Vater wollte diesen Hof, Graf Roland. Mehrmals bot er mir großzügige Summen an. Doch immer lehnte ich seine Angebote ab. Meine Freiheit war es mir wert.«

»Deine Freiheit? Der nächste Krieg wird dich in den Ruin treiben. Wovon willst du einen Reiter ausrüsten? Oder gedenkst du vielleicht selbst zu kämpfen?« Rolands Mundwinkel zuckten spöttisch.

»Ich werde den Hof nicht verkaufen, Graf Roland.« Wernars Stimme ließ keinen Zweifel daran, dass er seine Meinung nicht zu ändern gedachte.

»Mein Angebot wird noch großzügiger sein als das meines Vaters«, sagte Roland mit erzwungener Geduld.

»Offenbar habt Ihr etwas mit den Ohren, Graf. Mein Vater sagte doch klar und deutlich, dass ...« Ihres Vaters Hand, die sich auf ihren Mund presste, ließ Uta jäh verstummen.

»Oh, lass sie nur sprechen, Bauer«, höhnte Roland. »Ich lausche gerne den Worten aufmüpfiger Weiber. Besonders, wenn sie so hübsch sind wie deine Tochter.«

Inzwischen hatte sich Uta von der Hand des Vaters befreit. »Ihr habt es gehört, Graf Roland: Der Hof bleibt im Besitz meines Vaters.«

Die beiden maßen sich mit endlosen Blicken. Rolands Brustkorb drohte zu zerbersten. Ratlosigkeit überfiel ihn. Verdammt, warum nahm er dieses Mädchen nicht gewaltsam mit zur Altenburg? Doch nein, es musste anders gehen. Irgendwie. Jedes andere gottverdammte Weib hätte alles dafür getan, um seine Geliebte zu werden. Auch dieses widerspenstige Geschöpf dort vor ihm würde es am Ende wollen. Dies war eine unerschütterliche Gewissheit.

Am Türrahmen zum Hauptgebäude war inzwischen Hugo erschienen. Der halbwüchsige Knabe zog alle Blicke auf sich, als ein schrecklicher Hustenanfall ihn schüttelte.

»Das hört sich alles andere als gesund an«, stellte Roland fest, erleichtert, Utas gnadenlosem Blick entrinnen zu können. Es schoss ihm der Gedanke durch den Kopf, die Anwesenden durch Großmut zu beeindrucken. Vielleicht war das ja der rechte Weg, um ans Ziel zu gelangen.

»Ich könnte meinen Leibarzt schicken.«

»Ihr seid sehr gütig, mein Graf.« Abermals deutete Wernar eine Verbeugung an, doch im Stillen ahnte er, dass seine Tochter etwas gegen des Grafen Großzügigkeit einwenden würde. Er behielt Recht.

»Das wird nicht nötig sein«, fauchte Uta. »Mein Bruder leidet seit frühester Kindheit an dieser Schwindsucht. Kein Arzt kann ihm helfen.«

Roland gelang ein begütigendes Lächeln. »Du kannst stolz auf deine Tochter sein, Bauer. Sie lässt sich den Mund nicht verbieten. Sie ist bemerkenswert.« Er beschloss, aufs Ganze zu gehen. »Wenn du mir schon nicht den Hof verkaufst, mache ich deine Tochter zu meinem Kebsweib. Es soll dein Schaden nicht sein.«

Ewigkeiten der Stille verstrichen. Auch Hugo hatte aufgehört zu husten.

»Ihr wollt meine Tochter zu Eurer Kebse machen?«, fragte Wernar schließlich ungläubig.

»Oh, sei unbesorgt, ich erwarte keine Mitgift. Wie ich schon sagte, es soll dir nur zum Vorteil gereichen. Nie wieder brauchst du dich um deine Familie zu sorgen. Und um deine Tochter erst recht nicht.«

Auch Uta hatte es ausnahmsweise die Sprache verschlagen. Roland triumphierte innerlich: Er hatte gewonnen. Dieses Angebot, das den Bauern um viele Sorgen leichter machte, konnte er unmöglich ausschlagen. Hilflos rang Wernar mit den Händen.

»Nun, vielleicht sollten wir doch in mein Haus einkehren, um alles weitere ... äh ...«

»Vater!« Utas Augen schossen Blitze ab. »Du willst, dass ich eine Kebse des Grafen werde?«

Der Vater blinzelte verwirrt.

»Du etwa nicht?«, flüsterte er.

»Nein!«, schrie Uta umso lauter.

»Aber ...«

»Es gibt kein Aber.«

Wernars Kopf glich nun einem roten Feuerball. Uta

ignorierte seinen flehenden Blick und wies auf den Grafen.

»Und wenn er der Kaiser selbst wäre – nie und nimmer will ich sein Kebsweib sein, verstehst du?«

»Warum nicht, Kind?«

»Weil ich ihn nicht ausstehen kann. Deshalb.«

Roland, in dessen Augen eine Feuersbrunst wütete, wendete wortlos sein Pferd und ritt davon. Der sichtlich verblüffte Grifo folgte ihm auf der Stelle.

»Ich kann's nicht glauben«, ächzte Arbo, bleich geworden. »Das wird ein Nachspiel haben.«

Mit beschwörend erhobenen Händen stand Wernar vor seiner Tochter. »Warum? Warum nur?«

»Was willst du von mir, Vater? Schlimm genug, dass du mich verschachern wolltest.«

»Verschachern? Du wärst so etwas wie eine Gräfin geworden.«

»Er ist ein Widerling. Willst du, dass deine Tochter unglücklich ist?«

»Wer ist heutzutage glücklich?«

»Prahltest du nicht immer, dass du Mutter schon liebtest, noch bevor ihr geheiratet habt?«

»Ja, so war es«, räumte der Bauer seufzend ein. Endlich rang er sich zu einem Grinsen durch, zog die Tochter an seine Brust und küsste ihre Stirn. Dann stapfte er davon. Arbo, der immer noch nicht wusste, was er von alldem zu halten hatte, zuckte mit den Schultern und folgte seinem Herrn.

Frido rieb seinen schwarzen Kopf an Utas Kleid.

»Ach Frido, hast wenigstens du Verständnis für mich?«

»Hat er bestimmt«, meinte eine vergnügte Stimme. Hugo war neben sie getreten und legte eine Hand um ihre Hüfte.

»Und du, Bruderherzchen?«

»Hm! Natürlich wär's eine feine Sache für uns alle, wenn du ein Kebsweib des Grafen wärst. Aber andererseits«, er grinste übers ganze Gesicht, »bin ich stolz auf dich und froh, dass du bei uns bleibst. Denn du bist die beste Herzschwester, die man sich denken kann.«

Verstohlen blinzelte Grifo nach allen Seiten. Niemand musste wissen, dass er auf dem Weg zur jungen Gräfin war. Für seine Dienste hatte sie ihn bereits im Voraus reichlich entlohnt, und nun war es an der Zeit, ihr endlich den Bericht zu erstatten, auf den sie wartete. Gesehen und gehört hatte er schließlich genug.

Er hatte das gräfliche Haus auf der Anhöhe erreicht. Eine Zofe, von der Grifo hoffte, dass sie verschwiegen war, geleitete ihn zum Gemach seiner Auftraggeberin.

Adelheid saß vor einem Spiegel. Eine weitere Zofe bürstete mit geschmeidigen Bewegungen das Haar der Gräfin. Grifo staunte. Zwar war ihm die Existenz von Spiegeln bewusst gewesen, doch nun sah er zum ersten Mal einen mit eigenen Augen. Es stimmte, was man erzählte: Das Abbild des Menschen erschien darauf um ein vielfaches deutlicher als auf Metall oder auf Wasser. Und dann das sagenhaft schöne Gesicht der Gräfin ...

Grifo errötete und widmete seine Aufmerksamkeit verlegen den bunten Wandteppichen. So also sah das Gemach einer Gräfin aus. Schon als Knabe hatte er versucht, sich vorzustellen, wie es hier aussah. In seinem verschmutzten Wams kam er sich nun wie ein Tölpel vor, der sich unversehens in einem Palast wiederfand.

Als Adelheid des Ankömmlings durch den Spiegel gewahr wurde, entließ sie die beiden Zofen. Dann erhob sie sich von ihrem Schemel und trat direkt auf Grifo zu. Sie machte sich keinerlei Mühe, ihre brennende Neugier zu verbergen, und ihre Augen flackerten beschwörend.

»Hast du etwas erfahren?«

»Ich glaube schon, Herrin.«

»Dann sprich!«

»Nun, eh ...« Er fuchtelte mit seinen Fingern und suchte nach Worten.

»Hast du die Frau gesehen?« Adelheid betonte jedes Wort.

»Ich glaube schon, Herrin.«

»Wer ist es?«

»Es ist ...« Grifo blies die Wangen auf. »Es ist die Tochter eines Bauern, Herrin.«

Adelheid erbleichte.

»Die Tochter eines Bauern«, echote sie ungläubig. »Berichte!«

»Nun, vorhin bin ich an der Seite des Grafen in eines dieser Dörfer geritten. Der Graf sagte, es gäbe dort immer noch Bauern, die ihm nicht hörig seien.«

»Und weiter?«

»Einer dieser Bauern heißt Wernar. Zunächst trafen wir seine Tochter an. Sie verhielt sich alles andere als ehrerbietig, und doch ... hm ...«

»Was denn? So rede doch!«

»Und doch machte der Graf dem Bauern das Angebot, seine Tochter zur Kebsfrau zu nehmen.«

»Was?« Adelheid lachte laut, als habe ein Irrer ihr etwas Verrücktes erzählt. »Die Tochter eines Bauern? Du musst dich verhört haben«, sagte sie, kopfschüttelnd.

»Herrin, ich weiß, was ich gehört und gesehen habe. Euer Gemahl wollte die Tochter eines Bauern zu seiner Kebse machen.«

Adelheids Lippen begannen zu zittern. »Und was geschah dann?«, fragte sie nach einer Weile.

»Sie lehnte ab.«

»Wie? Die Bauerntochter lehnte es ab?«

»Ja, Herrin. Und ihre Worte ließen keinen Zweifel an ihrer Entschlossenheit.«

»Das wird ja immer unglaublicher. Wie reagierte mein Gemahl?«

»Er verließ wortlos den Hof. Noch nie habe ich den Grafen so grimmig erlebt.«

Nachdenklich schritt Adelheid auf und ab, bis sie schließlich wieder vor Grifo stehen blieb.

»Wie heißt sie?«

»Uta, Herrin.«

»Ist sie hübsch?«

Grifo senkte den Blick, als sei ihm diese Frage peinlich. »Sie ist gewiss nicht hässlich, und sie, äh ...« Abermals rang er nach Worten.

»Oh, ich verstehe schon. Sie gehört zu jenen Frauen, die allen Männern mühelos die Köpfe verdrehen.«

Grifos Schweigen deutete Adelheid als Bestätigung ihrer Vermutung. Manche Dinge konnten nur Frauen begreifen, während Männer nur von ihren Trieben geleitet wurden.

»Wie sieht sie aus?«

Grifo spreizte die Hände und starrte zur Decke. »Nun, sie ist recht groß für eine Frau. Sie ist schlank, hat dunkle Augen, braune Haare ...«

»Sommersprossen?«

»Ja, Herrin. Kennt Ihr sie?«

»Nein.« Plötzlich war sie wie erleuchtet. »Aber ich kenne Hruoswitha.«

Grifo räusperte sich. Natürlich waren auch ihm die Gerüchte über des Grafen Bettgefährtin zu Ohren gekommen. »Zugegeben, eine gewisse Ähnlichkeit mit der Magd Hruoswitha lässt sich nicht leugnen«, sagte er nachsinnend.

»Ich danke dir. Du kannst jetzt gehen.«

Grifo verbeugte sich vor der Gräfin und schickte sich an, das Gemach zu verlassen. Doch noch einmal hielt er inne.

»Vielleicht solltet Ihr noch etwas wissen, Herrin.«

»Nicht fürs Schweigen habe ich dich bezahlt. Also sprich!«

Grifos Stimme wurde zu einem Flüstern. »Wie man sich erzählt, hat diese Uta einen schlechten Ruf.«

»Was meinst du damit?«

»Seltsame Dinge sagt man ihr nach. So soll sie Menschen erkennen, die bald das Zeitliche segnen. Manche behaupten sogar, dass sie den Tod dieser Menschen selbst heraufbeschwört.«

»Und du? Du hast sie doch gesehen. Glaubst du auch, dass sie eine Zauberin ist?«

»Ich weiß nicht, was ich glauben soll, Herrin. Ich weiß nur, dass diese Uta ...«

»... außergewöhnlich ist!«

»Ja, außergewöhnlich«, bestätigte Grifo, erleichtert, dass die Gräfin ihm das Wort abgenommen hatte, und verließ das Gemach.

Zurück blieb Adelheid, die im Spiegel ihr bleiches, zu Stein erstarrtes Gesicht betrachtete.

Die drei fremden Männer erweckten zunächst keinen Argwohn. Sie hatten das Jülicher Wirtshaus »Zum frommen Kaiser« betreten und dort an einem Tisch Platz genommen. Jülich lag an der alten Römerstraße, die von vielen Reisenden benutzt wurde. Deshalb waren Fremde, die hier ein Quartier für die Nacht nahmen, keine Seltenheit. Man hatte die drei Männer, die sich eine warme Mahlzeit und eine Kanne Bier hatten auftragen lassen, kaum beachtet, als Fulvius, ein stadtbekannter Raufbold und Würfelspieler, die Wirtsstube betrat. Erfreut, ein paar neue Gesichter zu entdecken, deren Besitzer er mit seinen gezinkten Würfeln übers Ohr hauen konnte, setzte er sich unaufgefordert zu ihnen an den Tisch.

»Sieh mal einer an«, frotzelte Fulvius grinsend und entblößte unvollständigen Zahnreihen. »Wo kommt ihr Burschen denn her, he?«

»Aus Sachsen«, erwiderte der Jüngste der drei. Im Gegensatz zu den anderen beiden war er bartlos, aber trotz seiner Jugend schien er so etwas wie der Führer der Gruppe zu sein. Jedenfalls entging es Fulvius nicht, wie er den Älteren mit einem Stirnrunzeln signalisierte, den Mund zu halten und ihm das Reden zu überlassen.

»Aus Sachsen, wie? Unser alter Kaiser Karl hatte ja so manche Mühe, euer wildes Volk endlich zur Vernunft zu bringen, hähä. Wie heißt du, Junge?«

»Erik!« Das war nicht einmal gelogen.

Fulvius nahm die beiden anderen in Augenschein. »Und wie heißt ihr?«

»Das sind Odo und Wilbert«, antwortete Erik an ihrer Stelle.

»Sind deine Freunde stumm, dass du für sie sprechen musst?«

»Nein, aber du würdest sie nicht verstehen. Es sei denn, du beherrschst die Sprache der Sachsen.«

»Gott behüte, ich will mir ja nicht die Zunge brechen. Wie dem auch sei, für ein kleines Würfelspiel ist die Sprache sowieso nicht von Belang.« Er holte ein paar Würfel aus seinem Gewand hervor und schüttelte sie in seiner Hand. »Wollt ihr?«

»Vielen Dank, aber in Sachsen kennen wir solcherlei Spiele nicht.«

»Wirklich? Das ist mir neu«, spottete Fulvius. »Ich habe mir sagen lassen, dass ihr Sachsen noch ganz anderen heidnischen Lastern frönt.« Auch die anderen anwesenden Gäste waren inzwischen auf die Männer aufmerksam geworden. »Sie kennen keine Würfel!«, rief Fulvius belustigt und blickte Aufmerksamkeit heischend in die Runde.

Vereinzelte Lacher.

Fulvius zog eine gönnerhafte Schnute. »Ich will es euch gerne beibringen.«

»Danke, aber wir sind heute weit gereist und sehr müde«, winkte Erik ab.

»Weit gereist und sehr müde«, äffte Fulvius ihn nach, verärgert, dass dieser Jüngling ihn um seinen Verdienst bringen wollte. Vielleicht war den Kerlen ja eher beizukommen, wenn man an ihre Ehre appellierte.

»Ihr wollt euch also drücken, wie? Sehr freundlich ist das nicht von euch. Hier ist es Sitte, Fremde zum Würfelspiel einzuladen. Und ihr sagt mir einfach, ich solle mich zum Teufel scheren?«

Eriks Begleiter hatten den Wortwechsel stumm verfolgt, und obwohl sie kein einziges Wort verstehen mochten, kündeten steile Falten auf ihren Stirnen von ihrem Unwillen. Erik bemerkte es und beeilte sich, ihrem Zorn zuvorzukommen.

»Wir wollen bestimmt nicht unhöflich sein«, erklärte er Fulvius besänftigend, »doch es ist uns wirklich nicht erlaubt, mit Würfeln zu spielen.«

»So? Und wer hat euch das verboten?«

»Der Priester in unserem Dorf.«

Fulvius lachte schallend.

»Sie lassen sich von einem Pfaffen das Würfelspiel verbieten!«, rief er. »Die Bekehrung der Sachsen – wer hätte das gedacht?« Nun beugte er sich vor und sah den beiden Bärtigen direkt in die Augen. »Oh, ihr braven, frommen Männer! Seid gesegnet!« Mit hastigen Bewegungen schlug er ein Kreuz nach dem anderen. Das aber brachte das Fass zum Überlaufen. Die Männer, die merkten, dass man sie verspottete, erhoben sich von ihren Sitzen und musterten den Spieler mit eisigen Blicken.

»Oh! Jetzt wird's aber gefährlich«, jauchzte Fulvius. Im nächsten Augenblick flog eine gewaltige Faust krachend in sein Gesicht und ließ ihn durch das halbe Wirtshaus taumeln. Vergeblich hatte Erik versucht, das Unheil noch abzuwenden.

Fulvius, der kaum glauben konnte, was ihm widerfahren war, rappelte sich mühsam wieder hoch. Aus seiner Nase tropfte Blut.

»Habt ihr das gesehen?«, wiegelte er die Gäste in der Schänke auf. »Die Kerle haben mich grundlos geschlagen.« Allgemeines Gemurmel wurde laut. »Muss man sich so etwas bieten lassen?«, fuhr Fulvius erbost fort.

»Die glauben wohl, sie wären hier daheim«, pflichtete ihm jemand bei. Auch andere murrten unwillig.

»Zeigen wir's diesen Brüdern!«, blies Fulvius zur Attacke, wohl wissend, dass einige notorische Raufbolde seinem Aufruf unweigerlich Folge leisten würden. Und schon bewegte sich eine empörte Phalanx entschlossener Kämpfer auf die drei fremden Männer zu.

»Lasst die Schwerter stecken«, zischte Erik den beiden Gefährten in seiner eigenen Sprache zu.

Zu spät.

Schon reckten sie ihre Schwerter drohend nach vorne. Kampfeslust glitzerte in ihren Augen.

Den Heranrückenden stockte nur kurz der Atem. Nun sahen sie sich veranlasst, gleichfalls ihre Waffen zu zücken – Dolche, Messer und wuchtige Knüppel. Den dreien zahlenmäßig überlegen, rückten sie weiter vor.

Ein letztes Mal versuchte Erik, die Konfrontation zu vermeiden. Mit erhobenen Händen trat er Fulvius und dessen Verbündeten entgegen, doch unsanft stieß man ihn beiseite.

Dann nahm das Schicksal seinen Lauf. Eriks Gefährten sahen keinen Grund mehr, sich noch zurückzuhalten und ließen ihre Schwerter kreisen.

»Gütiger Gott, es sind Nordmänner!«, rief jemand, der die bärtigen Fremden wohl erkannt hatte, sei es an deren Kampftechnik, an den Schwertern oder aber an den Flüchen und Schreien, die sie ausstießen.

Es ging auf Leben und Tod. Ein grausiges Gemetzel entbrannte, dem Erik sich nur durch Flucht zu entziehen wusste. Zwecklos, den kampfwütigen Gefährten zur Hilfe zu eilen. Früher oder später würden sie der Übermacht unterliegen. Was nutzte es ihnen da, zuvor ein halbes Dutzend Angreifer getötet zu haben? Erik blieb keine Wahl: Seinen Auftrag musste er erfüllen, zum Wohl der ganzen Sippe, das mehr wog als das Wohl Einzelner. Gewiss hätte sein Vater, der Jarl, genauso entschieden.

Als die Gefährten, von wirbelnden Messern getroffen, sterbend auf die Knie sanken, hatte Erik die Stätte der Schlacht verlassen. Erst jetzt bemerkten die einem

Blutrausch verfallenen Zecher sein Verschwinden. Umgehend blies man zur Verfolgung des Flüchtigen.

Uta sammelte Kräuter. Der zum Leben erwachte Frühlingswald gab genug her. Früher hatte die Mutter dies erledigt. Zwar besaß Uta noch nicht deren umfassende Kenntnisse, doch mit der Zeit würde sie sich diese schon noch aneignen.

Wichtig war vor allem, dass Hugo weiter seine Kräutertränke erhielt. Labkraut und Fenchel – manchmal wirkten diese Mittel Wunder, wenn der Husten ihn besonders heftig schüttelte. Die getrockneten Kräuter wurden mit heißem Wasser aufgegossen. Hugo bestand darauf, den bitteren Trank mit Honig zu süßen. Seinetwegen hatte sich schon so manches Bienenvolk abgerackert. Uta genoss die milden Sonnenstrahlen, die sich durch die Baumkronen zwängten. Die Begegnung mit Graf Roland lag etwa eine Woche zurück. Der befürchtete Racheakt, den Arbo schaudernd prophezeit hatte, war bislang ausgeblieben. In den vergangenen Tagen hatte sie viel nachgedacht. Was, wenn ihre Familie unter ihrer Weigerung, des Grafen Kebse zu werden, leiden musste? Was führte dieser Wahnsinnige im Schilde? Was konnte ihm daran liegen, eine Bauerntochter zum Kebsweib zu haben?

Uta war zu der Überzeugung gelangt, dass der Graf einem ausgeklügelten Plan folgte, um auch die letzten freien Bauern zu Hörigen zu machen. Und wenn er hinterher ein Dutzend Kebsweiber durchfüttern musste – seine Macht schien es ihm wert zu sein. Unvorstellbar, dass er tatsächlich Gefallen an ihr gefunden hatte. Hatte sie ihn nicht vor Jahren brüsk zurückgewiesen, mit einer schallenden Ohrfeige? Nun, wenn Graf Roland überhaupt etwas für sie empfand, konnte es doch nur Groll sein.

Trotzdem hatte er sie auf eine merkwürdige Art angesehen, die sie nicht zu deuten wusste. Sehnsucht und

Begierde, Zärtlichkeit und Leidenschaft, all das hatte sie in seinen Augen gelesen. Seine Worte aber hatten von den Gefühlen, die in ihm toben mochten, nichts durchblicken lassen. Roland hatte sich nur als der Graf geben wollen, von dessen Wohlwollen es abhing, wie gut oder wie schlecht es den Bauern ging.

Der Gedanke an diesen unheimlichen Menschen bereitete Uta Unbehagen, mehr denn je. Die imaginären Worte ihrer verstorbenen Freundin kamen ihr in den Sinn.

»He, Rotrud! Bist du da?«

Immer zur Stelle, wenn du mich brauchst.

»Ah, schön, dich wieder zu hören.« Uta stellte den Kräuterkorb beiseite und setzte sich auf den Waldboden, den Stamm einer jungen Eiche als Rückenlehne nutzend.

Hast du etwas auf dem Herzen, meine Liebe?

»Zwei Dinge!«

Ich höre!

»Erstens: Ich habe den Grifo gesehen!«

Wirklich? Wann war das?

»Kurz nachdem wir uns das letzte Mal unterhalten haben.«

Was für ein Zufall. Wo wir doch noch über ihn sprachen, nicht wahr? Wie sieht er heute aus?

»Immer noch ganz nach deinem Geschmack. Zu schade, dass dieser verdammte Blitz dich getroffen hat.«

Nicht mehr zu ändern, fürchte ich. Wie kam es zu eurer Begegnung?

»Er begleitete den Grafen.«

Oh je! Bestimmt kommst du nun zu deinem zweiten Anliegen.

»Erraten!«

Nun?

»Immer öfter muss ich an deine Worte denken, dass der Graf für meine Gabe verantwortlich sein soll!«

Der Verdacht liegt doch nahe, oder nicht? Denn erst seit dem Tag, als du ihm ...

»Ja, ich weiß schon. Du hältst es also für möglich?«

Es gibt Dinge zwischen Himmel und Erde, die kein Mensch jemals begreifen wird.

»Jetzt kommst du mir schon wieder mit solchem Gerede. Warum sagst du mir nicht einfach, was du weißt, Bewohnerin des Jenseits?«

Weil du mit deiner Gabe schon genug zu schaffen hast, meine Liebe. Deshalb.

»Oh, du bist einfach zu gütig.«

Nichts zu danken. – Wer brüllt da eigentlich wie am Spieß?

Uta horchte auf. »Mein Bruderherzchen«, erklärte sie und erhob sich. »Er scheint mich zu suchen.«

Klingt ziemlich aufgeregt, der Kleine. Nun gut, dann will ich mich mal wieder verabschieden. Kannst mich ja auf dem Laufenden halten.

»Uta! Wo zum Henker steckst du bloß?«, scholl es durch den Wald.

»Ich bin hier!«

Der Bruder kämpfte sich durch das Unterholz. Er war völlig außer Atem und begann einmal mehr fürchterlich zu husten. Uta streichelte zart über seinen Rücken. Wie immer half ihm das, sich von seinem Anfall zu erholen.

»Was um alles in der Welt ist denn geschehen?«, fragte Uta, nichts Gutes ahnend.

»Sie haben einen Nordmann gefangen«, keuchte der Bruder.

»Was?«

»Er ist in unserer Scheune!«

»Langsam und der Reihe nach. Ein Nordmann? Wo kam der her?«

»Aus der Stadt. Er ist ein Spion oder sowas und spricht sogar unsere Sprache. Seine beiden Begleiter hat man zur Hölle geschickt. Dieser Kerl aber konnte fliehen. Man hat ihn gehetzt wie ein Stück Wild. Und weißt du, wo man ihn am Ende aufgestöbert hat? In unserer Scheune. Stell dir das vor: Ein Nordmann in unserer Scheune. Wahrscheinlich hätte er uns in der Nacht die Bäuche aufgeschlitzt.«

»Was geschieht nun mit diesem Nordmann?«

»Was schon? Man wird ihn hinrichten. Der Graf ist schon benachrichtigt. Vermutlich wird er bald auftauchen und den Kerl mit zur Altenburg nehmen.«

»Der Graf? Der fehlt uns noch«, stöhnte Uta.

Hugo grinste. »Vielleicht wiederholt er ja bei dieser Gelegenheit sein Angebot, dich zur ...«

»Klappe halten, Bruderherzchen. Darüber macht man keine Späße. Komm, ich will ihn sehen!«

»Wen? Den Grafen?«

»Blödsinn! Den Nordmann!«

Vor Wernars Scheune waren alle Bewohner des Dorfes versammelt. In Gruppen beieinanderstehend, parlierte man laut über den Gefangenen. Kaum jemand hatte einen dieser schrecklichen Nordmenschen je zu Gesicht bekommen. Nun erwartete man die Ankunft des Grafen. Ein paar Schwerbewaffnete, die den Burschen letztlich gestellt hatten, schilderten ihren staunenden Zuhörern mit wilden Gesten und tönenden Worten ihre Heldentat.

Wernar winkte seine Tochter zu sich heran.

»Du hast es schon gehört?«, fragte er ernst.

Uta nickte.

»Dieser Nordmann – er verheißt uns nichts Gutes«, sagte Wernar finster und gesellte sich zu einer Gruppe von Bauern, die sich darüber ausließen, auf welche Art und Weise der Graf den Gefangenen richten sollte.

»Wo willst du hin?«, fragte Hugo seine Schwester, die sich anschickte zu gehen.

»Ich schaue mir diesen Burschen mal an.«

»Warte. Ich komme mit dir.«

»Nein, ich gehe alleine.«

»Warum denn das?«

»Weil ich es für richtig halte. Du wartest hier, kapiert?«

Hugo blies verärgert die Wangen auf, gehorchte aber.

Niemand achtete auf Wernars Tochter, als sie die Scheune betrat, zu sehr war man in Debatten vertieft. Ein Huhn sprang gackernd beiseite. Es dauerte ein paar Augenblicke, bis sich Uta an das Halbdunkel gewöhnt hatte. Dann erblickte sie ihn.

Der Nordmann saß vor dem hölzernen Wagen, den sie immer mit zum Markt nach Jülich nahmen. Seine überstreckten Arme hatte man an das Rad gebunden, so dass er Ähnlichkeit mit dem gekreuzigten Christengott besaß. Vorsichtshalber hatte man ihm auch die Beine gebunden. Er war noch erstaunlich jung, stellte Uta fest, kaum älter als sie selbst. Mit einem rauschebärtigen Unmenschen hatte sie gerechnet, nicht mit einem Jüngling. Auch seine Kleidung ließ nicht darauf schließen, dass es sich um einen Fremden handelte, ebenso gut hätte er ein Franke sein können. Er schien seinerseits verblüfft zu sein über die junge Frau, die ihn in seinem vorläufigen Gefängnis aufsuchte und sich zu ihm herabbeugte.

»Wer bist du?«, entfuhr es ihm.

»Mein Name ist Uta. Und deiner?«

Zu seiner eigenen Überraschung beschloss der Gefangene, ihre Frage zu beantworten.

»Erik.«

»Das ist ein nordischer Name, nicht wahr?«

»Kein Wunder, schließlich bin ich ja auch ein Nordmann. Ihr Franken nennt uns doch so, oder?«

»Aber du sprichst unsere Sprache. Wieso?«

»Ich habe sie gelernt.«

»Sicher. Damit du deiner Tätigkeit als Spion nachgehen kannst.«

»So ist es, schönes Mädchen. Warum sollte ich es noch vor dir leugnen?«

»Werden noch mehr von euch kommen?«

»Ja. Es werden noch mehr kommen. Viel mehr.«

»Warum tut ihr das?«

»Was meinst du?«

»Na, das Morden! Und das Plündern! Und natürlich das Brandschatzen!«

»Ist es das, was man von uns erzählt?«

»Stimmt es denn nicht?«

Erik machte ein paar tiefe Atemzüge. »Nun ja. Es stimmt.«

»Also, warum?«

»Warum blühen Blumen? Warum führen Flüsse Wasser? Warum rauscht das Meer?«

»Weil es so sein muss.«

»Du sagst es.«

Uta schenkte dem Wikinger ein Lächeln. »Willst du damit sagen, dass ihr morden, plündern und brandschatzen *müsst*, weil es in eurer Bestimmung liegt?«

»Manchmal glaube ich, dass es wohl so ist.«

»Und dir ist nie der Gedanke gekommen, dass dies Unrecht sein könnte?«

»Bestimmung, Unrecht – wer entscheidet, was richtig und was nicht richtig ist? Unsere Götter lassen uns gewähren. Sie sind stolz auf uns, wenn wir in ihrem Namen in die Welt hinausfahren.«

»Seltsame Götter habt ihr«, murmelte Uta. »Unser Gott würde Gräueltaten niemals dulden.« Sie stellte fest, dass sie sich zum ersten Mal zu einer Fürsprecherin des Christengottes gemacht hatte.

»Ja, ich habe schon einiges von eurem Gott gehört. Wenn er ja wirklich so barmherzig ist, wie man sagt, dann darf ich ja auf einen schnellen, gnädigen Tod hoffen.«

»Das habe ich nicht gesagt. Die meisten Christen scheren sich einen Dreck um die Worte ihres Gottes.«

»Schade. Wie wird man mich also richten? Wird man mich pfählen? Oder vierteilen? Oder auf einem brennenden Rost schmoren?«

Uta verzog angewidert das Gesicht, was dem Nordmann nur ein schiefes Lächeln entlockte.

»So zart besaitet, schönes Mädchen?«

»Der Tod macht dir keine Angst?«

»Ich werde in Walhall einziehen. Hoffe ich zumindest.«

»Wallhall? Ist das euer Himmel?«

»Wallhall ist die Kriegerhalle Odins. Hierin kommen alle ehrenvoll im Kampf Gefallenen ...«

»Schon gut. So genau wollte ich es gar nicht wissen.«

Draußen brach Gelächter aus.

»Wahrscheinlich kommen ihnen gerade ein paar gute Einfälle, wie sie mein Sterben in die Länge ziehen können«, vermutete Erik.

»Und was, wenn du gar nicht sterben musst?«, fragte Uta plötzlich leise. Das, was sich ihren Gedanken als Plan eröffnete, entfachte ein aufgeregtes Glühen in ihrem Herzen.

»Du scherzt wohl. Glaubst du allen Ernstes, sie würden mich wieder laufen lassen?«

»Die da draußen bestimmt nicht. Aber ich könnte es tun.«

»Du?« Erik schüttelte lachend den Kopf. Doch in Utas Blick lag eine Entschlossenheit, die ihn stutzig machte. »Du würdest mich laufen lassen?«

»Vielleicht.«

»Und wie willst du das anstellen?«

»Ganz einfach. Zuerst befreie ich dich von deinen Fesseln. Und dann machst du dich klammheimlich aus dem Staub. Durch dieses Loch dort in der Scheunenhinterwand, schlage ich vor.« Sie holte das Messer, mit dem sie eben noch Waldkräuter geschnitten hatte, unter dem Saum ihres Rocks hervor und begann, seine Fesseln zu lösen. Ihr Gesicht erschien unmittelbar vor dem des Wikingers, in dem Fassungslosigkeit geschrieben stand – und noch etwas anderes. Eine Weile sahen sie sich tief in die Augen.

»Du ... bist wunderschön«, stammelte Erik.

»Ist das alles, was du sagen kannst?«

»Warum tust du das? Man wird dich statt meiner umbringen.«

»Niemand hat auf mich geachtet, als ich in die Scheune ging. Man wird mich nicht verdächtigen.« Inzwischen hatte sie ihr Werk vollendet und half dem jungen Wikinger auf die Beine. Länger, als es nötig gewesen wäre, hielten sie sich an den Händen. »Wir müssen uns beeilen«, sagte Uta schließlich. »Ich folge dir durch das Loch, damit mich niemand aus der Scheune kommen sieht. Und dann lauf, so schnell du kannst. Es dürfte nicht lange dauern, bis dein Verschwinden bemerkt wird.«

»Du hast meine Frage nicht beantwortet, Uta: Warum tust du das?«

»Ich habe meine Gründe.«

»Aber ...«

»Keine Zeit mehr, Erik. Verschwinde! Lauf zum Fluss und wate durch das Wasser, damit sie deine Spuren nicht finden.« Geheimnisvoll lächelnd fügte sie hinzu: »Allerdings bin ich fest überzeugt, dass man dich nicht wieder ergreifen wird.«

Der Wikinger hätte diesem seltsamen Mädchen am liebsten tausend Fragen gestellt. Doch er beließ es dabei, ihren Kopf zwischen seine Hände zu nehmen und seine Lippen auf ihre zu pressen, länger, als es für seine Fluchtpläne gut gewesen wäre, und leidenschaftlicher, als es als Geste der Dankbarkeit zu werten.

Dann verschwand er durch das Loch in der Scheunenwand.

Ein Chaos ohnegleichen brach los, als man das Verschwinden des Wikingers bemerkte. Einer schrie lauter als der andere, man beschuldigte sich gegenseitig, den Gefangenen nicht bewacht zu haben. Die durchgeschnittenen Fesseln gaben Anlass zu der Vermutung, dass weitere Nordmänner in der Nähe sein mussten und ihren Kumpan befreit hatten. Dies sorgte für nervöse Unruhe. Dem Flüchtigen Suchtrupps hinterherzuschicken wagte man nicht, um nicht in eine Falle der Nordmänner zu tappen. Fieberhaft erwartete

man die Ankunft des Grafen, der über weitere Schritte entscheiden würde.

Als Roland endlich erschien, hoch zu Ross sitzend, berichtete man ihm mit aufgeregten Worten, was geschehen war. Der Graf ließ seinen Blick über die Versammelten schweifen. Als er Wernar erblickte, zuckte ein abschätziges Grinsen um seine Mundwinkel. Dann sah er Uta. Abseits von den anderen stand sie mit verschränkten Armen vor dem Scheunentor und erwiderte trotzig seinen Blick.

»Herr Graf!«, beschwor ihn einer der Bauern. »Wie sollen wir uns nun schützen?«

Roland überhörte die Frage zunächst. Erst als der Bauer sie erneut stellte – diesmal schrie er sie ängstlich aus sich heraus –, gelang es dem Grafen, sich aus Utas Bann zu lösen.

»Was blaffst du mich an, Bauer? Weshalb zur Hölle habt ihr nicht auf den Kerl aufgepasst?«

Niemand konnte es dem Grafen erklären, stattdessen begann man erregte Debatten zu führen.

»Wer wird uns nun schützen vor dem drohenden Angriff der Nordmänner?«, lautete letztlich die alles entscheidende Frage.

Roland hob eine Hand und erbat sich Ruhe. Erwartungsvoll sahen die Bauern zu ihm hoch. »Ich übertrage den Schutz dieser Ortschaft den hiesigen freien Bauern«, erklärte er feierlich.

»Soll das ein Scherz sein?«, rief jemand. Rolands eisiger Blick ließ ihn verstummen.

»Aus Wernars Scheune konnte der Kerl entfliehen. Wendet euch also an ihn, er wird wissen, was zu tun ist.« Ein letztes Mal suchte er Utas Blick, dann wendete er sein Pferd und ritt im Galopp davon.

Abermals wurde laut debattiert.

»Das haben wir nun von deinem Starrsinn, Wernar. Der Graf lässt uns schutzlos zurück.«

»Merkt ihr denn nicht, dass er uns gegeneinander aufwiegelt?«, wehrte sich der Gescholtene.

Gerhart, sein Nachbar, gab ihm Recht. »Der Graf hat es nicht anders gewollt: Wir müssen uns selbst bewaffnen, müssen Wehrtrupps aus unseren eigenen Reihen bilden! Zumindest so lange, bis die Gefahr gebannt ist.«

Man kam überein, dies in Ruhe zu besprechen und beschloss, sich in einer Stunde vor dem Backhaus zu treffen. Die Menge löste sich auf.

»Herzschwester?«

Uta stand immer noch vor dem Scheunentor. Sofort bemerkte sie den seltsamen Unterton in der Stimme des Bruders.

»Was gibt es, Bruder?«

»Ich habe da einen bestimmten Verdacht.«

»Ach ja? Und welchen?«

»Du hast den Nordmann laufen lassen, nicht wahr?«

Utas Schweigen war ihm Antwort genug.

»Bist du eigentlich völlig irre?«, rief er entrüstet.

»Still! Willst du, das uns jeder hört?«

»Aber ... warum hast du es getan?«, fragte Hugo leiser, seine Hände wie ein Schlangenbeschwörer erhoben.

»Ich hatte einen Grund.«

»Vielleicht bist du so freundlich und erläuterst mir diesen.«

»Sie hatten vor, den Nordmann hinrichten«, sprach sie zögerlich.

»Natürlich. Spätestens morgen hätten sie ihn einen Kopf kürzer gemacht. Wolltest du diesem Unmenschen das Leben schenken?«

»Als ich ihn sah«, fuhr sie unbeirrt fort, »erkannte ich deutlich, dass er nicht sterben würde.«

»Was?«

»Meine Gabe. Ich sah es in seinen Augen. Er muss nicht sterben.«

»Kann ich mir denken. Wenn du ihn laufen lässt!«

»Du verstehst nicht. Natürlich hatte ich nicht von Beginn an die Absicht, ihn zu befreien. Aber als ich sah, dass er leben würde ...«

»Da hast du ihn befreit«, ergänzte Hugo seufzend. »Wenn die aus dem Dorf das erfahren, werden sie dir einen Scheiterhaufen errichten.«

»Vielleicht habe ich ihnen das Leben gerettet. Die Nordmänner hätten ihren Kumpan befreit und das Dorf niedergebrannt.«

»Was sie sowieso bald tun werden.«

»Jedenfalls nicht in den nächsten Tagen.«

»Ah! Und was macht dich da so sicher?«

»Die Gesichter der Bauern!«

Hugo sah seine Schwester, die kaum noch größer war als er selbst, mit großen Augen an und begann laut zu lachen.

»Herzschwester, du hast mich überzeugt, so wie immer. Keiner wird auch nur ein Sterbenswörtchen von mir erfahren!«

Draußen war es längst dunkel, als Wernar nach Hause kam. Arbo lag auf seiner Bank und schnarchte. Hugo und Uta waren noch wach und hockten am Herdfeuer, das allmählich erlosch. Gesellschaft leistete ihnen Frido, der breit ausgestreckt zu Utas Füßen lag. Wernar gesellte sich zu seinen Kindern.

»Es ist beschlossen«, erklärte er müde, »wir werden einen Wehrtrupp aufstellen. Ständige Wachen werden postiert. Auch du, Hugo, wirst eingeteilt. Den Nordmännern darf es nicht gelingen, uns zu überraschen.«

Hugo nickte begeistert. »Wir werden es ihnen schon zeigen, Vater.«

Wernar starrte gedankenvoll ins Feuer. »Auch über dich wurde gesprochen, Uta.«

Einen Moment lang durchfuhr es sie siedend heiß. War sie womöglich doch beobachtet worden in ihrem Tun? Nein, unmöglich! Dann hätte man sie längst zur Rechenschaft gezogen.

»Über mich?«, lachte sie gequält.

»Die Nachricht vom Korb, den du dem Grafen gegeben hast, hat sich ausgebreitet wie ein Lauffeuer.«

»Dann hat Arbo wieder mal geplaudert«, erwiderte Uta, mit dem Daumen auf den Schnarchenden deutend.

»Die Leute fürchten den Zorn des Grafen. Nicht zu Unrecht, wie sich heute gezeigt hat. Er gewährt uns keinerlei Hilfe gegen die Nordmänner.«

Uta schwieg betreten.

»Soll das heißen, dass meine Schwester an allem schuld ist?«, begehrte Hugo auf.

»Still, Kleiner.« Uta fasste ihn besänftigend am Arm. »Wahrscheinlich ist es nicht nur das«, sprach sie leise. »Sie fürchten mich. Sie fürchten mich und meine Gabe, für die ich nichts kann.«

Eine Weile hörte man nichts weiter als das Knistern der Scheite und das Schnarchen des Knechts. »Wenn es für uns alle besser ist«, fuhr Uta schließlich fort, »soll der Graf mich eben zur Kebse nehmen.«

Hugos Kinnlade klappte weit nach unten, und auch Wernar sah aus, als sei ihm ein Gespenst begegnet.

»Du ... würdest es tun?«, stammelte Hugo.

»Ja. Bevor noch Mord und Totschlag über unsere Familie hereinbrechen.« Uta klang entschlossen, obgleich ihre Augen plötzlich leer und leblos wirkten.

»Bist du verrückt?!«, schrie Hugo so laut, dass Arbo mit einem erschrockenen Grunzen erwachte und aufgeregt in alle Richtungen spähte.

»Was ist los? Die Nordmänner?«

»Viel schlimmer. Meine Schwester hat sich plötzlich entschlossen, doch die Kebse des Grafen zu werden.«

»Oh!« Arbo setzte sich auf und schaute verdattert drein.

»Hast du nicht selbst gesagt, dass es eine feine Sache für euch alle wäre, Bruderherzchen?«, fragte Uta tonlos.

»Das war dummes Geschwätz! Wir alle wissen, dass du niemals glücklich sein würdest. Nicht wahr, Vater? Um Himmels Willen, sag doch etwas dazu!«

Wernar seufzte niedergeschlagen. »Lasst uns morgen darüber sprechen. Wir sind alle müde.«

»Nein! Hier und jetzt werden wir das klären!« Hugo hatte sich derart in Rage geredet, dass er wieder hustete.

Ein Klopfen an der Türe ließ alle aufhorchen. Wernar brachte den anschlagenden Hund mit einem barschen Befehl zum Schweigen und gab dem Knecht einen Wink. Den Schlaf noch immer in seinen Gliedern fühlend, schlurfte Arbo zur Tür und öffnete sie einen Spalt weit. Eine Zeitlang sah man ihn nur von hinten, bis er sich wieder an den Herrn des Hauses wandte.

»Es ist … die Gräfin«, stammelte er entgeistert.

»Die Gräfin? Esel, dann lass sie eintreten.«

»Sie will nicht. Mit Uta sprechen will sie. Draußen und allein.«

»Mit mir?« Uta schüttelte den Kopf.

»Los, geh schon«, befahl der Vater. »Heiliger Dionysius, was hat das nun wieder zu bedeuten?«

»Sicher nichts Gutes«, knurrte Hugo.

»Hört auf mit dem Gejammer!« Uta erhob sich und schritt zur Türe.

»Tu mir nur einen Gefallen«, rief der Vater ihr gedämpft hinterher. »Sei höflich zu ihr. Zügle dein freches Mundwerk und sag ihr nichts, was Gott verboten hat.«

Draußen hatte Nieselregen eingesetzt. Vor der Tür stand, in einen wollenen Mantel gehüllt, die Gräfin Adelheid und musterte Uta neugierig. Etwas weiter abseits, vor der Scheune, in der sie Erik befreit hatte, erkannte Uta einen Reiter. Sie wusste, dass es Grifo war, der auf seine Herrin wartete.

»Uta?«

»So heiße ich, Gräfin.«

Adelheids Blick tastete den Körper der Bauerntochter ab. »In der Tat, du bist sehr hübsch«, stellte sie fest.

Uta schwieg. Sie hatte Häme in der Stimme der Gräfin erwartet, doch sie hörte keine.

»Du hast dich geweigert, das Kebsweib meines Gemahls zu werden?« Diese Frage war wie ein Donnerschlag.

Dennoch brachte sie Uta nicht aus der Fassung.

»So ist es.«

»Weshalb?«

»Weil ich nichts für Euren Gemahl empfinde.«

»Ist das der Grund?«

»Inzwischen weiß ich, dass es wohl falsch war, sein Angebot abzulehnen.«

Adelheids Augen rundeten sich. »So? Was hat dich dazu gebracht, deine Meinung zu ändern?«

»Mancherlei Dinge, Gräfin.«

»Du bist also bereit und willig, sein Kebsweib zu werden!«

»Ja, Gräfin. Wenn er mich noch will.«

»Daran zweifle ich nicht.« Diesmal konnte Adelheid ihre Verbitterung nicht verbergen, aber nur kurz, dann gab sie sich wieder kühl und nüchtern. »Hast du ihn verzaubert?«

»Die Gabe zu zaubern ist mir nicht gegeben, Gräfin.«

»Aber die Gabe, Todgeweihte zu erkennen, die ist dir gegeben.«

Uta senkte den Kopf. »Ja, Gräfin. Aber ich habe sie mir nicht gewünscht.« Sie spürte die Hand der Gräfin, die sanft ihre Wange streichelte. Überrascht sah Uta sie an.

»Wirst du gegen mich kämpfen, Uta?«

Noch ehe Uta antworten konnte, zog Adelheid ihre Hand zurück, als stünde der Bauerntochter dieser Gunstbeweis nicht zu. »Wir könnten Freundinnen sein«, sagte sie, obwohl es wie eine Drohung klang.

Uta schluckte heftig.

»Wenn ich aber merke, dass du mich vernichten willst, Uta, dann werde ich *dich* vernichten. Vergiss das nie!« Mit diesen Worten ließ sie Uta stehen. Grifo kam der Gräfin entgegen, um ihr aufs Pferd zu helfen. Bald darauf hatte die Nacht sie verschluckt.

»Was hat sie gesagt?«, drängten Vater und Bruder im Chor, als Uta, bleich wie eine gekalkte Wand, wieder das Haus betrat.

»Lasst mich«, erwiderte sie niedergedrückt. »Ich möchte jetzt schlafen.«

Eine kalte Hand, die nach ihm griff.

Entsetzen.

Roland wollte schreien, doch seine Stimme versagte, nicht nur vor Entsetzen. Die kalte Hand hatte sich auf seinen Mund gelegt.

Das unstillbare Verlangen, seine Lungen voll Luft zu saugen. Aber die kalte Hand war unerbittlich. Unsagbares Grauen. Und dann – aus der Dunkelheit – ein Gesicht!

Das Gesicht des Vaters.

Vater, vergib mir, wollte Roland rufen. Aber wie? Die kalte Hand nahm ihm jeden Atem.

Die Reue währte nicht lange. Dieser alte Mann wollte Rache. Rache für eine Tat, die geschehen *musste*.

Roland griff nach der Hand, die seinen Tod wollte. Er griff ins Leere. Die kalte Hand – er fand sie nicht. Und dennoch nahm sie ihm die Luft zum Atmen.

Todesangst!

Er wollte sich aufbäumen, vergebens.

Vater, hast du mich jemals geliebt?

Eine Stimme wie aus dem Jenseits: Liebe? Weißt du, was das ist, Roland?

Er sammelte alle Kräfte, die ihm noch verblieben waren. Und bäumte sich auf.

»Wacht auf, Herr!«

Rolands Atem rasselte. Schweißperlen bedeckten sein angstverzerrtes Gesicht. Sein Herz schlug ihm bis zum Hals.

»Wacht auf, Herr«, wiederholte die Stimme. »Ihr hattet einen schlechten Traum.«

Roland tastete nach seinem Hals.

»Wo bin ich?«

»Bei mir, Herr.«

Roland versuchte, Herr seiner Sinne zu werden. Neben ihm eine Frau. Abermals begann sein Herz zu rasen.

»Uta?«

»Nein, Herr. Hruoswitha.«

Stöhnend ließ sich Roland wieder auf sein Lager fallen.

»Lass mich allein«, befahl er der Magd.

5

Immer häufiger verschlug es Menschen, die sich auf der Flucht vor den Horden der Nordmänner befanden, zu uns nach Stablo. Wir hörten von unsagbaren Gräueltaten. Sie schonten weder Frauen noch Kinder, selbst Säuglinge starben unter ihren Äxten und Schwertern. Niemand vermochte genau zu sagen, woher sie gekommen waren. Einige glaubten zu wissen, sie kämen aus dem Land der Angelsachsen[12], wo man ihren Ansturm erfolgreich abgewehrt habe, andere behaupteten, sie seien mit ihren Drachenbooten direkt vom Nordmeer her gekommen.

Recht hatten sie alle. Es waren Horden, die nicht unter einem vereinten Befehl standen. Die Menschen des westlichen Reiches waren schon in den vorangegangenen Jahren Opfer ihrer Beutezüge gewesen. So war auch die Stadt Gent erst Monate zuvor in Flammen aufgegangen. Immerhin aber hatte man sich mancherorts erfolgreich gegen die Nordmänner zu wehren vermocht. Was die seit langem währende Plage aber zu einer Not mit apokalyptischen Ausmaßen machte, war die Tatsache, dass der Zustrom der Unmenschen plötzlich kein Ende mehr nahm, als habe die Hölle ihre Pforten für alle Ewigkeiten geöffnet. Ob die Anführer der Horden sich absprachen oder ob ihr oft zeitgleiches Erscheinen eher zufällig geschah, weiß ich nicht, und es spielte auch keine Rolle für die leidgeprüften Menschen des Reiches. Viele von ihnen sollten die kommenden Monate und Jahre nicht überleben.

Man beschrieb uns die Nordmänner als groß gewachsene, wilde Kerle, die ausnahmslos Bärte trugen und sich Zöpfe ins Haar flochten. Panzer aus geteertem Leinen bedeckten ihre Brust. Ihren Kopf schützten sie mit Helmen, die bis in den Nacken reichten. Mit allen Waffen wussten sie umzugehen, mit Kurz- und Langschwertern, mit Streitaxt und Spieß. Zudem waren sie hervorragende Bogenschützen.

---

12 England.

Sie schützten sich mit hölzernen Rundschildern, in deren Mitte ein eiserner Buckel prangte. Wenn sie in den Kampf zogen, legten sie eine unselige Todesverachtung an den Tag. Allein ihr wildes Gebrüll ließ die Menschen vor Angst erstarren. Sie verfielen einem gnadenlosen Blutrausch, sobald das erste Opfer tot zu ihren Füßen lag.

Wir hörten von einem Dorf nahe der Scheldemündung, das die Nordmänner in ein Feld aus Asche und Gebeinen verwandelt hatten. Ein Überlebender — er war der Einzige — berichtete, wie es den anderen Dorfbewohnern ergangen war. Die Nordmänner hatten sich nicht damit begnügt, ihnen einen schnellen Tod zu bereiten und sich mit ihrer Beute davonzustehlen, die vor allem aus Kühen und Ziegen bestand. Schwangeren Frauen schlitzten sie bei lebendigem Leib die Bäuche auf und spießten die Föten auf ihre Lanzen. Männern schnitten sie die Hoden ab und stopften sie den Unglückseligen in die Münder. Dann öffneten sie auch ihnen die Bäuche, um sie mit dem eigenen Gedärm zu erdrosseln. Andere waren in ihren Häusern elendig verbrannt, denn Nordmänner hatten ihnen die Fluchtwege versperrt. Das Geschrei der Sterbenden, so der Augen- und Ohrenzeuge, würde er niemals wieder vergessen können. Was Wunder, dass der Mann dem Wahnsinn nahe war. Er starb binnen weniger Tage, obwohl er keine Verletzungen aufwies. Auf diese Weise entzog er sich der fürchterlichen Erinnerung.

Immer mehr Flüchtende suchten Schutz in unseren Klostermauern, wähnte man sich doch hier unter Gottes Schutz. Es kam der Tag, da unsere Mauern zu zerbersten drohten ob der unübersehbaren Menschenmassen, die wir inzwischen aufgenommen hatten. Ein geregeltes Klosterleben war längst nicht mehr möglich, und der Abt — Realist, der er war — begann daran zu zweifeln, dass die Nordmänner das Kloster verschonen würden. Vor vielen Jahren nämlich, so wusste der Abt, hätten sie im Land der Angelsachsen ein großes Kloster verwüstet und

alle Mönche getötet. Kein Stein sei dort auf dem anderen geblieben.[13] Nein, den Christengott schienen sie nicht zu fürchten. Auch Stablo würde, wenn sie erst einmal bis hierher vorgedrungen waren, ein Raub der Flammen werden. Der Abt trug uns auf, mit den Schutzsuchenden zu sprechen, ihnen nahe zu legen, weiter ostwärts zu ziehen, bis der furchtbare Drachensturm sich gelegt habe.

Was denn mit uns, den Mönchen, geschehen solle, fragte ein Mitbruder.

Der Abt nahm ihm die Frage nicht übel, obwohl sie nicht von Demut zeugte. Auch er, so der Abt, habe sich Gedanken gemacht über die Zukunft des Konvents. Er selbst beabsichtige zu bleiben, ebenso zwei Dutzend älterer Mitbrüder, mit denen er bereits gesprochen habe. Sie alle seien zu alt, um sich den Strapazen einer Flucht auszusetzen. Stattdessen wollten sie auf Gottes Wirken vertrauen. Alle Jüngeren aber sollten sich in den nächsten Tagen nach Aachen begeben, wo es eine Niederlassung unseres Ordens gebe.[14] Dort, in der Stadt des großen Karls, seien wir sicher, da nicht einmal die Nordmänner es wagen würden, sie anzugreifen. – Nicht oft habe ich erlebt, dass der Abt Unrecht behielt. Hier irrte er.

Bücher, Klosterschätze und andere Kostbarkeiten sollten wir mitnehmen, damit sie nicht in die Hände der Nordmänner fielen. Ein paar der Jüngeren baten darum, bleiben zu dürfen, doch der Abt gestattete es ihnen nicht und verlangte Gehorsam.

So geschah es, dass sich eine Woche später ein langer Tross auf den Weg nach Aachen machte, begleitet von Kriegern, die wir zu unserem Schutz angeworben hatten.

Als ich mich umdrehte, um einen letzten Blick auf das Klostergebäude zu werfen, ahnte ich, dass ich es niemals wiedersehen würde. Ich selbst bin nicht bereit,

---

13 Hier ist der Überfall auf das Kloster Lindisfarne in England gemeint. Am 8. Juni 793 machten die Wikinger die Abtei dem Erdboden gleich und betraten mit diesem Fanal die Bühne der Weltgeschichte.

14 In der heutigen Ursulinerstraße.

mir vorzustellen, wie der gottesfürchtige Abt und seine Mitbrüder Monate später ums Leben kamen.[15] Noch heute bete ich täglich für ihr Seelenheil. Gott der Allmächtige sei ihnen gnädig.

Wieder nach vorne schauend, schoss mir ein weiterer Gedanke durch den Kopf: In Aachen war ich nicht weit von meiner Heimat.

Nicht weit von Hilmintrud.

---

15 Ende Dezember 881 wurden sowohl Stablo als auch Malmedy von den Wikingern niedergebrannt.

Mai 880 A. D.

Ein Überfall der Wikinger war ausgeblieben, so wie Uta es vorausgesagt hatte. Allmählich kehrte wieder der Alltag ins Dorf ein, wenngleich man weiter aufmerksam blieb und ständige Wachen postierte. Die Bewaffnung der Bauern bestand vor allem aus Messern und Dolchen; einige hatten sich Bogen geschnitzt und probten für den Ernstfall. Selbst die Kinder blieben nicht untätig, sammelten faustgroße Steine und horteten sie, um sie den Angreifern im Bedarfsfall an die Köpfe zu werfen. Man redete sich ein, es sei möglich, die Nordmänner in die Flucht schlagen.

Und Uta? Sie hatte Tage der Schwermut und des Unbehagens hinter sich. Nicht, weil sie einen Angriff der Nordmänner erwartet hätte. Es schien ihr wie eine Gewissheit, dass dies nicht geschehen würde. Noch nicht. Und doch wusste sie: Das Wohl der Bauern hing von der Gunst des Grafen ab. Sie bezweifelte, dass Mut und Entschlossenheit ausreichten, um den beutegierigen und kampferprobten Feinden die Stirn zu bieten. Graf Roland musste milde gestimmt werden. Und sie, Uta, war in der Lage, dies zu bewerkstelligen. Das erschien ihr wie ein Albtraum, aber so war es wohl.

Lange Nächte hatte sie gegrübelt, warum der Graf gerade sie erkoren hatte. Eine Antwort war ausgeblieben. Wie ein Spielball höherer Mächte fühlte sie sich, wie ein Stück Holz, das in einem Strom trieb, den Elementen ausgeliefert. Wenn sie gegen ihr Schicksal aufbegehrte, würde Unheil über ihren Vater kommen, über ihren Bruder, über Arbo, über das ganze Dorf. Sie hatte es in der Hand, alles abzuwenden.

Als sie sich bereit erklärt hatte, des Grafen Kebsfrau zu werden, hatte der Vater geschwiegen. Seit jenem Tag hatten sie nicht mehr darüber gesprochen. Und dennoch lag seitdem in Wernars Blick die unausgesprochene Frage, wann sie zur Altenburg gehen und beim Grafen Abbitte leisten würde, damit die Welt nicht in Blut und Chaos versank.

Es waren Gesichter, die durch Utas Kopf spukten. Das undurchdringliche des Grafen. Das verzweifelte der Gräfin. Und das des jungen Wikingers!

Warum empfand sie keinen Hass, wenn sie an ihn dachte? Sie hatte ihn befreit, doch dafür hatte sie gute Gründe gehabt. Zumindest glaubte sie das. Erik gehörte einem feindlichen Volk an, das plündernd und mordend durchs Land zog. Warum also hasste sie ihn nicht? Warum bereitete ihr der Gedanke an ihn keine Furcht?

Sie wusste es nicht.

Es musste bald geschehen. Sie durfte nicht länger warten. Sie musste es tun.

Der Graf kam ihr zuvor.

An einem Nachmittag erschien Roland mit zwei bewaffneten Reitern auf Wernars Hof. Hühner flatterten aufgeregt vor den Hufen der Pferde. Wernar beeilte sich, dem Grafen entgegenzutreten, während seine Kinder mit düsteren Mienen an der Tür verharrten.

»Bauer Wernar, wo bist du gewesen?« Der Hohn in Rolands Stimme strafte den Ernst der Frage Lügen.

»Mein Graf? Ich verstehe nicht.«

»Gestern Abend bist du nicht erschienen, obwohl ich es angeordnet hatte.«

»Beim Allmächtigen, ich weiß wirklich nicht, wovon Ihr sprecht, mein Graf. Wo hätte ich denn erscheinen sollen?«

»Es gab eine Gerichtssitzung, zu der ich alle Freien als Beisitzer geladen hatte. Du bist doch ein Freier?«

»Mein Graf, so wahr ich hier stehe: Ich wusste nichts von jener Gerichtssitzung.«

»Hm!« Roland linste zur Tür, wo das Mädchen stand. »Du wusstest es nicht?«

»Nein, mein Graf.«

Roland spitzte den Mund und wandte sich an den Mann zu seiner Rechten – ein Hüne, der durch seinen

rabenschwarzen Bart grinste. »Gerold, hast du es dem Bauern etwa nicht mitgeteilt?«

»Aber gewiss doch, mein Graf. Noch gestern Morgen war ich hier und sagte es ihm.«

»Er lügt!«, rief Wernar, bleich geworden.

»Ich lüge?« Der Mann legte eine Hand um den Knauf seines Schwertes. »Sag das noch einmal, Bauer.«

»Ich habe diesen Mann noch nie gesehen!«, beteuerte Wernar.

»Vielleicht trügt dich ja dein Gedächtnis«, sagte Roland seufzend. »Jedenfalls ist Gerold ein Mann von Ehre, und ich habe keinen Grund, an seinen Worten zu zweifeln.«

»Mein Vater sagt die Wahrheit!«, rief Hugo tapfer. »Dieser Mann war niemals hier.«

Roland lachte rau. »Es rührt mich, wie dein Sohn sich für dich einsetzt, Wernar. Nur wundert es mich, dass deine Tochter schweigt. Von ihr hätte ich solches Gebell eher erwartet.«

Wernar schwieg. Hilfloser Zorn erfüllte ihn.

»Nun, ich komme nicht umhin, dir eine Buße aufzuerlegen«, fuhr Roland fort und seufzte abermals. »Was willst du mir freiwillig zahlen?«

»Ich soll … zahlen?« Wernar zitterte vor Wut.

»Oh, verzeih mir. Für einen Augenblick vergaß ich, dass du ja nur ein Bauer bist. Gib mir eine Kuh, und die Sache ist vergessen. Und beim nächsten Mal erscheinst du, sobald ich nach dir verlange. Verstanden?«

»Ich kann Euch meine Kuh nicht geben, Graf.«

»Nein? Und warum nicht?«

»Es ist die Einzige, die ich besitze.«

»Das nenne ich Pech, Wernar. Oder besser gesagt: Dummheit! Du hättest eben erscheinen sollen, als ich dich zur Sitzung bestellte.«

»Verdammt, niemand bestellte mich zu einer Sitzung, ich schwöre es.«

»Es reicht!«, schrie Roland. »Ich werde deine Frechheit nicht länger dulden. Ein einziges Wort noch, und du wirst selbst vor Gericht stehen.«

Wernar vergrub sein Gesicht und begann zu schluchzen.

»Holt die Kuh«, befahl Roland seinen Begleitern.

»Wartet, Graf!«

Alle Blicke richteten sich auf Uta, die sich dem Grafen näherte. Sie war fest entschlossen, das Opfer zu bringen, das offenbar von ihr erwartet wurde. Unmittelbar vor dem schwarzen Hengst des Grafen blieb sie stehen und sah zu ihm empor.

»Ich habe Euch etwas zu sagen!«

Roland kaute auf einem Mundwinkel. »Du machst mich neugierig.«

»Es betrifft nur Euch und mich.«

»Nein!«, schrie Wernar. Mit nur zwei Schritten war er bei seiner Tochter und zerrte sie mit sich fort.

»Vater, lass mich los!« Sie wehrte sich mit Händen und Füßen. Vergebens.

»Niemals wirst du seine Kebse, hörst du? Eher will ich verhungern.«

Roland gab den Reitern ein Zeichen. Kurz darauf verließen sie den Hof, der Graf, seine beiden Begleiter und Wernars Kuh.

Adelheid stand unbewegt am Fenster und starrte hinaus, wie sie es manchmal viele Stunden lang zu tun pflegte. In ihre Grübeleien versunken, nahm sie die Schwiegermutter erst wahr, als diese sie an der Schulter fasste. Erschrocken fuhr Adelheid herum.

»So schreckhaft, mein Kind? Ich bin es nur.«

»Verzeiht mir, aber ich hörte Euch nicht kommen.«

»Weil du wieder in fernen Welten weilst. Sag mir, was es da unten zu sehen gibt.«

Adelheid lächelte schwach. »Immer das gleiche: Mägde, Knechte, Hühner, Gänse, Enten! Ich höre Hammerschläge,

das Wiehern von Pferden, das Gebrüll des Schmiedes, dem die Kinder einen Streich gespielt haben.«

»Du beobachtest das Leben«, sagte Bertha. »Du selbst jedoch vergisst, was das ist: Leben. Du vergräbst dich in Schwermut.«

»Habe ich nicht allen Grund dazu?« Wieder stierte sie hinaus. »Heute herrscht besonders eifriges Treiben«, erklärte sie nach einer Weile, als schildere sie einem Blinden, was draußen vor sich gehe. »Und eben sah ich den schwarzen Gerold über die Brücke reiten, bewaffnet bis auf die Zähne.«

»Man will ein paar Nordmännern auflauern, die im Wald ihr Unwesen treiben.«

»Das klingt gefährlich.«

»Ist es nicht. Zumindest hat Roland mir das versichert. Es handelt sich nur um ein paar Versprengte. Aber ich bin nicht gekommen, um mit dir über Rolands Waffengänge zu sprechen.«

»Nein, Ihr seid gekommen, um wieder über mich und Euren Sohn zu sprechen. Und wie immer kann ich Euch auch diesmal nur antworten, dass sich nichts geändert hat zwischen uns.«

»Wie bedauerlich. Aber heute ist der wahre Grund für mein Erscheinen ein anderer.« Bertha presste die Lippen aufeinander. »Es geht um diese – Magd«, erklärte sie.

Adelheid schenkte der Schwiegermutter ihre ungeteilte Aufmerksamkeit. »Hruoswitha.«

»So heißt die Dirne wohl. Wusstest du, dass sie ein Kind erwartet?«

Adelheid schüttelte den Kopf. Eigentlich hätte diese Nachricht sie wie ein Keulenschlag treffen müssen. Dass sie aber gelassen blieb, wunderte nicht nur Bertha, sondern auch sie selbst.

»Dir ist doch sicherlich klar, wer der Vater des Kindes sein dürfte. Und ebenso dürfte dir klar sein, dass wir das nicht hinnehmen können.«

»Was wollt Ihr wohl dagegen unternehmen?«

»Sie muss fort.«

Adelheid hob ihre Schultern. »Lasst sie in Frieden. Was würde es ändern?«

»Das fragst du noch? Dein Gemahl zeugt Bastarde, während er dich verschmäht.«

»Mein Gemahl zeugt nicht nur Bastarde. Demnächst werdet Ihr Euch mit einer Kebse abfinden müssen.«

»Eine Kebse?«

Mit knappen Worten berichtete Adelheid ihr von dem Bauernmädchen, dem der Graf verfallen war.

»Eine lange Zeit auf Erden ist mir nicht mehr beschieden«, erwiderte Bertha finster. »Ich spüre eine schwere Krankheit in meinen Eingeweiden. Deshalb will ich dir ein Geheimnis anvertrauen: Roland trägt sein Herz nicht dort, wo es andere tragen. Unberechenbar war er schon als Kind, und er wird es immer bleiben. Sei unbesorgt, du wirst dich weder mit Bastarden noch mit Kebsweibern abfinden müssen. Zumindest nicht, solange ich noch lebe.« Mit wütenden Schritten verließ sie das Gemach der Schwiegertochter, die wieder aus dem Fenster starrte.

»Warum?«, schrie Uta ihren Vater an, der sie erst losließ, als der Graf und seine Begleiter hinter der Wegbiegung verschwunden waren. »Warum hast du das gesagt? Alles hätte gut werden können!« Sie wandte sich dem Knecht zu, der ebenfalls vor dem Haus erschienen war und ziemlich verwirrt dreinschaute. »Arbo! Rasch, hol den Grafen zurück!«

»Nichts dergleichen wirst du tun, Arbo«, schnarrte Wernar.

»Vater!«

»Still! Ich will es so. Ich könnte es mir niemals verzeihen, würde ich die Seele meiner Tochter diesem Lügner opfern.«

Uta begann leise zu weinen, es war das erste Mal seit ihrer Kindheit. Immer war sie stark gewesen, selbst als die Mutter starb. Hugo nahm sie tröstend in seine Arme.

»Wenn es wirklich einen gerechten Gott gibt, wird er ihn strafen«, flüsterte Wernar wie zu sich selbst.

»Ein gerechter Gott würde solche Ungerechtigkeit gar nicht erst zulassen«, erwiderte Uta mit neuem Trotz.

»Seht, da kommt Gerhart!« Hugo sah den Nachbarn zuerst, der mit stapfenden Schritten näherkam und ziemlich erregt wirkte.

»Wernar! War der Graf bei dir?«

»Das kann man wohl sagen!«

»Ihr wisst es also schon?«

»Was sollten wir wissen? Dass er mir meine Kuh genommen hat? In der Tat, Gerhart, das wissen wir schon.«

»Deine Kuh?« Gerhart blinzelte verwirrt. »Er hat euch nichts von den Nordmännern erzählt?«

»Nein, das hat er sicher vergessen. Was ist geschehen?«

»Eine Handvoll dieser Bastarde hat im Wald, nahe des alten Heidentempels, ein Lager bezogen. Vermutlich ein paar Versprengte, die sich vom Haupttrupp abgesetzt haben. Oder Kundschafter. Jedenfalls haben Späher des Grafen sie beobachtet.«

Arbo schlug ein Kreuz und murmelte etwas, das wie ein Stoßgebet klang.

»Wir werden ihnen zuvorkommen«, fuhr Gerhart fort. »Wir werden ihr Lager überfallen und die Kerle töten. Heute noch.«

»Und der Graf?«

»Er wird uns führen.«

»Davon hat er mir wahrlich nichts erzählt«, murmelte Wernar gedankenverloren.

»Begreifst du es denn nicht, Vater?« Hugo hob beschwörend seine Hände. »Er will deinen Hof! Morgen wird er wieder hier erscheinen und dich anklagen, ihm die Gefolgschaft verweigert zu haben.«

»Ja, du hast Recht«, leuchtete es Wernar ein. »Aber daraus wird nichts.« Entschlossen wandte er sich an den Nachbarn, der ihm immer wohl gesonnen gewesen war. Gerhart hatte nie zu jenen gehört, die ihn wegen Uta ächteten.

»Wann ziehen wir los?«

»Kurz vor Sonnenuntergang. Der Graf glaubt, dass die Kerle dann besonders arglos sind.«

»Ich werde kommen!«

Gerhart hob eine Hand zum Gruß und machte sich eilig davon, galt es doch, Vorbereitungen für den anstehenden Waffengang zu treffen.

»Ich komme auch mit, Vater«, erklärte Hugo feierlich.

»Nichts da. Arbo wird mich begleiten. Du bleibst bei deiner Schwester. – Uta, was starrst du mich an, als seien mir Hörner gewachsen? Weißt du eine bessere Lösung, als mich dem Trupp des Grafen anzuschließen?«

Der Tochter wollte kein Wort über die Lippen kommen.

»Herzschwester! Hat es dir die Sprache verschlagen?«

Wernar schien etwas zu ahnen. »Sprich! Was siehst du, Uta?«, fragte er heiser.

Sie schüttelte ungläubig den Kopf, als könne sie auf diese Weise eine unerschütterliche Gewissheit verdrängen. Wernar half ihr, das Entsetzliche auszusprechen.

»Siehst du meinen Tod?«

»Ja, Vater«, hauchte sie endlich.

Atemlose Stille. Nur ein Bussard, der krächzend am Himmel kreiste.

Es war Hugo, der als Erster die Sprache wiederfand. »Und ich?«, fragte er die Schwester. »Sterbe ich auch?«

Sie beantwortete seine Frage mit einem Kopfschütteln.

»Wohlan«, rief er frohlockend, »also werde *ich* den Grafen begleiten. Und Vater bleibt hier.«

»Unsinn, du Narr«, schalt ihn der Vater. »Ich werde sterben, ob ich mit dem Grafen ziehe oder nicht. Man kann das Schicksal nicht überlisten. Ist es nicht so, meine Tochter?«

Tränen rollten durch Utas Gesicht. »So ist es wohl, Vater.«

»Was ist mit Arbo?«

»Er wird leben.«

»Das ist ja wenigstens mal eine gute Nachricht. Und Gerhart?«

»Tod«, brachte Uta nur hervor.

»Verfluchter Mist! Hugo, komm her zu mir: Ich will, dass du der neue Herr des Hofes wirst, wenn ich nicht lebend heimkehre. Arbo, versprich mir, dass du meinem Sohn die Treue halten wirst.«

Der Knecht nickte ergriffen.

»Uta!« Wernar versuchte ein Lächeln. »Bald werde ich deine Mutter wiedersehen. Hoffe ich zumindest.«

»Bestimmt wirst du das.«

»Eine letzte Umarmung ersparen wir uns, wenn ihr einverstanden seid. Arbo, geh ins Haus und öffne meine Truhe. Darin liegt das Schwert, das mein Vater mir vererbt hat. Bring es mir. Und dann lass uns gehen!«

Die Wikinger – Wernar zählte deren acht – schienen völlig ahnungslos zu sein. Offenbar waren sie fest davon überzeugt, dass niemand es wagen würde, sie anzugreifen. Sie hatten nicht einmal darauf verzichtet, ein Feuer zu entfachen. Ihr unbewachtes Lager befand sich in einer kleinen Talsenke, was schon an Dummheit grenzte. Mühelos würde man sie umzingeln und zum Kampf stellen. Man war ihnen dreifach überlegen. Falls es überhaupt noch zu einem Kampf kam, denn Wernar hoffte im Stillen, dass die Bogenschützen, die Graf Roland begleiteten, ganze Arbeit leisten würden, noch bevor man in das Tal stürmte. Und die Prophezeiung der Tochter? Wernar verdrängte den Gedanken daran.

Roland und seine Männer gaben den Bauern flüsternd Befehle. Man begann die einfältigen Nordmänner einzukreisen. Diese hatten einen lauten, rauen Gesang angestimmt, weshalb sich die Anpirschenden nicht einmal sonderlich um Geräuschlosigkeit bemühen mussten. Gerhart, der neben seinem Nachbarn hinter einem Gebüsch kauerte, schüttelte den Kopf. »Nicht zu fassen«, flüsterte er. »Sie sind völlig arglos. Diese Bastarde besingen ihren eigenen Untergang.«

»Abwarten«, murmelte Wernar.

Gerhart aber war nicht gewillt, sich seine Furcht, die er durch die unverkennbaren Tatsachen zu besiegen gedachte, wieder aufschwatzen zu lassen. »Wir werden sie zur Hölle schicken«, erklärte er mit knirschenden Zähnen und klammerte sich an seinen Spieß, den Befehl zum Angriff abwartend.

Wernar betrachtete nachdenklich sein Schwert, das einst seinem Vater gehört hatte. »Verschwendest du denn wirklich keinen einzigen Gedanken daran, dass wir das hier nicht überleben könnten, Gerhart?«

Gerhart erbleichte und sah dem Nachbarn in die Augen. »Warum fragst du das? Hat deine Tochter vielleicht …«

»Vorwärts!«, hallte in diesem Augenblick die Stimme des Grafen über das Tal. »Macht sie nieder!«

»Sie müssten längst zurück sein«, sagte Hugo. »Zumindest Arbo.«

Er und Uta hockten vor dem Haus. Sie horchten in die Nacht, doch keines der vielen Geräusche, die sie vernahmen, beantwortete ihre tausend Fragen.

»Hast du Angst, Hugo?«

»Um ehrlich zu sein: ein wenig. Und du?«

»Ich auch.«

»Du und Angst? Hätte ich nicht für möglich gehalten.«

»So ist es aber, Bruderherzchen.«

»Und wenn du dich diesmal geirrt hast? Wenn der Vater gar nicht sterben muss?«

»Dann bin ich der glücklichste Mensch unter dem Himmel.«

Die Luft war mild und roch nach Blüten. Fledermäuse flatterten über ihre Köpfe hinweg.

»Wenn es aber stimmt, was du gesehen hast, wenn Vater also stirbt – was wirst du dann tun?«

»Ich glaube, du weißt, was ich dann tun muss.«

»Dann wirst du die Kebse des Grafen.«

»Es ist die einzige Möglichkeit. Oder glaubst du vielleicht, wir wären seiner Tücke gewachsen? Wenn Vater tot ist ...« Sie holte tief Luft. »Wenn er tot ist, kann er nicht länger Einspruch dagegen erheben.«

»Und ich? Kannst du mir verraten, wie ich das alleine schaffen soll?«

»Arbo wird dir helfen. Und du wirst dir eine Frau suchen.«

»Eine Frau? Ich?«

»Natürlich. Bald bist du alt genug dafür. Oder fehlt dir was zwischen deinen Beinen?«

»Von wegen.«

»Siehst du. Dann kannst du Söhne zeugen, bis du sie nicht mehr zählen kannst.«

»Das hört sich ja alles ganz einfach an. Und meine Schwester gibt sich derweil einem Widerling hin.«

»Um mich brauchst du dich nicht zu sorgen. Ich komme zurecht.«

»Das glaube ich dir sogar. Aber glücklich wirst du niemals sein. Und das nur meinetwegen.«

»Halt jetzt den Mund. Ich habe es so entschieden, und damit Schluss.«

Sie versanken in brütendes Schweigen. Erst als Frido aufmerksam seine Ohren aufstellte, erwachten sie aus ihrer Lethargie.

»Jemand nähert sich!«, stellte Hugo aufgeregt fest.

Augenblicke später wuchs die Gestalt des Knechts vor ihnen aus der Dunkelheit. Er war völlig außer Atem.

»Arbo!« Uta erhob sich und wagte es, die Frage zu stellen, deren schreckliche Antwort sie längst kannte. »Was ist mit dem Vater?«

Der Knecht blickte kopfschüttelnd zu Boden.

Nun war es Gewissheit. Die Geschwister fielen sich schluchzend in die Arme.

Arbo trennte die beiden. »Dafür ist jetzt keine Zeit.«

»Was ist geschehen?«

»Die Nordmänner waren alles andere als überrascht. Scheinbar haben sie uns erwartet. Die meisten von uns sind gefallen. Bald werden sie über unsere Dörfer herfallen, vielleicht noch in dieser Nacht. Wir müssen fort von hier, auf der Stelle!«

»Aber ...«

»Da gibt es kein Aber. Oder wollt ihr ihre Äxte spüren?«

»Eure Gesichter weisen euch nicht als Todgeweihte aus.«

»Ja, und weißt du auch, weshalb? Weil ihr mit mir kommen werdet! Und wenn ihr euch weigert, werde ich Gewalt anwenden. Das bin ich eurem Vater schuldig.«

Widerspruch war zwecklos. Arbo hatte Schreckliches erlebt. Und wahrscheinlich hatte er Recht. Im Dorf läutete eine Glocke Sturm.

»Da hört ihr's. Packt schnell ein paar Sachen zusammen. Und dann nichts wie weg.«

Uta hatte sich rasch mit der neuen Lage abgefunden. »Die Ziege!«, sagte sie mit neuer Entschlusskraft. »Wir nehmen sie mit.«

Einen rumpelnden Handkarren hinter sich herziehend, verließen sie kurze Zeit später den Hof.

Ihre Flucht begann.

»Aufmachen!« Gerold pochte wie ein Berserker gegen das Holztor.

»Wer da?«, fragte eine Stimme von innen.

»Der Graf ist zurück, du Trottel. Nun öffne, bevor die Nordmänner auftauchen.«

Augenblicklich öffnete sich das Tor. Gerold, der Graf und seine Männer stürmten herein, als sei der Teufel hinter ihnen her. Die meisten von ihnen waren von oben bis unten mit Blut besudelt.

»Mein Graf, was ist geschehen?«, fragte der Wachhabende entsetzt, doch Roland stieß ihn grob zur Seite und schritt mit wehendem Gewand in die Richtung der Pferdeställe.

»Ricbald! Meinen Hengst, rasch!«, rief er schon von weitem.

Der Stallknecht sah ihn kommen und ahnte, was geschehen war. »Ihr wollt ausreiten, mein Graf? Jetzt?«

»Hätte ich sonst nach meinem Pferd verlangt, Dummkopf?«

»Aber die Nordmänner ...«

»... interessieren mich nicht. Beeil dich!«

Wenig später verließ der Graf im Galopp die Altenburg und zog fassungslose Blicke hinter sich her. Selbst Gerold, der sich bereit erklärt hatte, ihn bei seinem nächtlichen und gefährlichen Ritt zu begleiten, hatte eine brüske, ablehnende Antwort erhalten. Niemand hatte auch nur den Hauch einer Ahnung, wohin es den Grafen zog. Nur Bertha, die von der Rückkehr des Sohnes erfahren hatte und nun Zeugin seines neuerlichen Aufbruchs geworden war, ahnte die Wahrheit. Mit düsterer Miene kehrte sie ins Haus zurück, um Pläne zu schmieden.

Wie der Teufel ritt Roland durch die Nacht. Eine hauchdünne Mondsichel spendete kaum Licht. Obgleich er nur wenig sehen konnte, schonte er weder sich noch sein Pferd. Bäume und Sträucher rauschten vorüber. Beinahe hätte der ausladende Ast einer Eiche ihn aus dem Sattel geholt, doch im letzten Augenblick duckte er sich darunter hinweg. Er erreichte das Dorf. Glocken läuteten. Weinende Kinder, flüchtende Menschen. Manche erkannten ihn und erflehten seine Hilfe. Roland beachtete sie nicht. Von den Nordmännern war noch nichts zu sehen.

Er erreichte Wernars Hof, sprang aus dem Sattel, stürmte ins Haus.

Es war leer.

»Uta!«, schrie er.

Niemand antwortete ihm. Er eilte zu den Ställen. Auch die Ziege war verschwunden. Roland fluchte und spähte umher. Kein Zweifel, das Weib war geflohen, vermutlich in den Wald. Zwecklos, sie zu suchen, es war viel zu dunkel.

Zum Geschrei der Dorfbewohner mischte sich das der angreifenden Nordmänner. Plötzlich erhellten lodernde Flammen die Nacht.

Abermals fluchte Roland, schwang sich wieder auf seinen Rappen und suchte das Weite.

Erstes Tageslicht erhellte den taunassen Wald. Vögel sangen. Ein einsamer alter Wolf streifte durch das Dickicht, auf der Rückkehr von seiner nächtlichen Jagd. Er sah die drei Gestalten und den schwarzen Hund, die sich im Gesträuch ein Lager bereitet hatten, und hielt es für angebracht, einen Bogen um sie zu machen.

Uta erwachte zuerst. Sie fröstelte. Es dauerte eine Weile, bis sie begriff, wo sie sich befand. Und wie ein Keulenschlag wurde ihr bewusst, dass die Bilder, die die ganze Nacht in ihrem Kopf gewütet hatten, nicht von einem Albtraum rührten. Der Tod des Vaters, der drohende Überfall der Nordmänner, die Flucht – das alles war grausame Wirklichkeit. Sie hatten den Hof Hals über Kopf verlassen müssen. Vor ihnen lag eine ungewisse Zukunft.

Hugo und Arbo schliefen noch. Zusammengekauert lagen sie neben dem Handkarren, der ihre wenigen Habseligkeiten barg. In der Brust des Bruders brodelte es. Uta machte sich Sorgen um ihn. Sie nahm ihren Umhang und breitete ihn über den Schlafenden aus. Die Ziege, die an einen Baum gebunden stand, machte sich bemerkbar, doch selbst ihr gellendes Gemecker holte Hugo und Arbo nicht aus ihrem Erschöpfungsschlaf.

Uta reckte sich. Jeden einzelnen Knochen glaubte sie zu spüren. Sie hatte keine Ahnung, wie weit sie in der Nacht durch den Wald gehastet waren. Südwärts waren sie gezogen, so viel wusste sie. Arbo hatte ihren Vorschlag, in

Jülich Schutz zu suchen, abgelehnt. Die uralten Mauern der Stadt, so sagte er, würden einem Angriff der Nordmänner schwerlich standhalten. Wahrscheinlich hatte er Recht.

Uta beschloss, sich etwas umzusehen und forderte Frido mit einer Handbewegung auf, ihr zu folgen. Sie ließen die Schlafenden hinter sich und streiften durch das Unterholz. Dunst lag über dem feuchten Waldboden. Sie erreichten die alte Römerstraße, von der sie in der Nacht gekommen waren. Irgendwo stritten ein paar Krähen.

Uta wandte sich nach Norden, entschlossen, den Weg, den sie gekommen waren, ein Stück zurückzugehen. Vielleicht konnte sie ja etwas Neues in Erfahrung bringen, vielleicht begegneten ihr Menschen, die ihr mitteilten, dass die Nordmänner weitergezogen waren. Und dann? Was würde dann geschehen? Würden sie zurück ins Dorf gehen? Die Nordmänner hatten es niedergebrannt, der ferne Schein der Flammen hatte den Flüchtenden davon berichtet. Was war mit dem Grafen? Er hatte das Gefecht überlebt, wie Arbo wusste. Sollten sie zurückkehren? Machte es noch Sinn, das Opfer zu bringen, für das sich Uta entschieden hatte?

Flucht! Weit weg, irgendwohin! Ein neues Leben! Vielleicht war das der richtige Weg. Uta würde mit Hugo und Arbo darüber sprechen. Der Knecht schien ja bereits Pläne zu hegen.

Wieder zeternde Krähen, dort, in der Krone der Eibe. Uta blickte nach oben. Zunächst glaubte sie, ein paar zerfetzte Lumpen dort im Geäst zu sehen. Dann aber wurde es ihr bewusst, und ein eisiger Schrecken durchfuhr sie: Es war ein Mensch, der dort baumelte. Ein Mensch in einer Kutte.

Seine gequollene Zunge hing aus dem Hals. Die Krähen hockten auf den Schultern des Toten, hackten gierig nach seinen Augen. Aufgequollene Gedärme wallten aus seinem aufgeschlitzten Bauch. Uta stieß einen heiseren Schrei aus. Auch der Hund sah die Leiche im Geäst und fletschte die Zähne.

Schritte.

»Uta! Verdammt, was machst du hier?« Der Knecht blieb hinter ihr stehen und folgte ihrem Blick. »Gütiger Himmel.«

»Erkennst du ihn?«, fragte Uta, vom Anblick des Gehängten auf grausige Weise gebannt.

»Ich verzichte darauf, ihn mir genauer anzuschauen«, erwiderte Arbo und wandte sich ab.

»Es ist der Mönch. Remigius.«

»Tatsächlich? Nun, ich konnte den Kerl nie leiden. Aber ein solches Ende hätte ich ihm nicht gewünscht.«

»Ob er jetzt vor seinem Gott steht?«, fragte sich Uta leise. »Und wird dieser nicht Rechenschaft verlangen über seine Taten?«

»Das geht uns nichts an. Komm, wir müssen weiter. Offensichtlich sind die Nordmänner nicht weit.« Er packte sie an der Schulter und zog sie mit sich. Frido folgte ihnen.

»Was hast du denn vor, Arbo?«, fragte Uta. »Wohin willst du gehen?«

»Südwärts, immer weiter.«

»Du willst nicht wieder zurück?«

»Auf keinen Fall.«

»Wieso nach Süden?«

»Weil wir dort vor den Nordmännern sicher sind. Zumindest, solange wir die großen Flüsse meiden.«

»Du scheinst ja einiges über diese Menschen zu wissen.«

»Sie werden in den kommenden Jahren unser Reich verwüsten. Und wir müssen einen Platz finden für uns, wo wir vor ihnen sicher sind.«

Sie erreichten wieder ihr Lager. Hugo war aufgewacht und hustete in die Morgenstille hinein.

»Schnell, Herzschwester. Leg deine heilende Hand auf meinen Rücken«, keuchte er.

Uta tat, wie ihr geheißen und schon bald beruhigte sich Hugo wieder. »Danke«, sagte er erschöpft.

»Und jetzt: Aufbruch!« Arbo klatschte befehlend in die Hände.

Und so zogen sie weiter, zügig, immerzu angstvolle Blicke hinter sich werfend. Knapp berichtete Uta dem Bruder von dem toten Mönch. Nachdenklich wandte sich Hugo an den voranschreitenden Arbo.

»Erzähl uns von unserem Vater«, bat er ihn.

»Was willst du denn hören?«

»Wie starb er?«

Arbo schüttelte energisch, fast erbost, den Kopf. »Nichts dergleichen werde ich euch erzählen.«

»Aber wir haben ein Recht, es zu erfahren.«

»Woher soll ich wissen, wie er starb? Ich musste mich selbst in Sicherheit bringen und verlor ihn aus den Augen.«

»Und dennoch weißt du, dass er starb?«, fragte Uta misstrauisch.

Arbo holte tief Luft. »Kinder, ihr müsst es mir glauben: Euer Vater ist tot. Sagtest du nicht selbst seinen Tod voraus, Uta? Behaltet ihn so in eurer Erinnerung, wie ihr ihn zuletzt gesehen habt.«

»Er starb also qualvoll«, sagte Hugo tonlos. »Die Nordmänner haben ihn abgeschlachtet, wie den feisten Mönch, nicht wahr?«

Arbo antwortete nicht. Schweigend setzten sie ihren Weg fort.

Ein weiterer Mann war auf Wernars Hof erschienen, bevor dieser in Flammen aufgegangen war. Doch ebenso wie Graf Roland hatte auch Erik niemanden mehr angetroffen. Uta und ihre Familie waren verschwunden, hatten sich offenbar rechtzeitig vor den Kriegerscharen in Sicherheit gebracht.

Teils erleichtert, teils enttäuscht war Erik zum Drachenboot, das versteckt in einer Flussaue lag, zurückgekehrt. Er hatte keine Lust gehabt, sich an den Kämpfen seiner Gefährten zu beteiligen. Die Aufgaben, für die man ihn auserkoren hatte, waren ohnehin von ganz anderer Natur.

In der Nacht träumte er von seiner Heimat, von den kalten Winden, die dort über die Küsten strichen, von den zerklüfteten Felsen, an denen sich die Wellen des Meeres brachen. Er träumte von der schäumenden Brandung und von schreienden Möwen.

Und er träumte von Uta.

6

In Aachen nahmen die Mitbrüder uns wohlwollend auf. Längst waren die Nachrichten von den mordenden Scharen der Nordmänner bis hierhin gedrungen, doch den Gerüchten, dass sie schon bald gegen die Pfalz vorrücken würden, vermochten wir wenig Glauben zu schenken. Auch den Nordmännern musste bewusst sein, dass ihrer Gier Grenzen gesetzt waren. Der große Kaiser Karl hatte Aachen einst zu seiner Lieblingspfalz gemacht. Trotzige Bauten kündeten noch immer davon. Selbst der mächtige Basileios[16] in Byzanz hatte Karl als gleichberechtigten Herrscher anerkannt. Was Rom den Menschen früherer Jahrhunderte gewesen war, bedeutete Aachen noch unseren Vätern. Nicht einmal die Nordmänner würden es wagen, die Pfalz zu zerstören, die außerdem abseits der großen Flüsse lag.

Wir sollten uns gründlich irren.

Dass ihre Horden zunehmend auch abseits der Ströme operierten, wurde bald deutlich. Ein Heer dieser Unholde, deren Lager sich in Nimwegen befand, sei im Anmarsch auf die Pfalz, hieß es eines Tages. Nun würde geschehen, was ich kaum für möglich gehalten hätte. Angst und Panik breiteten sich aus. Viele Menschen packten ihr Hab und Gut zusammen und flohen aus der Stadt. Andere vertrauten auf den Nimbus, der die Pfalz des großen Karls selbst auf Nordmänner ausüben musste.

In der Tat begnügten sich die Nordmänner diesmal noch damit, die Umgebung der Stadt zu zerstören. Dies freilich war schlimm genug, zumal sie es mit einer Gründlichkeit taten, die uns erschaudern ließ. Kein Gehöft, das ihrer Zerstörungswut entgangen wäre, kein Dorf, das sie nicht dem Erdboden gleichgemacht hätten. Auch die Abtei Inden wurde Opfer ihrer Flammen. Zahllose Menschen

---

16 Basileios: Kaiser. Die Imperatoren von Byzanz (Konstantinopel) galten als rechtmäßige Nachfolger der römischen Cäsaren.

ließen ihr Leben. Bereits an anderer Stelle habe ich einen Augenzeugen über die Gräueltaten der Nordmänner berichten lassen. Deshalb verzichte ich hier darauf, es dem Leser erneut zuzumuten. Nur so viel: Hätte der Herr im Himmel die Pforten der Hölle geöffnet, auf dass teuflische Heerscharen über die Menschheit herfielen, es hätte wahrlich nicht grausamer sein können.

Doch dann waren sie wieder abgezogen. Die Pfalz des großen Karls war unversehrt geblieben, und die Menschen dort hatten erleichtert aufgeatmet. Wie wir später erfuhren, waren auch andere Städte in der Nähe zunächst verschont worden. So hatten die Nordmänner das alte Jülich kaum beachtet und sich auf die Verwüstung der umliegenden Dörfer beschränkt. Kaum ein Jahr später allerdings, als neue, noch zahlreichere Horden anrückten, holten diese nach, was ihre Gefährten unterlassen hatten: Sowohl Aachen als auch Jülich gingen in Flammen auf. Ein verhängnisvoller Irrtum war es gewesen, zu glauben, der alte Glanz der Karolinger könnte sie davon abhalten. Doch einmal mehr greife ich den Ereignissen zu weit voraus.

Inzwischen mag sich der Leser, dem ich bereits manches Geheimnis meiner Seele anvertraute, manche Frage stellen: Wie erging es meiner Familie, als die Nordmänner das Umland Aachens auf so schreckliche Weise verwüsteten? Wer von meinen Geschwistern überlebte das Massaker? Und nicht zuletzt: Was geschah mit Hilmintrud?

Fragen, die mich damals wie eine Folter quälten. Kaum waren die Nordmänner weitergezogen, erbat ich mir vom Prior die Erlaubnis, den Hof meiner Eltern aufzusuchen.

Unendliches Leid begegnete mir unterwegs. Weinende Frauen und Kinder, schreiende Menschen, die den Tod ihrer Nächsten beklagten. Übel zugerichtete Leichen allerorten. Der Geruch nach Tod und Verwesung schwebte in der hitzeflirrenden Luft, vermischte sich mit dem von Asche, Rauch und verbranntem Fleisch. Selbst Hunde und Katzen waren der Mordlust der Nordmänner nicht entgangen.

In Cornelimünster stand kein Gebäude mehr. Die Abtei war zerstört bis auf die Grundmauern. Im Indefluss trieben aufgequollene Leichen und Kadaver.

Dunkler Rauch stieg aus den Trümmern hervor, die einmal zum Hof meiner Eltern gehört hatten. Mit klopfendem Herzen machte ich mich auf die Suche nach Hinweisen über das Schicksal meiner lieben Verwandten. Nicht lange und ich wurde fündig: Sowohl die Leiche meines ältesten Bruders, der Hof und Gut von meinem Vater geerbt hatte, als auch die Leichen seiner Frau und Kinder lagen zwischen noch schwelenden Holzbalken. Obgleich ich auf derartiges gefasst gewesen war, überkam mich grenzenlose Niedergeschlagenheit. Ich murmelte ein Gebet für die Toten und beeilte mich, die Stätte des Todes zu verlassen. Allerdings blieb mir ein weiterer Anblick nicht erspart: der Kopf meines toten Bruders Dietram.

Seitdem Dietram mir seinerzeit die Nachricht vom Tod des Vaters überbracht hatte, fühlte ich mich ihm besonders eng verbunden. Noch immer sah ich sein jugendhaftes Gesicht deutlich vor mir. Nach der Bestattung des Vaters hatte er mich zurück nach Stablo begleitet. Er hatte mich nach dem Grund meiner Schweigsamkeit gefragt; womöglich ahnte er ja etwas von den Stürmen, die damals in meiner Seele tobten. In dem Augenblick, wo ich seinen gespaltenen Schädel in den Trümmern des elterlichen Hofes entdeckte, bereute ich, ihm niemals von meinen Gewissensnöten erzählt zu haben. Eine ewige Bande zwischen uns zu schmieden war mir nicht mehr möglich, zumindest nicht mehr in dieser Welt.

Niemand auf dem elterlichen Hof hatte also den Angriff der Nordmänner überlebt. Doch was war auf dem Hof meines Oheims geschehen? War man dort dem Wüten der Feinde entgangen? Der Gedanke, Hilmintrud tot und verstümmelt in rauchenden Trümmern zu finden, war mir unerträglich. Doch wenn ich es nicht nur ahnen, sondern wissen wollte, blieb mir nichts übrig, als Ludwigs Hof aufzusuchen und nachzusehen. Mit weichen Knien und stummen Gebeten auf den Lippen machte ich mich auf den Weg die Straße hinab.

Lange Zeit hatte ich geglaubt, dass Gott mir inzwischen den für mich bestimmten Weg gezeigt habe. Nun aber, in der Sorge um die hübsche Stiefmutter, begann ich erneut zu zweifeln. War es wirklich nur Sorge, die mich trieb, nach Hilmintrud zu suchen? Oder war es mehr?

Auch Ludwigs Hof lag in Schutt und Asche. Doch außer ein paar verkohlten Tierkadavern fand ich dort keine weiteren Spuren des Todes. Zum ersten Mal an diesem Tag verspürte ich etwas wie Erleichterung und sprach ein leises Dankgebet gen Himmel.

Ludwig, mein Oheim, war schon immer klug und vorausschauend gewesen. Mit Weib und Gesinde war er dem blutigen Gemetzel offenbar rechtzeitig entflohen.

Frühjahr und Frühsommer 881 A. D.

Sie zogen südwärts, immer der alten Römerstraße entlang. Den Blick immer wieder nach hinten richtend, bildete Arbo die Nachhut des kleinen Trupps. Als es zur Gewissheit wurde, dass ihnen keine Nordmänner folgten, legte sich die Nervosität des Knechts. Dennoch blieb er wortkarg und missgestimmt.

Der Wald, den sie durchquerten, schien kein Ende zu nehmen. Erst am Nachmittag erreichten sie ein kleines Dorf und trafen erstmals wieder auf andere Menschen. Diese wussten mit Arbos Warnung über eine drohende Gefahr durch die Nordmänner wenig anzufangen. Zwar kannten auch sie die schrecklichen Geschichten, die schon ältere Generationen über sie erzählt hatten, doch es erschien den Leuten abwegig, dass es Horden dieser Unmenschen auch in ihr Dorf verschlagen könnte. Waren es nicht die reichen Städte und Klöster an den großen Flüssen, die sie zum Ziel ihrer mörderischen Angriffe machten?

Hugo klagte über zunehmende Erschöpfung. Auch die Ziege schien nicht länger gewillt, den Gewaltmarsch fortzusetzen.

»Lasst uns in diesem Dorf nächtigen«, schlug Uta vor, was auf wenig Zustimmung seitens des Knechts stieß.

»Schau mal in den Himmel, Naseweis: Die Sonne macht noch keine Anstalten, ihren Platz zu räumen. Also ziehen wir weiter.«

»Aber Hugo ist müde«, protestierte Uta. »Er braucht Ruhe und seine Kräuter.«

»Dann gib ihm die Kräuter, bevor wir weiterziehen!« In Arbos Stimme lag eine Entschlossenheit, die man bis dahin nicht von ihm gekannt hatte. Er forderte Utas Trotz heraus.

»Wir bleiben!«, erklärte sie fest.

»Wir ziehen!«, schrie der Knecht sie an.

»Du vergisst, mit wem du sprichst.«

»Ich weiß es sehr wohl. Du bist die Tochter meines Herrn, der seit gestern in irgendeinem Himmel weilt.«

»Und du bist ein Sklave, Arbo. Da mein Vater tot ist, hast du nun mir zu gehorchen.«

Arbo kam ihrem Gesicht bedrohlich nahe. »Ja, ich bin ein Sklave«, erwiderte er zähneknirschend. »Ein Sklave, dem sein Herr eine letzte heilige Pflicht auferlegte, bevor er starb.«

»Was willst du damit sagen?«

»Euer Vater lebte noch, als ich ihn auf dem Schlachtfeld fand.«

Uta packte den Knecht beim Wams und schüttelte ihn heftig. »Und warum sagst du uns das erst jetzt?«

Er löste sich von ihrem Griff. »Ich hielt es nicht für gut, euch davon zu erzählen. Zumindest vorläufig.«

»Was hat er gesagt? Sprich!«

»Er nahm mir das Versprechen ab, euch in Sicherheit zu bringen, mindestens zwei Tagesmärsche von Jülich entfernt.«

»Das war alles? Weiter hat er nichts gesagt?«

»Nein. Konnte er auch nicht. Weil er dann starb.« Er senkte den Kopf.

»Er befahl dir also nur, uns in Sicherheit zu bringen? Sonst nichts?«

»Verflucht, das sagte ich doch gerade.«

»Schwöre, dass er sonst nichts weiter gesagt hat.«

»Von mir aus: Ich schwöre es. Und nun ziehen wir weiter. Bis Sonnenuntergang.«

Am Abend tauchten die Mauern des Römerkastells Zülpich am Horizont auf. Endlich entschied Arbo, dass ihr Tagessoll erfüllt sei. Eine weitere Rebellion Utas hätte er sowieso nicht noch einmal niederzuschlagen vermocht. Hugo war am Ende seiner Kräfte; die letzten Stunden hatte er kauernd und hustend in dem Karren verbracht, den Arbo und Uta gemeinsam zogen.

Da sie kein Geld hatten, um sich in Zülpich in einer Herberge einzuquartieren, verließen sie die Römerstraße, um die Nacht in einem Waldstück zu verbringen. Ein mit Reisigbündeln bepacktes altes Weib, das ihnen begegnete, erkundigte sich neugierig nach ihrem Woher und Wohin. Als sie ihr von ihrer Absicht erzählten, im Wald zu nächtigen, schüttelte sie warnend den Kopf. Das sei nicht ratsam, erklärte sie, denn sobald das letzte Licht des Tages verschwunden sei, begänne es in diesem Wald zu spuken.

Uta konnte es sich ein Kichern nicht verkneifen, doch Arbo hatte die Gesichtsfarbe gewechselt. Was es mit diesem Spuk auf sich habe, fragte er die Alte. Vor vielen Jahrhunderten, antwortete diese, sei hier eine gewaltige Schlacht geschlagen worden, der mächtige Frankenkönig Chlodwig habe seine Widersacher erst nach tagelangem Kampf besiegt. Seither trieben die Geister der Gefallenen nachts ihr Unwesen. Manchmal beließen es nicht dabei, verirrte Wanderer nur zu erschrecken. Schon so mancher sei von den Geistern gemeuchelt worden.

Mit diesen düsteren Worten ließ sie die Reisenden stehen und machte sich davon.

»Nun gut«, sagte Arbo entschlossen und klatschte in die Hände. »Weiter geht's. Weg hier!«

»Wie?« Uta legte eine Hand an ihr Ohr. »Ich habe mich wohl verhört?«

»Hier bleibe ich keinen Moment länger!«

»So? Und wieso nicht?«

»Du hast doch gehört, was sie gesagt hat.«

»Machst du dir etwa in die Hosen? Das ist doch nur ein Märchen. Wir bleiben!«

»Geht das schon wieder los? Wollt ihr euch von ruhelosen Geistern abschlachten lassen?«

»Einen größeren Blödsinn habe ich noch nie gehört.«

»Man soll das Schicksal nicht herausfordern. Deshalb ziehen wir weiter.«

Uta zuckte mit den Achseln. »Wenn du gehen willst – geh nur. Aber Hugo und ich bleiben.« Sie wandte dem Knecht den Rücken zu und zog den Karren. Hund und Ziege folgten ihr.

»Warte!«, rief Arbo verzweifelt. Er kannte die Tochter seines Herrn gut genug, um zu wissen, dass keine zehn Pferde sie diesmal von ihrem Vorhaben abbringen konnten. Uta überhörte sein Rufen und schritt voran. Fluchend rannte der Knecht ihr nach.

»Ich habe eurem Vater etwas versprochen!«

»Für heute hast du dein Wort gehalten. Eine ganze Tagesreise liegt hinter uns.«

»Wie kann man so dickköpfig sein?«

»Wie kann man so hasenfüßig sein? Und du willst uns beschützen?«

»Ich fürchte mich eben vor Geistern, wie jeder normale Mensch.«

»Es wird dich abhärten«, erwiderte Uta grinsend. Ihr Blick fiel auf eine Gruppe stämmiger Eichen, in deren Mitte der Boden eine natürliche Mulde aufwies. »Hier bleiben wir«, entschied sie und trug Arbo auf, Holz für ein Feuer zu sammeln. Abermals widersprach ihr der Knecht, befürchtete er doch, das Feuer könne Nordmänner, Halunken oder eben jene Geister anlocken.

»Wenn du das Holz nicht sammelst«, sagte Uta mit blitzenden Augen, »werde ich es tun. Ich muss für Hugo ein paar Kräuter aufkochen, und nicht einmal eine ganze Armee von Geistern wird mich davon abhalten.«

Arbo seufzte. Spätestens jetzt war ihm klargeworden, dass Uta ihn seines Kommandos enthoben hatte. Immerhin, Jülich lag viele Meilen hinter ihnen, und er hatte seine Aufgabe weitgehend erfüllt. Ohnehin war ihm die Rolle des unnachgiebigen Führers, in der er sich plötzlich wiedergefunden hatte, schwer genug gefallen. Vor allem, da es ein eigensinniges Mädchen wie Uta war, dem er hatte sagen müssen, wo es langging.

Als es zu dämmern begann, loderte das Lagerfeuer. Uta bereitete dem Bruder einen zähen Sud, den dieser, in dicke Felle gehüllt, dankbar schlürfte. Arbo holte Speck und Brot aus einem Säckchen. Hungrig langte man zu. Obwohl der Knecht sich mühte, nicht länger zu lamentieren, bemerkte Uta seine angstvollen Blicke, mit denen er die Umgebung nach Gefahren abtastete.

»Es werden keine Geister kommen«, erklärte Uta zwischen zwei Bissen.

»Davon scheinst du ja wirklich überzeugt zu sein.«

»Wenn es wirklich Geister gibt, haben sie anderes zu tun, als harmlose Leute zu erschrecken. Und wir sind doch harmlos, oder?«

»Was ist mit den Gemeuchelten, von denen die Alte sprach?«

»Umgebracht von irgendwelchen Halunken, die es überall gibt.«

»Und die auch uns einen Kopf kürzer machen könnten.«

»Werden sie aber nicht. Zumindest nicht in dieser Nacht.«

Hugo, der wieder zu Kräften gekommen war, mischte sich in die Unterhaltung ein. »Was wären wir nur ohne deine seherischen Gaben, Herzschwester?«

»Übertreib's nicht, Bruder. Auf unser Schicksal habe ich keinen Einfluss.«

»Wenn man weiß, dass man am nächsten Morgen wieder erwachen wird, ist das immerhin eine Erleichterung, findest du nicht?«

Arbo, ebenfalls beruhigt von solchen Argumenten, pfiff eine Melodie und stocherte in der Glut. Nach einer Weile setzte Uta sich direkt neben ihn.

»Arbo?«

»Hmh?«

»Es tut mir leid. Wie ich heute mit dir gesprochen habe, war nicht richtig.«

»Schon gut«, winkte der Knecht ab.

»Nichts ist gut. Du wolltest nur unser Bestes und das Versprechen einlösen, das du Wernar gegeben hast. Und ich? Mir fiel nichts Besseres ein, als dir vorzuhalten, dass du ja nur ein Sklave bist.«

»Aber es stimmt doch. Ich bin ein Sklave.«

»Mein Bruder und ich haben beschlossen, dir die Freiheit zu schenken.«

Arbos blieb der Mund offenstehen. »Ihr wollt ... ich darf ...?«

Uta nickte. »Zwei Tagesreisen! Morgen Abend bist du ein freier Mann.«

»Aber ... was soll ich tun? Wo soll ich hin?«

»Das steht dir frei. Wenn du willst, kannst du bei uns bleiben. Aber weder als Knecht noch als Sklave, sondern als Freund.«

Arbo starrte vor sich hin. Der Gedanke, bald ein freier Mensch zu sein, überwältigte ihn. »Was habt ihr vor, du und dein Bruder?«, fragte er schließlich.

»Keine Ahnung! Irgendwo ein neues Leben beginnen.«

»Ihr werdet nicht in das Dorf zurückkehren?«

»Wo Vaters Hof in Trümmern liegt? Wo die Erinnerung an Leid und Tod uns jeden Tag aufs Neue einholen würde? Wo der widerliche Gaugraf es auf mich abgesehen hat? Nein! Wir haben beschlossen, niemals dorthin zurückzukehren.«

»Aber was werdet ihr tun?«

»Vielleicht verdingen wir uns als Magd und Knecht. Wir sind Bauern, etwas anderes können wir nicht.«

»Du eine Magd? Dein Vater war ein freier Mann. Du hättest die Kebse des Grafen werden können.«

Uta streichelte lächelnd seine stoppligen Wangen. »Du machst dir zu viele Sorgen um uns, Arbo. Es wird sich schon etwas ergeben, davon bin ich überzeugt.«

Arbo fand in der Nacht keinen Schlaf. Seine Ängstlichkeit hatte ihn wieder eingeholt, zumal er in der Ferne Waffengeklirre und Geschrei zu hören glaubte, als tobe dort eine gewaltige Schlacht. Das Knurren des Hundes bestärkte ihn in der Ansicht, sich das nicht nur einzubilden. Daher hielt er es für angebracht, Uta aus ihrem Schlaf zu rütteln.

»Was ist denn?«, fragte sie schlaftrunken.

»Hörst du es denn nicht?«

Uta horchte in die Nacht. »Beim besten Willen, ich höre nichts«, verkündete sie müde.

»Aber ich habe es genau gehört.«

»Was gehört?«

»Schlachtenlärm! König Chlodwig – er kämpft wieder.«

»Unsinn. Du hast geträumt.«

»Frido hat es auch gehört.«

»Er hat ein wildes Tier gewittert. Lass mich schlafen, verdammt.« Sie hüllte sich wieder in ihre Decke und überließ den Knecht seiner Furcht.

Am nächsten Morgen ging es Hugo schlecht. Er hustete wieder so stark, dass zu befürchten stand, er könnte ersticken. Uta schob die Verschlechterung auf den Umstand, dass man die letzten Nächte im Freien hatte verbringen müssen.

»Heute werden wir in einer Herberge nächtigen«, entschied sie deshalb.

»Wir haben kein Geld«, gab der übernächtigte Arbo zu bedenken.

»Vielleicht finden wir ein Kloster. Dort wird man uns kein Geld abverlangen.«

»Kommt nicht in Frage«, erwiderte der Knecht mit neu erwachtem Beschützerinstinkt. »Ein Kloster kann jederzeit von den Nordmännern überfallen werden.«

»Na schön, dann brauchen wir Geld.«

»Soll ich mir vielleicht welches aus den Fingern saugen?«

»Wir werden die Ziege verkaufen.«

»Die Ziege?« Nachdenklich betrachtete Arbo das Tier.

»Du wirst in die Stadt gehen und das für uns erledigen, Arbo. Ich bleibe solange hier und bereite Hugo einen Sud.«

»Und was soll die Ziege kosten?«

»Fünf Silberdenare. Wage es nicht, mit weniger zurückzukommen.«

»Ich kann nur hoffen, dass man mich nicht steinigt, wenn ich diesen Preis nenne.«

»Keine Sorge, dieses fürchterliche Schicksal wird dir vorerst erspart bleiben«, lachte Uta. »Und nun verschwinde! Noch bis heute Abend musst du ohne Widerspruch ausführen, was ich dir auftrage.«

»Ja, Herrin.« Er erwiderte ihr Lächeln und verschwand mit der Ziege.

»Und nun zu dir, Bruderherzchen. Du machst mir Kummer.«

»Geht es auf mein Ende zu?«, keuchte Hugo, was der Schwester einen Seufzer aus tiefster Brust entlockte. »Was hast du denn?«

»Ich bin es leid, ständig wie eine Orakelpriesterin befragt zu werden.«

»Bedeutet das, dass ich sterben muss?«

»Nein, das bedeutet es nicht«, zischte sie. »Es mag dir ziemlich übel gehen, aber unter die Erde musst du noch nicht. Beruhigt?«

Hugo atmete erleichtert auf, bevor er mit gekränktem Unterton hinzufügte: »Deshalb brauchst du mich noch lange nicht so anzukeifen.«

»Verzeih mir, aber diese verdammte Gabe ist eine elende Qual.«

Hugo legte tröstend eine Hand auf ihren Arm. »Alles wird gut werden.«

Uta sah dem Bruder ins Gesicht, doch es war, als schaue sie durch ihn hindurch. »Das hat Vater auch zu mir gesagt. Damals, in der Scheune. Als er kam, um mir zu sagen, dass Rotrud gestorben sei.«

»Nun ist Vater selbst tot. Bestimmt sieht er gerade auf uns herab. Und Mutter ebenso.«

»Glaubst du?«

»Ich bin fest davon überzeugt.« Er drückte die Schwester fest an sich. »Wir wollen dafür sorgen, dass sie stolz auf uns sein können, nicht wahr, Herzschwester?«

Uta schloss ihre Augen und streichelte sanft seinen Rücken. »Ja, Bruderherzchen. Sie sollen stolz auf uns sein.«

Arbo war guter Dinge, als er zurückkehrte. Vergessen waren die Ängste der vergangenen Nacht. In seiner rechten Hand klimperten Münzen.

»Was schätzt du, wie viele Silberdenare die Ziege uns eingebracht hat?«, fragte er Uta.

»Ich hoffe doch, fünf.«

»Falsch.« Er öffnete die Hand und präsentierte mit gestreckter Brust die Geldmünzen. »Es sind sieben«, erklärte er feierlich.

Begeistert klatschte Uta in die Hände. »Du scheinst kaufmännische Fähigkeiten zu besitzen, Arbo. Fast bereue ich, dir die Freiheit versprochen zu haben.« Sie drückte den heruntergeklappten Kiefer des Knechts wieder nach oben. »He, seit wann verstehst du denn keinen Spaß mehr?«

»Seitdem ich ständig fürchten muss, wilde Horden der Nordmänner am Horizont zu erblicken. Ach, übrigens …« Er hob schulmeisterisch einen Finger und war mit einem Mal sehr ernst. »Den Schlachtenlärm habe ich mir nicht eingebildet. In Zülpich erzählt man von einem Gutshof südlich der Stadt, der in der Nacht geplündert und zerstört worden sei.«

»Also keine Geister?«

»Zugegeben: Nein!«

»Nordmänner?«

»Wer sonst sollte es getan haben? Leider lebt niemand mehr, den man fragen könnte.«

»Es gibt hier keine größeren Flüsse«, meinte Uta nachsinnend.

»Diesen Bastarden traue ich alles zu. Auch, dass sie weit landeinwärts marschieren.«

»Welchen Sinn macht dann unsere Flucht?«, fragte Hugo bekümmert.

»Wir finden einen Ort, wohin es keinen Nordmann verschlägt«, versuchte Uta ihn zu beruhigen.

»Darf ich den Vorschlag machen, unverzüglich weiterzuziehen?«, sagte Arbo.

Und schon waren sie wieder unterwegs, Richtung Süden. Hugo, von Utas Fürsorge einmal mehr aufgepäppelt, fühlte sich wieder stark genug für den Fußmarsch. Frido übernahm die Vorhut. Dem Hund schienen die Strapazen des Vortages am wenigsten ausgemacht zu haben. Immer wieder blieb er stehen und sah sich nach den drei Menschen um, die sich für sein Empfinden viel zu langsam fortbewegten.

Über der Landschaft, durch die sie zogen, lagen die Düfte und die Farben des Frühlings. Die Gegend war reich an Wäldern, Bächen und wurde zunehmend hügeliger. »Schon immer habe ich mir gewünscht, einen Berg zu sehen«, verkündete Hugo, der nie weit über sein Dorf hinaus gekommen war, mit der Begeisterung eines Jünglings, für den sich ein Traum erfüllt.

Arbo lachte. »Ach, ihr solltet einmal richtige Berge sehen.«

Uta stemmte die Arme in ihre Hüften. »Wieso? Sind das etwa keine?«

»Es sind Buckel in der Landschaft. Hübsch anzusehen, doch nichts im Vergleich zu den Gebirgen, die es unten im Süden gibt.«

»Du scheinst ja einiges zu wissen«, zeigte sich Uta interessiert. »Erzähl uns mehr darüber, weiser Mann.«

»Deinen Spott kannst du dir sparen. Mein Großvater hat mir oft davon erzählt. Der wiederum wusste es von seinem Vater, der im Tross des großen Kaisers mit nach Rom gezogen ist.«

Hugo blies die Backen auf. »Nach Rom? Die Reise muss eine Ewigkeit gedauert haben.«

»Zuerst einmal mussten sie das Gebirge überqueren, das man Alpen nennt. Die Berge sind Giganten aus Stein und Eis, so hoch, dass ihre Gipfel von Wolken umgeben sind.«

»Du willst uns wohl veräppeln, was?«

»Nichts läge mir ferner. Und hinter diesen Bergen liegt das Land Italia, umspült von drei Meeren. Das ganze Jahr über scheint dort die Sonne.«

»Nun übertreibst du aber wirklich«, lachte Uta und schüttelte den Kopf.

»Mitnichten, meine Herrin. So erzählten es meine Ahnen, für deren Glaubhaftigkeit ich mich verbürge.« Stolz straffte Arbo seinen Oberkörper.

»Soll das etwa heißen, dass es in diesem Land niemals schneit?«

»Nicht, dass ich wüsste.«

»Kein Schnee, keine Kälte, immerzu Sonne«, schwärmte Hugo. »Herzschwester, wir sollten nach Italia gehen. Dort würde ich bestimmt gesundwerden.«

Arbo tippte sich an die Stirn. »Unsinn. Die Strapazen wären unermesslich. In den Alpen würdest du erfrieren, noch bevor du den ersten Berg überquert hättest. Oder du würdest ein Opfer der wilden Bergvölker, die jeden Fremden, der ihnen begegnet, einfach in die Tiefe stürzen.«

Schweigend zogen sie weiter, ein jeder in Gedanken vertieft. Hin und wieder begegneten ihnen Menschen, fahrende Händler zumeist, die von Süden kommend nichts über plündernde Wikingerhorden zu berichten wussten. Auch in den wenigen kleinen Orten, die sie passierten, herrschte keine Panik. Dies alles bestärkte Arbo in seiner Meinung, die richtige Marschroute eingeschlagen zu haben.

Am späten Nachmittag erreichten sie Marcomagus[17], eine kleine Ansammlung von Häusern und Höfen. Nieselregen hatte eingesetzt. Weiter vorn, etwas abseits vom eigentlichen Ort, würden sie eine Herberge finden, erfuhren sie von einer Magd, der eine Schar schnatternder Gänse folgte.

17 Marmagen.

Uta stieß einen Seufzer der Erleichterung aus. »Arbo, deine Mission ist erfüllt. Wir danken dir, auch im Namen unseres Vaters.«

Der Knecht scharrte verlegen mit einem Fuß. Von diesem Moment an war er ein freier Mann.

Von innen wurde ein kreischender Riegel zurückgezogen. Dann offenbarte sich ihnen die rundliche Gestalt des Wirtes. Haare besaß der Mann keine mehr, ebenso wenig wie ein Kinn, das sein gequollener Hals verschluckt haben musste. Eine fast kugelrunde Nase leuchtete rot in seinem sonst blassen Gesicht. Er sah schon recht merkwürdig aus. Trotzdem erweckte sein Anblick bei den drei Ankömmlingen gleich das Gefühl, einen gutmütigen Menschen vor sich zu sehen. Gleichzeitig machten seine traurigen Äuglein aber deutlich, dass ihn etwas bedrücken musste.

»Wir brauchen ein Quartier für die Nacht«, erklärte Uta nach freundlicher Begrüßung.

Der Wirt ließ sie eintreten. Der Raum war dunkel, es roch nach kaltem Rauch. Entlang der Wände standen Bänke, doch sie waren leer. Uta, Hugo und Arbo schienen die einzigen Gäste zu sein.

»Habt ihr Pferde?«, erkundigte sich der Wirt, was sie verneinten. »Das ist gut, denn ich könnte mich ohnehin nicht um sie kümmern. Überhaupt, ich kann euch leider nicht bewirten, ihr müsst euch schon selbst etwas zu essen machen.«

»Mach dir keine Gedanken, wir kommen zurecht«, erwiderte Uta. »Fühlst du dich unpässlich?«

»Ich nicht, aber meine Frau. Seit Tagen ist sie krank. Ich kann sie nicht lange alleine lassen, müsst ihr wissen.«

»Darf ich sie sehen?«, fragte Uta.

»Bist du denn heilkundig?«

»Ich verstehe ein wenig von Heilkräutern. Vielleicht kann ich ihr helfen.«

Die Äuglein des Wirtes blitzten hoffnungsvoll. »Gewiss, folge mir.«

Er führte sie in eine kleine Kammer. Auf einem Lager lag die Frau des Wirtes, ausgezehrt und bleicher als Schnee. Ihr Atem war unregelmäßig und schnappend. Selbst ohne Utas Gabe zu besitzen, musste jedem klar sein, dass diese Frau im Sterben lag. Von ihrer Umgebung schien die Ärmste nichts wahrzunehmen.

»Nun?«, fragte der Wirt, der das Unvermeidbare nicht wahrhaben wollte. »Kannst du ihr helfen?«

Uta schüttelte bedauernd den Kopf. Sie bereute es, ihm Hoffnung gegeben zu haben. Ja, sie schämte sich dafür. Der Wirt schluchzte leise und ertastete die knöcherne Hand der Sterbenden.

»Ich werde ihr eine aus Paste aus Fingerkraut machen«, versprach Uta. »Die reibst du ihr auf den Bauch. Das wird ihr etwas Linderung verschaffen.«

Er nickte ihr dankbar zu. Tränen rollten über seine fleischigen Wangen. Leise verließ Uta den Raum.

Inzwischen hatte Arbo ein Feuer entzündet. »Heute lassen wir es uns richtig gut gehen«, frohlockte er. »Der Wirt hat fette Würste in seiner Kammer. Und köstlichen Wein.«

»Er wird morgen früh Witwer sein«, sagte Uta und setzte sich zu ihnen ans Feuer. »Kein günstiger Zeitpunkt, hier zu erscheinen.«

Erst als sie gegessen und getrunken hatten, beschlossen sie, nicht länger gegen ihre Müdigkeit anzukämpfen. Frido war bereits kurz nach ihrer Ankunft in eine Ecke gekrochen und schlief. Hugo und Arbo folgten dem Beispiel des Hundes und steuerten die Bänke an, wo sie sich niederließen. Uta kümmerte sich, wie versprochen, noch um die sterbende Frau, bevor auch sie sich endlich dem Schlaf hingab.

Am nächsten Morgen wurden sie durch das leise Schluchzen des Wirtes geweckt. Zusammengekauert saß er auf dem Boden und zitterte im Takt seiner Klagelaute. Uta erhob sich von ihrer Bank, um ihn zu umarmen.

»Sie ist tot«, schniefte er.

»Ich weiß. Sie hat es jetzt besser.«

»Wie soll ich das hier schaffen ohne sie?«

Darauf wusste auch Uta keine Antwort.

»Wir sollten weiterziehen«, stammelte Arbo nach einer Weile betreten, um die Stille zu überbrücken.

»Ihr müsst schon weiter?«, fragte der Wirt. Utas tröstender Arm lag noch immer auf seiner Schulter.

»Nun ja, wir ...«

»Warum bleibt ihr nicht noch einen Tag? Esst und trinkt so viel ihr wollt, es geht auf meine Kosten. Ach, ich bin ja so alleine.«

Seine Verzweiflung zerriss Uta das Herz. Ihren fragenden Blick beantworteten Arbo und Hugo mit einem ahnungslosen Schulterzucken.

Uta fasste einen Entschluss. »Wenn es dir hilft, Wirt, dann bleiben wir eben noch einen weiteren Tag«, verkündete sie.

Das Lachen der Wikinger musste bis Jülich zu hören gewesen sein, das bislang von ihrem Raubzug verschont geblieben war. Grund zum Feiern gab es für die Männer aus dem Norden genug. Wenn man bei den Bauern der Umgebung auch keine nennenswerten Reichtümer erbeutet hatte, so doch immerhin Unmengen an Vieh. Nun brieten die Spieße über den Lagerfeuern. Man hatte beschlossen, sich zwei Tage lang ausschließlich den Freuden des Lebens und des Leibes hinzugeben. Dazu zählte auch der sportliche Wettstreit. Soeben kürte man den Sieger im Steinstoßen.

Abseits von alldem hockte Erik auf einem Stein und starrte in die trägen Wellen der Rur, die im Licht der Abenddämmerung geheimnisvoll glitzerten. Als er Schritte hörte, wusste er, dass es sein Vater war. Der setzte sich neben ihn und folgte dem Blick des Sohnes eine Weile lang.

»Immer noch bedrückt, mein Junge?«

Erik zuckte nur mit den Schultern.

»Es ist keine Schmach. Auch andere sind schon in Gefangenschaft geraten, das kann jedem von uns passieren. Und nicht jeder besitzt den Verstand, sich selbst zu befreien.«

Erik bückte sich nach ein paar Steinchen und warf sie nacheinander ins Wasser. »Ich habe mich nicht selbst befreit, Vater«, gestand er mit leiser Stimme.

»Was? Aber du sagtest ...«

»Ich habe gelogen. In Wirklichkeit war es ein Mädchen, das mir heimlich die Fesseln löste und mich laufen ließ.«

»Ein Mädchen?« Der Vater lachte laut und klatschte vergnügt in die Hände. »Schau einer an. Das ist eine Überraschung. Die Kleine hat dir doch nicht etwa den Kopf verdreht, oder?« Er lachte immer noch.

Erik war verärgert darüber und machte Anstalten, sich zu erheben, doch der Vater hielt ihn zurück. »Schon gut, mein Junge. War nur ein Spaß.«

»Mir ist nicht nach Späßen zumute.«

»Ich weiß«, erwiderte der Vater nun völlig ernst. »Schon seit Beginn unserer Reise führst du ein Eigenleben. Sogar die Wettbewerbe interessieren dich nicht mehr. Daheim hast du oft gesiegt im Steinstoßen. Was ist bloß los mit dir?«

»Was soll schon los sein? Ich habe eine schwere Aufgabe zu erfüllen – im Land meiner Mutter.«

Nun war es ausgesprochen. Der Vater starrte vor sich hin. »Deine Mutter ist schon lange tot«, sagte er nach einer Weile.

»Und dennoch war sie eine Fränkin. Hast du sie eigentlich geliebt?«

»Sie war eine Sklavin, und ich ...«

»Das habe ich nicht gefragt, Vater. Hast du sie geliebt?«

»Wieso willst du das wissen?«

»Hast du jemals daran gedacht, dass es die Schwestern oder Nichten meiner Mutter sein könnten, mit denen sich unsere tapferen Krieger heute Nacht vergnügen wollen?«

»Wenn du Skrupel hast«, erwiderte der Vater mit

gespitztem Mund, »werde ich dich zurück in die Heimat schicken.«

»Ich habe keine Skrupel.«

»Dann handle wie ein Wikinger. Du trägst eine große Verantwortung. Unser Erfolg hängt auch von dir ab. Willst du nicht, dass Odin lächelnd auf dich herabsieht?« Er erhob sich und stapfte davon, den Sohn wieder seinen Gedanken überlassend.

Aus dem weiteren Tag, den sie in der Herberge hatten bleiben wollen, waren zwei Wochen geworden. Zweifelsohne hatte der trauernde Wirt, sein Name war Waltbert, die beiden Geschwister in sein Herz geschlossen. Diese Sympathie beruhte auf Gegenseitigkeit. Waltbert besaß ein weites Herz, und das Lächeln, das er seinem verquollenen Gesicht abzuringen vermochte, war das eines gutmütigen Großvaters, dem seine Enkelkinder alles bedeuteten.

Immer wieder aufs Neue hatte er sie überredet zu bleiben, sobald sie Aufbruchspläne zur Sprache brachten. Er nahm kein Geld von ihnen, und deshalb war es selbstverständlich, dass sie ihm bei seiner Arbeit zur Hand gingen. Während Arbo sich vor allem um die Pferde der einkehrenden Gäste kümmerte, halfen Uta und Hugo dem Wirt bei der Zubereitung der Speisen und bewirteten die Gäste. Schnell hatten die drei Gefallen an der Arbeit gefunden, gab sie doch ihrer Flucht einen neuen Sinn und verdrängte die Gedanken an eine ungewisse Zukunft. Hugo sprach bald ganz offen von seinem Wunsch, für immer bei Waltbert zu bleiben: Bei ihm hatten sie Arbeit und Unterkunft, was wollten sie mehr?

So weit wollte Uta nicht denken. Sie untersagte dem Bruder, dem Wirt diesbezüglich falsche Hoffnungen zu machen. Nach dem Tod seiner Frau waren Uta und Hugo nicht nur seine Lichtblicke, sie halfen ihm auch, seine Existenz zu sichern.

An einem lauen Juniabend betrat ein junger fränkischer Adeliger das Gasthaus. In seiner Begleitung befand sich ein kicherndes, rothaariges Weibsbild, das sich ungeniert an seinen Hosen zu schaffen machte. Sich ihrer nur halbherzig erwehrend, verlangte der Edelmann nach Braten und Wein. Dann setzten sie sich auf eine Bank, ließen ihren Händen freien Lauf und begannen sich hemmungslos zu küssen. Fasziniert starrte Uta auf die Liebenden. Erst der Finger des Bruders, der hart auf ihre Schulter tippte, riss sie aus ihrer Entrückung.

»Herzschwester, träumst du oder gaffst du? Du solltest besser nach dem Braten schauen.«

»Oh ja, sofort.« Hastig schritt sie zur Kochstelle. Hugo trat hinter sie, hämisch grinsend.

»Du wärst ganz gern an ihrer Stelle, nicht wahr?«

»Was redest du da?«

»Gib's ruhig zu.«

Sie schaute ihm fest in die Augen. »Mein Bruderherzchen, damit du Bescheid weißt: Ich wäre *nicht* gerne an ihrer Stelle!«

Hugo ließ nicht locker. »Und wenn's ein anderer Mann wäre?«

»Denkst du da an jemand bestimmten?«

Er spitzte den Mund, als müsse er nachdenken. »Hm! Wie wär's mit dem Nordmann, den du befreit hast?«

Fast augenblicklich landete Utas Hand auf des Bruders Wange.

»Autsch! Was soll das?«

»Bring den Gästen endlich ihren Wein.«

»Aber ... die sind noch beschäftigt.«

»Verschwinde, hab ich gesagt.«

Hugo gehorchte. Die beiden Ankömmlinge ließen erst voneinander ab, als Uta ihnen das Essen auftischte. Zu ihrem Schrecken stellte sie fest, dass der Mann nun ihr unverhohlene Aufmerksamkeit schenkte, sehr zum ebenfalls unverhohlenen Ärger seiner Begleiterin.

Daher hielt Uta es für angebracht, sich rasch zurückzuziehen.

Nach dem Essen verkündeten die beiden Turteltauben, dass sie über Nacht zu bleiben gedachten. Da nur ein Verschlag aus Brettern die Bettstätten der Geschwister von den Lagern der Gäste trennte, blieb es ihnen in der Nacht nicht erspart, Zeugen eines heftigen Liebesspiels zu werden. Uta ertappte sich dabei, wie sie dem Stöhnen des Paares verzaubert lauschte. Erst als endlich Ruhe einkehrte, fand auch Uta etwas Schlaf.

Ein entsetzter Aufschrei weckte sie alle. Das erste Sonnenlicht zwängte sich durch die Fensteröffnung. Wieder ein Schrei! Erschrocken befreiten sich Uta, Hugo und Arbo von ihren Wolldecken und standen im Nu aufrecht.

»Er ist weg!«, schrie die Stimme. »Dieser Dreckskerl ist einfach verschwunden! Auf und davon!«

Bald begriffen sie, dass es des Edelmanns rothaariges Liebchen war, das sich den Kummer von der Seele brüllte. Halbnackt lief die Wütende durch den Raum, schob den Riegel der Tür beiseite, spähte nach draußen, kam zurück und sank auf ihrer Bank in sich zusammen. »Er ist verschwunden!«, sagte sie abermals und hörte gar nicht mehr auf, fassungslos ihren Kopf zu schütteln.

»Können wir helfen?«, traute Hugo sich zu fragen.

Die Rothaarige schien ihn nicht zu hören, sondern brabbelte weiter vor sich hin. »Hat mir das Blaue vom Himmel versprochen ... Und seinen Spaß gehabt ... Einfach verschwunden ... Dreckskerl!«

Arbo überkam das unstillbare Bedürfnis, die Unglückliche zu trösten. »Schöne Frau, klage nicht länger. Der Kerl hat dich nicht verdient.«

Sie schaute zu ihm empor, als sei er der Verkünder einer Weisheit, die ihr bislang verborgen geblieben war. »Ein wahres Wort«, erwiderte sie. »Zur Hölle mit ihm!«

Arbo nahm neben ihr Platz. »Es gibt gewiss eine Vielzahl von Männern, die dich nicht verschmähen würden.«

»Darauf kannst du wetten.«

»Und bestimmt ist jemand unter ihnen, der dir gefallen wird.«

»Das kann man wohl sagen.« Sie musterte ihn von oben bis unten mit entblößten Zähnen.

Die Geschwister, Zeugen von Arbos erfolgreichen Tröstungsbemühungen, kamen aus dem Staunen kaum noch heraus.

»Ich kann nicht glauben, was ich da höre und sehe«, stammelte Hugo.

Die Schwester nickte. »Wer hätte das dem alten Arbo zugetraut.«

»Jedenfalls hat er sich das gründlich verdient, nach all den Jahren der Enthaltsamkeit.«

»Hört, hört. Aus meinem kleinen Bruder wird langsam ein Mann.«

»Daran solltest du dir ein Beispiel nehmen, Herzschwester.«

»Warum? Ich will ja schließlich kein Mann werden.«

»Stell dich nicht dumm, du weißt genau, was ich meine. Wenn aus dir keine alte Jungfer werden soll ...«

»Wähle deine Worte mit Bedacht«, drohte Uta mit erhobenem Finger.

Hugo stieß die Luft aus seinen Lungen. »Schon gut. Ich will mir nicht schon wieder eine Backpfeife einfangen. Aber sieh nur, was unserem Freund da gerade widerfährt ...«

Die Rothaarige hatte sich über Arbo gebeugt und drohte ihn zu zerquetschen. Ihre üppigen Brüste, kaum verhüllt durch ein dünnes Hemd, präsentierten sich vor seinem entzückten Gesicht.

»Wir werden Waltbert fragen, ob er nicht woanders ein Quartier für uns hat«, seufzte Uta.

Am nächsten Morgen waren Arbo und die Rothaarige verschwunden. Spurlos. Arbo hatte seine wenigen Habseligkeiten mitgenommen, was nicht auf eine

baldige Rückkehr hinwies. Uta, Hugo und auch der Wirt waren fassungslos, aber zuversichtlich, dass er zurückkehren würde, wenn er sich seine Hörner erst einmal abgestoßen hatte. Als er nach zwei Wochen nicht wiederaufgetaucht war, gab man die Hoffnung auf seine Wiederkehr auf. Arbo war und blieb verschwunden.

»Dieser untreue Lump«, schimpfte Uta eines Nachts vor sich hin, als ihre Grübeleien sie nicht schlafen ließen.

Der ebenfalls noch wach liegende Bruder mischte sich in das Selbstgespräch der Schwester ein. »Arbo kann machen, was er will. Du selbst hast ihm ja schließlich die Freiheit geschenkt.«

»Dennoch hätte er sich anständig von uns verabschieden können, anstatt sang- und klanglos mit diesem Flittchen zu verschwinden.«

»Er befürchtete wohl, von uns ausgelacht zu werden.«

»Nicht zu Unrecht.«

»Schon wieder neidisch?«

»Klappe halten!«

»Arbo war irgendwie verändert seit dem Tag unserer Flucht. Und wenn er gut gelaunt war, wirkte das vorgetäuscht.«

»Wer weiß, was er alles mit ansehen musste in jener Nacht«, sagte Uta bitter. »Ich will gar nicht mehr darüber nachdenken.«

Hugo begann leise zu hüsteln. »Ich fürchte, meine Lungen proben wieder den Aufstand«, japste er.

Uta starrte in die Dunkelheit. »Und wenn wir nach Italia gingen?«, fragte sie versonnen.

»Was? Bist du wahnsinnig?«

»Sonne und frische Meeresluft – vielleicht würdest du dort wirklich gesund.«

»Und wie stellst du dir das vor? Erinnerst du dich nicht, was Arbo über die Berge erzählt hat? Wie könnten wir die jemals überqueren?«

»Überhaupt nicht.«

»Ah, du willst sie überfliegen wie ein Vogel, kein Problem. Da komme ich mit.«

Sie überging seinen Spot. »Mit einem Schiff werden wir dorthin gelangen.«

»Das kostet Geld.«

»Werden wir auftreiben.«

»Verzeih mir, Herzschwester, aber das klingt, als sei das bereits beschlossen.«

»Warum nicht? Unsere Eltern sind tot, unsere Heimat haben wir verloren, und selbst Arbo hat sich vom Acker gemacht. Was haben wir zu verlieren?«

»Ist das wirklich dein Ernst?«

»Mein vollkommener.«

Hugo schluckte. »Und Waltbert? Was machen wir mit ihm?«

»Wir nehmen ihn mit. Schließlich ist er ein Ersatzvater für uns geworden.«

»Kann mir kaum vorstellen, dass er in ein fremdes Land ziehen will. Er ist nicht mehr der Jüngste. Außerdem hat er uns kürzlich noch das Versprechen abgenommen, ihn neben seiner geliebten Frau zu begraben, wenn er das Zeitliche segnet.«

»Warte ab, bis ich mit ihm gesprochen habe.«

»Hm! Kein Zweifel, dass du ihn überreden wirst. Du würdest auch Frido davon überzeugen, dass er eine Katze ist.«

»Eines Tages werden die Nordmänner auch hierhin vordringen.«

»Das wäre wahrhaftig ein Grund, das Weite zu suchen.«

»Also, machen wir's?«

Hugo dachte lange nach. Ein neues Leben, ein neues Land ...

»Wir machen's!«, verkündete er feierlich.

Ihre Hände fanden sich in der Dunkelheit.

DRITTER TEIL

Das Gericht

7

Der Sturm der Nordmänner zog vorüber, gleich einem verheerenden Unwetter. Tod und Zerstörung hinterließen sie, Waisen und Witwen. Immerhin war Aachen war verschont geblieben, obgleich nur wenige Bewaffnete zum Schutz der Pfalz bereitgestanden hatten. Der Nimbus des Ortes schien ungebrochen.

Die nächsten Monate verbrachten wir Mönche vermehrt im Gebet, doch die Hilfe an der Not leidenden Bevölkerung stand im Vordergrund unserer Tätigkeit. Aus Stablo erhielten wir die trostreiche Nachricht, dass die Nordmänner das Kloster bislang verschont hatten. Dennoch wies der Abt uns an, weiter in Aachen zu verweilen. Er war ein vorausschauender Mann.

Die Monate vergingen in nervöser Erwartung. Hatte zunächst noch Erleichterung überwogen, dem Sturm der Nordmänner entgangen zu sein, so kroch bald wieder Furcht in unsere Herzen. Würden die Unholde wiederkehren und nachholen, was sie beim ersten Mal nicht gewagt hatten?

Zunächst waren es nur Gerüchte. Sie verdichteten sich zur bestürzenden Wahrheit: Flüchtlinge berichteten von einem neuen, weitaus größeren Heer der Nordmänner, das sich, von Elsloo kommend, unaufhaltsam Richtung Osten bewegte. Wo sie marschierten, blieb kein Stein auf dem anderen. Noch grausamer und erbarmungsloser als zuvor wälzten sich die schrecklichen Heerscharen voran. Bald zweifelte niemand mehr daran, dass sie diesmal vor der Pfalz des großen Kaisers nicht Halt machen würden, zumal es im Umland nichts mehr zu plündern gab. Es war töricht gewesen zu glauben, ihr Nimbus habe die Pfalz vor der Raserei der Nordmänner bewahrt. Die Welt stand am Abgrund.

Eine beispiellose Massenflucht setzte ein. Schon lange, bevor die ersten Horden der Nordmänner vor den Toren der Stadt erschienen, hatten die meisten Menschen ihre Häuser

verlassen und sich auf eine Wanderschaft mit ungewissem Ziel begeben. Und wir Mönche? Auch wir mussten eine Entscheidung fällen. Wir konnten bleiben und beten, was uns jedoch nicht vor der Mordlust der Eindringlinge bewahren würde, wie sich anderenorts gezeigt hatte. Die kostbaren Schätze unseres Ordens würden dann unwiederbringlich in ihre frevlerischen Hände fallen. Was blieb uns also übrig, als Aachen mitsamt unseren Habseligkeiten zu verlassen? Gab es einen Ort, an dem wir vor den Nordmännern sicher waren? Wir beschlossen, nach Köln zu gehen, das, umgeben von mächtigen Römermauern, dem Drachensturm am ehesten standhalten würde.

Es waren Geistliche der Marienkirche, die mit ernsten Mienen an einem trüben Morgen unser Kloster aufsuchten und den Prior zu sprechen verlangten. Sie hatten von unserem Entschluss erfahren, Aachen zu verlassen. So baten sie den Prior, auch die Schätze und Reliquien der Marienkirche mit auf den Weg zu nehmen. Man bedenke: die Windeln unseres Heilandes und das Kleid Mariens waren darunter, welche Bürde wurde uns da auferlegt. Die Stiftsherren selbst gedachten in Aachen zu bleiben, zweifellos eine mutige Entscheidung. Zudem glaubten sie zu wissen, dass Köln ein ungeeigneter Zufluchtsort sei, habe sich doch der Erzbischof nach Mainz begeben, was nicht sein Vertrauen in die Wehrhaftigkeit seiner Stadt beweise. Auch uns beschworen die Geistlichen, nach Mainz zu ziehen, ihrer Meinung nach der sicherste Ort des Reiches. Schon mancher Feind habe die Stadt belagert und sei unverrichteter Dinge wieder abgezogen. Offenbar stehe sie unter dem besonderen Schutz des seligen Hrabanus Maurus, der einst Bischof der Stadt gewesen war.[18] Im Sankt-Albans-Kloster erwarte man unsere Ankunft.

---

18 Hrabanus Maurus, der am 4. Februar 856 im Alter von etwa 76 Jahren verstarb, gehört zu den bedeutenden Persönlichkeiten der frühmittelalterlichen Kirchengeschichte. Er verfasste zahlreiche theologische Schriften und enzyklopädische Handbücher (»De rerum naturis«) und bemühte sich, den Stand der Wissenschaft zu verbessern!

Doch Mainz war fern. Wie sollten wir den weiten Weg unbeschadet überstehen in Anbetracht der Kostbarkeiten und Heiligtümer, die wir mit uns führten? Denn nicht nur plündernde Horden der Nordmänner galt es zu befürchten, auch Wegelagerer und Strauchdiebe trieben ihr Unwesen im Reich, durch das sich inzwischen Ströme von Flüchtlingen wälzten. Wir beschlossen, einen Teil der Schätze in die Säume unserer Kutten einzunähen. Größere Kostbarkeiten – Kelche und Bücher etwa, vor allem aber die Truhen und Schreine für die Reliquien – luden wir auf Karren und bedeckten sie mit Stroh und wertlosem Beirat. Diese Tarnung machte die Ladung jedoch keineswegs gefeit vor der Neugier oder dem Hunger streunender Banden. Daher heuerten wir zu unserem und der Heiligtümer Schutz ein paar bewaffnete Söldner an.

Eine Woche lang waren wir unterwegs, und unsere Reise verlief alles andere als ereignislos, wenngleich wir, um es vorwegzunehmen, keinen Nordmännern begegneten. Um Koblenz mussten wir einen Bogen schlagen, da man an der Moselmündung eine Flotte von Drachenbooten gesichtet hatte. Allerdings sollten die Nordmänner sich erst im folgenden Jahr die Mühe machen, die Stadt zu verheeren. Vorläufig genügte es ihnen, Angst und Schrecken zu verbreiten und sich an den Weinbergen gütlich zu tun.

Gleich dreimal wurden wir Opfer von Überfällen. Skrupellose Räuber, die sich auf die Ausplünderung angsterfüllter Flüchtlinge spezialisiert hatten, ahnten, dass sich in unseren Karren mehr befinden mochte als bescheidene Habseligkeiten von Mönchen. Einer meiner Mitbrüder – Gott hab ihn selig! – musste sein Leben lassen, als er den Kerlen den Einblick in die Ladung verwehrte. Zu spät eilten uns die in einigem Abstand folgenden Söldner zur Hilfe, aber immerhin rechtzeitig genug, um die Räuber ohne Beute in die Flucht zu schlagen.

159

Das Leid, das uns unterwegs begegnete, war noch furchtbarer, als wir es uns vorgestellt hatten. Die Ernte war schlecht gewesen. Die Menschen litten Hunger, viele waren schwach und krank. Längst hatte man alles Vieh geschlachtet und verzehrt. Ausgezehrte Gesichter und allerorten grenzenlose Verzweiflung. Die meisten Flüchtlinge waren unterwegs nach Mainz, was die Behauptungen der Aachener Geistlichen, diese Stadt sei uneinnehmbar, zu unterstreichen schien.

An einem grauen Sonntag – seit den frühen Morgenstunden regnete es wie aus Kübeln – erreichten wir die Bischofsstadt etwa zur neunten Stunde[19]. Es wimmelte dort von Zuflucht Suchenden. Da die Herbergen hoffnungslos überfüllt waren, kampierten die Menschen an den Hängen des Kästrichs. Ein fürchterlicher Geruch nach Kot und Unrat schwängerte die Luft, und der Regen hatte die Straßen der Stadt in einen unwegsamen, stinkenden Morast verwandelt. Bis auf die Knochen durchnässt waren wir, als wir endlich vor dem Tor des Sankt-Albans-Klosters standen, wo man unsere Ankunft erwartet hatte. Wir waren gerettet. Und die Reliquien ebenso.

Und die Pfalz des großen Kaisers?

Nun, das Schicksal Aachens bleibt nachzutragen. Wie das Jüngste Gericht brach die Flut der Nordmänner über die Stadt herein. Die Pfalz ging in Flammen auf, das kaiserliche Bad wurde zur Ruine und die Hofkirche – nie hörte ich von solchem Frevel – zum Pferdestall. Immerhin ließen sie die Geistlichen am Leben, um sich ihrer als Lakaien zu bedienen. Diese hatten, um die letzte Ruhestätte des großen Kaisers vor einer Schändung zu bewahren, seine Gebeine in ein unscheinbares Erdgrab umgebettet. Wie oft schon hat man die Kühnheit der Mönche von Stablo gelobt, die Retter der heiligen Reliquien. In meinen Augen aber verdient der heroische Mut der Priester aus Aachen eine

19 Neunte Stunde: zwischen 14 und 15 Uhr.

größere Beachtung: Was müssen diese gedemütigten Männer durchgestanden haben? Sie wandelten in einer Hölle auf Erden.

Doch selbst in Mainz konnten wir noch nicht sicher sein, dieser Hölle entgangen zu sein.

Herbst 881 A. D.

Viele Monate waren ins Land gezogen. Die Reisepläne der beiden Geschwister hatten sich in Luft aufgelöst an dem Tag, da Waltbert der Schlag traf. Tagelang hatte der Wirt zwischen Leben und Tod geschwebt. Dann hatte er sich immerhin so weit erholt, dass er mithilfe eines Stockes wieder gehen lernte. Doch an eine Reise in die Ferne war nicht mehr zu denken. Uta und Hugo, die ihren Gönner nicht hilflos in Marcomagus zurücklassen wollten, blieben nicht allein aus Pflichtgefühl bei ihm. Längst hatten sie etwas wie Vaterliebe entwickelt. Was nicht bedeutete, dass sie ihren wahren Vater inzwischen vergessen hätten, im Gegenteil: Die Erinnerung an die verhängnisvolle Nacht, in der Wernar von den Wikingern getötet worden war, brannte wie ein glühendes Eisen in ihren Köpfen und bereitete ihnen manch unruhige Nacht. Es würde lange dauern, bis die Narben verheilt wären.

Der vergangene Sommer war verregnet gewesen, die Ernte miserabel. Nun färbten sich die Wälder bunt, anders als die sich verfinsternden Gemüter der Menschen, die von neuen Gräueltaten der Wikinger hören mussten. Flüchtlinge, die aus allen Himmelsrichtungen erschienen, berichteten von der Zerstörung ganzer Städte, von grausamen Gemetzeln, von Leid und Tod. Es schien keinen Ort mehr zu geben, wo man vor den Nordmännern sicher war, und längst war es zur Gewissheit geworden, dass sie ihr blutiges, zerstörerisches Werk auch jenseits der großen Ströme verrichteten. Schon in Kürze würden ihre Horden auch aus den nahen Wäldern hinter Marcomagus auftauchen. Manche Leute glaubten zu wissen, dass sie geflügelte Drachen mit sich führten, die Feuer spien und Menschen fraßen.

Eine Unzahl von Bauern schlossen sich den Flüchtlingen an und zogen Richtung Süden, nach Mainz, wo man dem Vernehmen nach gut gerüstet war gegen den Sturm

der Wikinger. Als der Herbstmonat sich seinem Ende zuneigte, war der Ort nahezu menschenleer. Nur Uta und Hugo weilten noch bei ihrem Freund Waltbert, den ein neuerlicher Schlag wieder aufs Krankenlager gezwungen hatte. Diesmal schien er sich nicht mehr davon erholen zu können, trotz Utas aufopfernder Pflege. Waltberts Sprache war, wenn er für kurze Zeit aus seinem Tiefschlaf erwachte, verwaschen und wirr. Es blieb fraglich, ob er noch bei Verstand war.

»Herzschwester, ich muss mit dir reden«, sagte Hugo düster, als er neben die Bettstatt des Wirtes trat. Uta flößte dem Kranken mühsam ein paar Tropfen Brühe ein.

»Sprich nur, Bruderherzchen.«

»Nicht hier«, sagte Hugo leise.

Uta folgte ihm in die Wirtsstube. Seit Tagen war hier niemand mehr eingekehrt. Frido lag winselnd neben dem glimmenden Herdfeuer. Offenbar war er hungrig.

»Wir müssen hier endlich weg!«, verkündete Hugo mit fester Stimme.

»Und Waltbert?«

»Wir nehmen ihn mit, was sonst?«

»Ausgeschlossen. Die Strapaze würde er keine Stunde überleben.«

»Überleben? Gut, dass du davon sprichst. Seit Tagen haben wir nichts Ordentliches mehr gegessen. Die Nordmänner können jeden Augenblick hier auftauchen. Entweder werden wir einen Kopf kürzer gemacht oder wir verhungern. Feine Aussichten, findest du nicht?«

»Noch ist es nicht so weit.«

»Vielleicht tun sich auch die Drachen der Nordmänner an uns gütlich. Sie sollen einen gesunden Appetit haben.«

»Du sprichst wie Arbo. Glaubst du etwa diesen Unsinn?«

»Weshalb sollten die Menschen lügen?«

»Angst kann die Sinne der Menschen täuschen. Vermutlich haben sie Boote gesehen. Die sollen ja bekanntlich wie Drachen aussehen.«

»Drachen hin oder her: Ich habe jedenfalls keine Lust auf den Augenblick zu warten, an dem du unser Ende erkennen wirst. Vorher will ich mich, wie alle anderen vernünftigen Menschen, aus dem Staub gemacht haben. Man kann durchaus Einfluss nehmen auf sein Schicksal, werte Schwester.«

Uta machte einen tiefen Atemzug. »Waltbert ist des Todes, Hugo.«

Einen Moment lang schwieg der Bruder und dachte nach. »Dann sollten wir erst recht verschwinden«, erklärte er mit neuer Entschlossenheit. »Ob Waltbert unterwegs stirbt oder auf seinem Krankenlager ...«

»... ist keineswegs einerlei. Waltbert hat ein Recht auf einen würdevollen Tod. Wenn er gestorben ist, werden wir ihn neben seiner Frau begraben. Das war sein Wunsch. Wir sind es ihm schuldig.«

Hugo schüttelte heftig den Kopf. »Diesen Wunsch hat er geäußert, als wir noch nicht mit den Nordmännern rechnen mussten. Heute ist die Lage eine andere. Wenn er bei klarem Bewusstsein wäre, würde er uns sicher raten, auf der Stelle zu fliehen.«

»Er *ist* aber nicht bei klarem Bewusstsein, Hugo. Deshalb bleiben wir!« Sie seufzte tief und griff nach der Hand des Bruders. »Die Gabe«, sagte sie leise. »Seitdem ich sie habe, sehe ich das Leben mit anderen Augen. Ich kann Waltbert hier nicht einfach zurücklassen. Der Tod ist ein wichtiger Teil unseres Lebens. Es ist fast wie eine Schuld, die ich empfinde: Alle Menschen sollten in Würde sterben. Und deshalb kann ich den Todkranken nicht auf einen schmutzigen Karren verladen und von hier verschwinden. Verstehst du das?«

Hugo lächelte gequält. »Und die Nordmänner? Haben die auch ein Recht, in Würde zu sterben?«

Uta schwieg, als hätte sie darauf keine Antwort.

»Ach, Herzschwester! Du bist mein Untergang. Und zugleich mein Leben.«

»Also wartest du mit mir auf des armen Waltberts Ende?«

»Das ist die dümmste Frage, die du mir je gestellt hast.« Sie zog ihn zu sich heran und küsste ihn auf die Wange. »Wenn wir diesen Albtraum heil überstanden haben«, erklärte sie feierlich, »dann reisen wir nach Italia.«

Die junge Frau mit dem grauen Kopftuch trug einen Säugling auf ihren Armen. Sie hatte sich einer Gruppe von gut fünfzig Flüchtlingen angeschlossen, die auf dem Weg nach Köln waren. Karren rumpelten, Hunde bellten, Kinder schrien. Eben erst hatte man den Rhein erreicht und prompt ein vereinzeltes Drachenboot gesichtet, das träge mit der Strömung trieb. Beinahe wäre heillose Panik unter den Menschen ausgebrochen, aber als offenkundig wurde, dass die Nordmänner ihre Fahrt unbeirrt fortsetzten, beruhigten sich alle wieder. Man konnte es kaum erwarten, endlich die schützenden Mauern der Stadt in der Ferne zu erblicken.

Noch nie in ihrem Leben hatte die junge Frau so erbärmlich gehungert und gefroren. Alle Kräfte, die ihr noch verblieben waren, widmete sie dem Säugling, den am Leben zu erhalten ihr einziger Antrieb war. Mit Mühe hielt sie Schritt. Würde sie zurückbleiben, konnte das ihr und ihres Kindes Ende bedeuten, denn jeder hatte genug mit sich selbst zu tun, niemand würde sich um Nachzügler kümmern. Alle litten dieselben schrecklichen Hungerqualen. Ein barmherziges Mütterlein hatte der jungen Frau ein Stückchen Brot geschenkt, gebacken aus Mehl und Erde. Seit Menschengedenken war die Ernte nicht mehr so schlecht gewesen.

Als weiter vorn, gleich neben dem trüben Blau des Flusses, die Türme Kölns sichtbar wurden, verfielen einige, die noch die Kraft dazu hatten, in Jubelgeschrei. Andere schickten stumme Dankgebete Richtung Himmel. Die junge Frau presste den Säugling, der leise wimmerte, erleichtert an ihre Brust. In der Stadt gab es sicherlich Nonnen oder Mönche, die sich ihres Kindes annehmen würden. Und sie selbst? Schon lange machte sie sich keine Gedanken mehr um ihre eigenes Wohl. Die Welt war ihr gleichgültig geworden, mit ihrem Leben hatte sie abgeschlossen. Nur noch den Sohn in Sicherheit bringen, der Rest war Leere, Freudlosigkeit, Bitternis.

Vor dem Stadttor herrschte aufgeregtes Treiben. Massen von Menschen wollten in die Stadt, doch Schwerbewaffnete verwehrten ihnen den Zutritt. Jeder wurde zunächst in Augenschein genommen und nach dem Woher befragt, man befürchtete Spitzel der Nordmänner unter den Ankömmlingen.

Die junge Frau ließ sich mit ihrem Säugling erschöpft zu Boden sinken, da die Abfertigung der Flüchtlinge noch eine Weile beanspruchen würde. Die Müdigkeit ließ sie Hunger und Kälte einen Augenblick vergessen. Zusammengekauert, das Kind wie ein Kleinod an ihren Körper drückend, ergab sie sich dem Schlaf. Niemand achtete auf sie. Ein Häuflein Elend inmitten von Angst und Unglück.

Erik erblickte die Schlafende und hatte das Gefühl, sein Herz müsse ihm aus der Brust springen. Mit zaghaften Schritten näherte er sich der jungen Frau und bückte sich zu ihr herab.

»Uta?«, fragte er ungläubig.

Sie schreckte aus dem Schlaf und musterte erschrocken das Gesicht des Fremden.

»Uta?«, fragte Erik abermals. »Bist du das?«

»Nein«, erwiderte sie matt. »Ich heiße Hruoswitha.«

»Verzeihung, einen Augenblick lang dachte ich ...«

»Schon gut. Du bist nicht der Erste, der mich mit ihr verwechselt.«

»Du kennst sie?«, fragte der Wikinger überrascht.

»Nicht persönlich. Aber immerhin verdanke ich ihr mein Schicksal.«

Erik wusste mit ihrem orakelhaften Spruch nichts anzufangen. »Weißt du, wo sie ist?«, fragte er.

Schläfrig schüttelte Hruoswitha den Kopf und betrachtete ihren Säugling, der wieder zu wimmern begonnen hatte. Sanft schaukelte sie ihn.

»Ist das dein Kind?«

Statt einer Antwort summte Hruoswitha eine leise, traurige Melodie. Erik, der immer noch vor ihr kniete, verspürte den Wunsch, ihr zu helfen.

»Du solltest nicht in diese Stadt gehen«, flüsterte er.

Hruoswitha summte die Melodie zu Ende, bevor sie dem Wikinger wieder Aufmerksamkeit schenkte. »Nein? Warum nicht?«

»Sie wird bald zerstört werden.«

»Die Nordmänner?«

Erik nickte.

»Aber siehst du denn nicht die hohen Mauern?«

»Sie sind alt und brüchig. Sie werden die Nordmänner nicht vor Probleme stellen.«

»Woher weißt du das?«

»Schau sie dir doch an.«

»Ich verstehe nichts von solcherlei Dingen.«

»Ich umso mehr.«

»Und die Bewaffneten oben auf den Wehrgängen?«

»Es sind nur ein paar Dutzend. Die meisten haben die Stadt längst verlassen – wie der Bischof.«

»Der Bischof hat die Stadt verlassen?«, wunderte sich Hruoswitha.

»Aus gutem Grund. Er kennt den Zustand der Mauern genau.«

»Aber ...« Hruoswithas Lippen zittern. »Wo soll ich denn hin? Mein Sohn, er wird verhungern.«

»Das wird er in der Stadt erst recht. Wahrscheinlich noch bevor die Nordmänner kommen. Übernachte hier irgendwo mit deinem Kind und ruh dich aus. Morgen früh aber solltest du verschwinden und dir einen sicheren Ort suchen. Doch meide die Klöster.« Er sah sich vorsichtig um, holte ein paar Münzen hervor und reichte sie der verblüfften Magd. »Du wirst sehen, es gibt immer noch genug Menschen, die dir helfen wollen, sobald du ihnen eine Münze unter die Nase hältst.«

Mit gezückten Schwertern polterten die beiden Wikinger in das Wirtshaus. Schnell hatten sie erfasst, dass von der jungen Frau, die sie hier antrafen, keine Gefahr für sie ausging. Uta erbleichte und versuchte vergebens, den aufgebrachten Frido von einer Attacke auf die Eindringlinge abzuhalten. Mit einem fast ansatzlosen Hieb seiner Waffe wehrte der jüngere der beiden Wikinger den Angriff des Hundes ab. Blut spritzte. Winselnd verkroch sich Frido unter eine Bank. Die wippenden Schwertklingen der Wikinger hinderten Uta daran, sich um das verwundete Tier zu kümmern.

Sie starrte in die bärtigen Gesichter der Eindringlinge, die sich in einer fremden Sprache unterhielten und alles in Augenschein nahmen. Sie trugen weder Helm noch Kettenhemd, was vermuten ließ, dass sie schon lange nicht mehr auf Widerstand gestoßen waren. Trotz der kühlen Jahreszeit waren ihre Arme und Schultern entblößt; nur ein Hemd aus Wolle bedeckte ihren Oberkörper.

Der Jüngere widmete seine Aufmerksamkeit bald ganz der jungen Frau, die vor ihnen stand. Er führte die Finger zum Mund und tippte auf seine Lippen, um ihr kundzutun, dass er und sein Kumpane etwas zu essen verlangten.

Uta hatte selbst seit Wochen nichts anderes gegessen als Brennesselsuppe oder Hirsebrei. Sie schüttelte den Kopf. Damit gab sich der Ältere nicht zufrieden und wies den anderen an, sich umzuschauen.

Uta ahnte Schlimmes, als der Wikinger in den Nebenraum verschwand. Und sie behielt Recht. Als er nach kurzer Zeit zurückkehrte, tropfte Blut von seiner Schwertklinge. Er raunte dem anderen eine offenbar spaßige Bemerkung

zu, denn dieser lachte laut. Es gelang Uta nicht, ihre Wut zu bezähmen. Mit erhobenen Fäusten stürmte sie auf den Mörder zu.

»Du mieses Schwein! Hast ihn umgebracht!«

Der Wikinger warf sein Schwert beiseite und packte die Heranstürmende am Handgelenk. Lachend ließ er es geschehen, dass sie mit ihrer freien Faust auf ihn eintrommelte, bevor er auch diesem Wüten ein jähes Ende bereitete. Uta fand sich wieder in seiner Umklammerung. Nun suchte sie sich seiner mit Fußtritten zu erwehren, doch auch das entlockte ihm nur vergnügte Laute. Frido knurrte und versuchte von Neuem, der Herrin zu Hilfe zu kommen. Die klaffende Wunde an seiner Flanke vereitelte dieses Vorhaben. Hechelnd, bewegungsunfähig und mit brechenden Augen verfolgte der Hund das weitere Geschehen.

Uta spürte den Atem des Wikingers und schloss die Augen. Jeder Widerstand schien zwecklos. Er flüsterte ihr ein paar Worte ins Ohr, die zwar zärtlich klangen, doch wohl eher höhnisch gemeint waren. Erst als er sich anschickte, ihr das Kleid von den Schultern zu streifen, erwachte ihr Widerstandsgeist erneut.

»Lass das!«, schrie sie und begann sich wie ein Aal zu winden. Nun hatte der Wikinger erhebliche Mühe, sie zu bändigen. Sein Kamerad eilte herbei und half ihm dabei. Uta schnappte nach Luft und ließ dann alles über sich ergehen. Inständig hoffte sie, dass Hugo, den sie zur Suche nach etwas Essbarem in den nahen Wald geschickt hatte, nicht so töricht wäre, ihr zu Hilfe zu kommen.

Plötzlich war sie nackt. Der Jüngere der beiden streifte sich die Hosen herunter. Abermals schloss Uta ihre Augen und biss auf die Zähne. Eine raue Hand knetete ihre Brüste, wanderte den Körper hinab und fuhr gewaltsam zwischen ihre Schenkel. Wieder machte er eine einsilbige Bemerkung, die den anderen zum Lachen brachte.

Uta dachte an den Gott der Christen. Ihre Mutter hatte sie stets ermuntert, sich in Zeiten der Not vertrauensvoll an ihn zu wenden. Und was ihr hier widerfuhr, war mehr als eine Not. Zum ersten Mal in ihrem Leben wünschte sie sich den Tod herbei. Niemals würde sie mit dieser Erniedrigung leben können.

Der andere Wikinger zischte seinem Kumpan eine Bemerkung zu, die nach einer Aufforderung klang, sich zu sputen, denn offenbar wollte er auch noch an die Reihe.

Sekunden der Ewigkeit.

Die Erwartung eines heftigen Schmerzes.

Dann ein zischendes Geräusch.

Ein Gurgeln und ein wütender Aufschrei.

Uta öffnete die Augen.

Vor ihr das fassungslose Gesicht des Wikingers, der sie hatte schänden wollen. Ein Pfeil stach in seinem Hals. Ein paar Herzschläge lang wankte er wie ein Baum im Sturm, griff sich tastend an die Kehle und stürzte zu Boden, wo er leblos liegen blieb.

An der Eingangstür stand Hugo, zitternd wie Espenlaub. In seinen Händen hielt er einen Bogen.

Der andere Wikinger stieß einen neuerlichen wütenden Schrei aus und griff nach seinem Schwert. Hugo beeilte sich, einen weiteren Pfeil in die Sehne zu spannen, was ihm in seiner Angst nur schwer gelingen wollte. Als er erkannte, dass er es nicht mehr schaffen würde, beschloss er, sein Heil in der Flucht zu suchen. Hierbei stolperte er über seine eigenen Füße und fand sich auf dem Boden wieder. Schon stand der Wikinger breitbeinig über ihm und starrte ihn finster an. Er umklammerte den Knauf seines Schwertes mit beiden Händen und hielt es, die Spitze direkt auf Hugos Herz gerichtet, zum Todesstoß bereit.

Hugo blieb der Schrei im Hals stecken. Er sah in das Weiße des Auges seines Henkers und wusste: Gleich würde er sterben. Er schloss die Augen und hoffte, dass das Ende schnell und schmerzlos eintrat.

Blut spritzte in sein Gesicht. Aber wo blieb der Schmerz?

Als er diesen einige Herzschläge später immer noch nicht verspürte, wagte er es, ein Auge zu öffnen. Der Wikinger war vor ihm auf die Knie gesunken. Unendlich langsam kippte er zur Seite und rührte sich nicht mehr. Sein Kopf war nur noch ein Klumpen aus Brei und Blut. Hinter seiner Leiche stand Uta. Schwer atmend betrachtete sie das Schwert, mit dem sie ihm den Schädel gespalten hatte.

Hugo begann zu husten. »Du könntest dir wenigstens was anziehen, Herzschwester«, keuchte er.

Uta ließ das Schwert fallen und bückte sich nach ihrem Kleid. »Kannst du nicht einfach danke sagen? Und seit wann kannst du mit Pfeil und Bogen umgehen?«

»Kann ich gar nicht. Habe es zum ersten Mal gemacht. Der Bogen hing am Sattel des Pferdes da draußen.«

»Du hättest mich treffen können.«

»Kannst du nicht einfach danke sagen?«

Uta deutete auf den regungslosen Frido. »Schnell, leg ihm ein Tuch auf die Wunde und mach ihm einen Verband.«

»Du siehst doch, dass er tot ist.«

»Nein, das ist er nicht. Frido ist nur bewusstlos. Beeil dich.«

»Und du?«

»Ich sehe nach Waltbert. Sie haben ihn umgebracht.«

Überall war Blut! Waltberts Kopf lag auf seinem Bauch, umklammert von seinen Händen. Uta begann bitterlich zu weinen. Leid und Elend – würde es nie ein Ende nehmen?

Nach einer Weile erschien Hugo am Bett des toten Wirtes. Erschüttert wandte er den Blick ab und presste eine Faust auf seinen Mund, als müsse er sich übergeben.

»Hast du Frido versorgt?« Uta wischte sich die Tränen aus dem Gesicht.

Hugo nickte.

»Gut. Dann lass uns den armen Waltbert begraben.«

»Sollten wir nicht besser sofort verschwinden? Die beiden Kerle waren sicher nur so etwas wie eine Vorhut. Möglicherweise, nein, todsicher tauchen gleich ganze Horden dieser Bastarde hier auf. Und dann Gnade uns Gott.«

»Wir haben es Waltbert versprochen. Also tun wir es. Und dann hauen wir ab!«

Hugo schluckte. Keine Macht der Erde würde Uta von ihrem Entschluss abbringen. Und irgendwo hatte sie Recht: Sie waren es ihrem Ersatzvater schuldig.

Sie luden Waltberts sterbliche Überreste und zwei Spaten auf einen Karren und machten sich auf den Weg zum nahen Totenacker. Neben dem Grab seines geliebten Weibes huben die Geschwister ein Loch aus. Nervös ließ Hugo seinen Blick in die Umgebung schweifen.

»Je öfter du glotzt, umso länger brauchen wir«, mahnte Uta.

»Hätte ich nur deine Nerven. Bin ich übrigens rechtzeitig gekommen?«

»Was meinst du?«

»Naja, hatte dieser Nordmann dich bereits ... ich meine ...«

»Nein, hatte er nicht. Insofern bist du rechtzeitig gekommen, Bruderherzchen.«

»Wenigstens ein Grund zur Erleichterung.«

»Deine Fürsorge ist rührend.«

»Hast du den Kerlen denn nicht angesehen, dass sie es bald hinter sich haben würden?«

»Sofort. Aber sie hätten ebenso gut erst morgen oder übermorgen sterben können. Viel Unheil, das sie in der Zwischenzeit hätten anrichten können. Zum Beispiel, einem Sterbenden den Kopf abschlagen, nur so zum Vergnügen.«

»Oder einer Jungfer die Unschuld rauben.«

»Hör auf damit. Lass uns Waltbert nun der Erde übergeben.«

Behutsam packten sie die Leiche des Wirtes und legten sie in das Grab.

»Einen Priester gibt es nicht mehr hier. Kannst du ein Gebet aufsagen, Bruderherzchen?«

»Natürlich. Die Mutter hat uns doch oft genug etwas vorgebetet.«

»Na schön, dann fang an!«

Hugo schlug ein Kreuz und murmelte ein paar Worte, die wie eine seltsame Mischung aus Latein und fränkischem Dialekt klangen.

»Was hast du gesagt?«, wollte Uta von ihm wissen.

»Dass der Herr im Himmel ihm die ewige Ruhe schenken möge!«

»Das ist gut. Und jetzt: zuschaufeln! Ruhe wohl, geliebter Waltbert!«

Sie hatten ihr Werk fast vollendet, als Hugo seinen Spaten fallen ließ und Richtung Römerstraße deutete. »Da hinten! Sie kommen!«

Uta folgte seinem entsetzten Blick.

Pferde. Reiter. Nordmänner. Mindestens fünfzig.

Sie kamen aus nördlicher Richtung und mochten noch eine gute Meile entfernt sein.

»Nichts wie weg!« Hugo griff nach der Hand der Schwester. Uta aber löste sich von ihm.

»In den Wald mit dir, Hugo. Schnell!«

»Und du?«

»Ich hole Frido!«

»Bist du von allen guten Geistern verlassen?«

»Verschwinde, hab ich gesagt. Wir treffen uns an der Hütte des Köhlers, kapiert?«

Fassungslos starrte Hugo ihr nach. »Sie ist verrückt«, stammelte er. »Vollkommen verrückt.« Wie gelähmt beobachtete er das Nahen der Reiter und das Verschwinden der Schwester. Dann rannte er in den Herbstwald – zur Köhlerhütte.

Hruoswithas verklebte Augen wollten sich einfach nicht öffnen. Blut hämmerte in ihrem Kopf. Als sie es endlich schaffte, ihre Lider voneinander zu lösen, erkannte sie nebelhaft eine Gestalt. Schnell begriff sie, dass es sich um einen Mann in einer Kutte handelte. Kerzenlicht flackerte unruhig und ließ den Schatten des Mönchs an der Wand tanzen.

»Wo bin ich?«, hauchte Hruoswitha. Selbst das Sprechen bereitete ihr Kopfschmerzen.

»Im Kloster Prüm«, antwortete die dunkle, beruhigend anmutende Stimme des Mönchs.

»Das Kind ...«

»Sei unbesorgt. Es lebt.«

»Wir sind ... in Sicherheit?«

»Ja, meine Tochter.«

Das Fieber aber hatte Hruoswithas Erinnerungsvermögen noch nicht getrübt. »Nein ... nicht in Sicherheit!« Mit kraftlosen Bewegungen versuchte sie aufzustehen. »Man riet mir, die Klöster zu meiden ... Die Nordmänner ...«

Sanft drückte der Mönch sie auf ihr Lager zurück. »Die Nordmänner sind noch weit. Du musst jetzt schlafen.«

»Sie werden kommen«, beharrte Hruoswitha.

»Bis dahin musst du gesundwerden.«

»Frater!« Sie krallte eine Hand in seinen Unterarm. »Nennt mir einen Ort, an dem ich mein Kind in Sicherheit bringen kann.«

»Meine Tochter, du musst schlafen. Später ...«

»Nein, Frater! Nennt mir einen Ort!«

Der Mönch seufzte leise. »Gibt es einen solchen Ort überhaupt noch?«

»Aber das Kind ... es muss leben ...«

»Viele denken, dass sie in Mainz vor den Nordmännern sicher sind. Selbst der Erzbischof von Köln soll dorthin geflüchtet sein, auch viele andere Edle. Noch gestern machte der Gaugraf von Jülich bei uns Halt. Auch er war auf dem Weg nach Mainz.«

»Der Graf?« Abermals machte Hruoswitha Anstalten sich zu erheben, doch wieder hielt der Mönch sie zurück. »Er ... muss sich um das Kind kümmern.«

»Bitte, schlaf jetzt endlich, meine Tochter.«

»Die alte Gräfin ... sie hat mich davongejagt!«

»Trink das!« Der Mönch, ungeduldig geworden, hielt ihr einen Becher an den Mund. Ein übel riechender Dampf

175

stieg in Hruoswithas Nase. Sie ahnte, dass der Mönch Mittel und Wege kannte, ihr das Gebräu auch gegen ihren Willen einzuflößen, daher schlürfte sie es ohne weitere Gegenwehr.

»So ist es Recht.«

»Nach Mainz«, stammelte sie, bevor wieder Dunkelheit sie umfing.

Frido winselte kläglich, als die geliebte Herrin sich über ihn beugte und ihn in ihre Arme nahm. Das Hufgetrampel wurde lauter. Und mit einem Mal wurde Uta klar, dass sie es nicht mehr schaffen würde. Nur noch wenige Augenblicke, und die Nordmänner würden die Herberge erreichen, vor der immer noch die Pferde ihrer beiden Kameraden standen. Sie konnte das Haus unmöglich verlassen, ohne von ihnen wahrgenommen zu werden.

Das Schnauben von Pferden. Schon waren die Stimmen der Männer zu hören. Uta überlegte fieberhaft. Ihr Blick fiel auf die beiden toten Wikinger, die in Pfützen geronnenen Blutes lagen. Der ältere von ihnen war nicht besonders groß. Kaum größer als sie selbst.

Sie legte Frido behutsam auf eine Bank und entledigte sich ihres Kleides. Dann beeilte sie sich, den Toten zu entkleiden und in seine Sachen zu schlüpfen, vergaß auch den Schwertgurt nicht. Noch nie hatte sie Hosen getragen. Ihre Arme wirkten schmächtig im Gegensatz zu den muskelbepackten Gliedmaßen der Wikinger. Doch das war nicht ihr einziges Problem: Ein Bart musste her!

Sie hörte die Männer von ihren Pferden steigen, ein Anführer bellte Befehle.

Uta eilte zur Feuerstelle und tauchte ihre Hände in den Ruß. Mit kreisenden Bewegungen verteilte sie ihn auf Kinn und Wangen. Dann verschwand sie in den Nebenraum, wo der arme Waltbert sein Leben ausgehaucht hatte.

Die Männer betraten das Haus. Der Anblick der Toten entlockte ihnen ein verärgertes Schnauben. Dann begannen sie, das Haus nach Essbarem zu durchsuchen. Schritte näherten sich Utas Zufluchtsort. Zwar hatte sie nicht ernsthaft geglaubt, dass die Wikinger sie hier übersehen würden, doch sie hatte keine Wahl gehabt.

Das Herz klopfte ihr bis zum Hals.

Sie kehrte dem Eintretenden den Rücken zu und tat, als suche sie in der blutbesudelten Bettstatt des Wirtes nach versteckten Kostbarkeiten. Zu ihrem Entsetzen stellte der Mann ihr eine Frage, von der sie natürlich kein Wort verstand.

Uta holte tief Atem und stieß einen dunklen Summton aus ihrer Kehle. »Hmmmh!«

Dem anderen schien diese Antwort auszureichen, denn er verschwand wieder. Hatte er sie etwa als falschen Wikinger erkannt und holte seine Kameraden herbei, damit sie ihre grausigen Späße mit ihr treiben konnten? Uta verdrängte diesen Gedanken.

Endlose Minuten verstrichen. Dann – Uta konnte ihr Glück kaum fassen – verließen die Männer das Haus. Das nächste Wunder war, dass sie auch Frido unbehelligt gelassen hatten. Wie tot lag der Hund auf der Bank, was ihn wohl vor der Aufmerksamkeit der blutrünstigen Eindringlinge bewahrt hatte.

Doch noch längst war sie nicht in Sicherheit. Die Wikinger inspizierten inzwischen das verlassene Dorf, und es stand zu befürchten, dass sie heute nicht mehr weiterritten, sondern im Ort übernachteten. Dann würde es für Uta ein schwieriges Unterfangen werden, sich ungesehen aus dem Staub zu machen.

Dennoch: Sie musste es versuchen.

Sie horchte an der Tür. Derzeit schien sich außer den Pferden niemand in der Nähe der Herberge aufzuhalten. Mit dem halbtoten Hund in ihren Armen verließ sie das Haus. Immerhin trug sie die Kleidung eines Wikingers, was ihre Fluchtchancen verbessern mochte. Sie schaute weder nach links noch nach rechts, als sie sich zügig auf

den Weg machte und hatte bereits ein gutes Stück Weg zurückgelegt, als ihr die Stimme eines Wikingers etwas hinterherrief.

Was tun? Wenn sie sich umdrehte, musste sie ihm antworten. Nicht noch einmal würde sie so glimpflich davonkommen wie vorhin in der Herberge. Also beschloss sie weiterzugehen, als habe sie sein Rufen nicht gehört. Allerdings war ihr sonnenklar, dass dem Wikinger ihre Marschroute Richtung Wald seltsam erscheinen musste. Doch was blieb ihr übrig?

Zunächst glaubte sie, der Rufer habe das Interesse an ihr verloren. Dann aber hörte sie Hufgetrampel. Ohne sich umzudrehen, begann sie zu rennen. Und das Schwertgehänge an ihrer Seite schleifte über den Boden.

Hugo kauerte vor der längst verlassenen Köhlerhütte und haderte mit sich selbst. Niemals hätte die Schwester in der Höhle des Löwen zurücklassen sollen. Er hätte sie festhalten und notfalls mit Gewalt außer Gefecht setzen müssen. Doch wie immer, wenn Uta ihm etwas befahl, hatte er auch diesmal gehorcht. Er war zur Köhlerhütte gerannt und hatte alle Mächte des Himmels beschworen, ihr nichts Schlimmes widerfahren zu lassen. Nun bereute er, nicht wenigstens am Waldrand auf sie gewartet zu haben.

Es half alles nichts, er musste zurück, sonst würde er noch wahnsinnig. Also machte er sich auf den Weg. Er ignorierte das Brodeln in seiner Brust, zum Husten war jetzt keine Zeit.

Bald sah er eine Gestalt, die sich etwa hundert Schritte vor ihm durch das Unterholz kämpfte. Siedend heiß durchfuhr es ihn. Ein Wikinger! In seinen Händen trug er eine schwere Last, vermutlich irgendein Beutestück. Schnell duckte er sich er sich hinter ein Gebüsch.

Das Knacken von Zweigen. Irgendwo krächzten Vögel. Verdammt, der Kerl kam geradewegs in seine Richtung.

Hugos Herzschlag drohte auszusetzen. Vorsichtig bückte er sich nach einem abgebrochenen Ast, wenn auch ohne große Hoffnung, seinen Gegner damit unschädlich machen zu können. Es sei denn, gleich sein erster Schlag saß. Und der musste erfolgen, noch bevor der andere ihn entdeckt. Er hob die Waffe über den Kopf und krallte beide Hände um das Holz. Ausgerechnet jetzt quälte ihn wieder der Hustenreiz. Verzweifelt biss er sich auf die Lippen.

Die Schritte kamen immer näher. Gleich musste der Wikinger sein Versteck passieren. Ihre Begegnung wurde unausweichlich. Hugo war zu allem entschlossen. Und als er den Feind endlich in seinem Blickfeld erschien, vergaß er jede Angst und holte aus.

Der andere aber sah den Schlag kommen und versuchte durch einen raschen Sprung auszuweichen. Der Knüttel verfehlte sein eigentliches Ziel, nämlich den Kopf des Wikingers, traf ihn aber immerhin mit voller Wucht auf dem Rücken. Der Geschlagene fiel zu Boden und verlor das Bündel, das er getragen hatte. Schon stand der wutschnaubende Hugo über ihm und holte zum nächsten Schlag aus.

»Du Trottel«, stöhnte Uta schmerzerfüllt.

Hugo erstarrte in der Bewegung. »U ... ta?«

»Verflucht, kannst du denn nicht richtig hinsehen?« Sie beugte sich über den Hund, der durch den Sturz aus seiner Bewusstlosigkeit erwacht war und winselte. Sanft strich sie durch sein schwarzes Fell und flüsterte ihm beruhigende Worte zu. Sein Verband war von Blut durchzogen.

Hugo warf seine Waffe beiseite. Neben der grenzenlosen Erleichterung, die Schwester lebend zu sehen, erfüllten ihn Verwirrung und Zorn.

»Kannst du mir bitte sehr verraten, weshalb du wie ein Nordmann gekleidet bist? Und warum zum Teufel schmierst du dir schwarze Farbe ins Gesicht?«

»Das erzähle ich dir, sobald es meinem Rücken bessergeht.«

»Ich will es aber jetzt hören.«

Uta sah trotzig zu ihm hoch. Ihre Wiedersehensfreude konnte sie trotzdem nicht verbergen. »Na schön, Bruderherzchen: Zuerst habe ich Leib und Leben riskiert, um unseren treuen Freund Frido aus dem Haus zu holen. Dies gelang mir nur, weil ich in die Kleidung eines toten Nordmannes schlüpfte. Meine Flucht wurde leider entdeckt. Einer der Kerle folgte mir zu Pferd. Ich erreichte noch rechtzeitig den Waldrand und kletterte auf einen Baum. Als der Kerl unter mir erschien, habe ich mich auf ihn gestürzt und ihn mit dem Schwert erstochen.«

»Gütiger Himmel.«

»Auch ich kann mir Schöneres vorstellen, als Menschen zu töten.« Sie schüttelte heftig den Kopf, als wollte sie diese Erinnerung abschütteln. »Mit Not und Glück habe ich mein Leben gerettet und sogar noch das unseres Hundes. Und als ich mich endlich in Sicherheit wähne, da will mir doch tatsächlich der eigene Bruder den Schädel einschlagen.«

»Woher hätte ich denn wissen können, dass du es bist?«

»Genug geschwatzt. Lass uns verschwinden, bevor sie uns doch noch erwischen. – Au weh, mein Rücken. Sei so gut und trag den Hund.«

»Und wohin gehen wir?«

»Keine Ahnung. Erstmal weg von hier. Da lang!«

Nachdem sie eine Weile gegangen waren, blieb Uta plötzlich stehen, presste einen Finger auf ihren Mund und spähte ins Dickicht.

»Was hast du?«, flüsterte Hugo.

Sie zog mit einer langsamen Bewegung das Schwert aus der Scheide. »Da vorn ist jemand.«

»Du willst doch nicht etwa die mutige Kriegerin spielen?«, fragte Hugo entsetzt.

»Ich werde mich hüten. Aber vielleicht kann der Kerl uns weiterhelfen.«

»Weiterhelfen? Wenn's ein Nordmann ist, wird er uns ...«

»Still. Es ist kein Nordmann!« Ihr Flüstern wurde zu einem Rufen. »Komm raus! Wir haben dich gesehen!«

»Es wird immer offensichtlicher: Sie ist verrückt«, raunte Hugo entgeistert und hielt die Luft an, als im nächsten Augenblick tatsächlich ein Mann aus dem Dickicht trat und ihnen mit tapsigen Schritten entgegentrat.

Wenige Fuß vor den Geschwistern blieb er stehen und musterte sie neugierig. Er war klein und dicklich, doch er machte keineswegs einen behäbigen Eindruck. Ein mit grauen Strähnen durchsetzter Bart verlieh ihm Ähnlichkeit mit einem Waldkauz. Die völlig zerlumpte Kleidung, die er trug, musste schon sein Großvater getragen haben. Waffen führte er keine mit sich, zumindest nicht offen.

Uta steckte das Schwert wieder weg. »Weshalb beobachtest du uns?«, fragte sie forsch.

Der Waldkauz entblößte zwei löchrige Zahnreihen. »In meinem Wald kann ich tun, was mir beliebt, schönes Kind.« Seine helle Stimme hätte ebenso gut einem Knaben gehören können.

»Oh, verzeih. Wir wussten ja nicht, dass es *dein* Wald ist.«

Er überging ihren Spott. »Warum trägst du die Kleidung eines Nordmannes?«

»Leider hatte ich nichts anderes zur Hand.«

»Und die Farbe in deinem Gesicht?«

»Das soll ein Bart sein.«

»Auf der Flucht vor den Nordmännern, nicht wahr?«

»Du etwa nicht?«

»Warum sollte ich vor ihnen fliehen? Sie werden mich niemals finden.«

»Ich verstehe. Du lebst auf dem Mond.«

»Mitnichten, schönes Kind. Wenn ihr wollt, zeige ich euch mein bescheidenes Heim. Euer vierbeiniger Freund braucht doch sicher Hilfe, wie ich sehe.«

Uta und Hugo sahen sich an. Der Bruder nickte eifrig. »Warum nicht?«, sagte Uta und hob ihre Schultern.

»Gestattet, dass ich mich vorstelle: Mein Name ist Caesar Augustus!« Der Waldkauz deutete eine vornehme Verbeugung an.

Hugo kicherte leise, doch Utas Ellenbogen, der ihn in die Seite traf, ließ ihn verstummen.

»Wir heißen Hugo und Uta, und unser Frido braucht tatsächlich Hilfe.«

»Folgt mir!« Caesar Augustus führte sie durch das Dickicht. Welke Blätter raschelten unter ihren Füßen.

»Denkst du nicht, dass der Kerl einfach nur ein Spinner ist?«, raunte Hugo der Schwester zu.

»Schon möglich. Aber ein liebenswerter, wie es scheint.«

»Wer heißt schon Caesar Augustus?«

»Na, er!«

»Wenn er uns bloß nicht in ein Moor führt ...«

»Ein bisschen mehr Vertrauen in die Instinkte deiner Schwester, Bruderherzchen.«

»Hoffentlich hat dieser Caesarius wenigstens was zu essen für uns. Ich kann nämlich schon meine Rippen zählen.«

Nach einer Weile sahen sie die verfallenen Mauern einer alten Ruine durch die Bäume schimmern.

»Mein Zuhause«, verkündete Caesar Augustus stolz.

»Äh ... was ist das?«, fragte Hugo.

»Ein Matronentempel.«

»Haben die Nordmänner ihn zerstört?«

»Wo denkst du hin, Junge. Der Tempel ist schon viele hundert Jahre alt. Und da er zerfallen ist, werden die Nordmänner ihm kaum ihre Aufmerksamkeit schenken wollen. Zumal sie ihn in seiner Abgeschiedenheit ohnehin nicht finden würden.«

»Matronen, was sind das?«

»Ehrwürdige Frauen, mein Junge. So wie deine hübsche Freundin.«

»Sie ist meine Schwester.«

»Sind wir nicht alle Schwestern und Brüder? Kommt!«

Der Tempel war nicht sehr groß, doch seine Bauweise beeindruckend, woran auch die vorhandene Zerstörung nichts änderte. Von zwei weiteren, kleineren Gebäuden, die etwas abseits des Tempels lagen, standen nur noch Grundmauern. Mauerreste ließen erahnen, dass der gesamte Bezirk einst von einem steinernen Wall umschlossen gewesen war.

Säulenreste säumten das Viereck des Hauptgebäudes, dessen rotes Dach größtenteils verfallen war. Die Löcher waren durch Flechtwerk und Ranken verschlossen. Neben dem Eingang zu dieser Ruine standen ein paar hüfthohe Tafeln aus Stein, in die große Buchstaben und Zeichen gemeißelt waren.

»Was steht da geschrieben?«, wollte Uta wissen.

»Da steht: *Hier wohnt Caesar Augustus, Kaiser der Wälder und Imperator über alle Wesen, die sich darin befinden. –* Hereinspaziert, meine Kinder! Willkommen in meiner Villa!«

8

Die Spur der Verwüstung zog sich todbringend durch das Reich: Xanten, Bonn, Zülpich, Jülich und Neuss lagen zerstört darnieder. Flüchtlinge berichteten vom Untergang Kölns. Die uralten Römermauern der Stadt hatten für die Nordmänner kein ernsthaftes Hindernis dargestellt. Auf Widerstand waren sie kaum gestoßen. Die prophetischen Worte der Aachener Geistlichen hatten sich auf schaurige Weise bewahrheitet.

Der König des Westreiches, so wussten Boten zu berichten, hatte vor wenigen Monaten ein Heer der Nordmänner vernichtend geschlagen.[20] Im Mittelreich jedoch war die Kraft der Feinde ungebrochen. Kein Herrschender rührte einen Finger, um dem Drachensturm Einhalt zu gebieten. Mainz war zu einem gigantischen Auffanglager für Flüchtlinge geworden. Erzbischof Luitberg tat, was in seiner Macht stand, um die herrschende Not in seiner Stadt zu lindern, ließ Brot an die zahllosen Hungernden verteilen und untersagte Händlern und Kaufleuten unter Androhung drakonischer Strafen, Nahrungsmittel zu Wucherpreisen zu verkaufen. Bewaffnete Männer sollten Plünderungen verhindern.

Dass Luitberg keinen Augenblick zögern würde, seine angedrohten Strafen auch durchzusetzen, war allseits bekannt. Vor Jahren hatte es in Mainz einen Aufstand gegen den Erzbischof gegeben. Die Drahtzieher waren gefasst worden, die meisten von ihnen hatte man aufgehängt, andere an Händen und Füßen verstümmelt oder geblendet.[21]

Wenn aber die Not besonders groß ist, vermag auch die Angst vor peinlicher Bestrafung die Menschen nicht vor Torheiten zu bewahren: Der Heiligmonat[22] war fast schon

---

20 Ludwig III. besiegt am 3. August 881 ein normannisches Reiterheer bei Saucourt. In dieser Schlacht sollen angeblich 9000 Feinde ihr Leben gelassen haben.
21 Theodorus berichtet von einem Ereignis aus dem Jahr 866.
22 Heiligmonat: Dezember.

zur Hälfte vergangen, als ich eines Morgens durch fernes, aber durchdringendes Geschrei aus dem Schlaf schreckte. Mitbrüder berichteten von einer Hinrichtung, die auf dem Markt stattfände. Tags zuvor war nämlich der Präfekt der Stadtgarde bei einem Scharmützel ums Leben gekommen. Ein paar Unzufriedene, denen die Hilfeleistungen des Bischofs nicht genügten, hatten ihrem Unmut lärmend und Waffen schwingend Ausdruck verliehen. Nun hatte man den Burschen gefasst, der für den Tod des Präfekten verantwortlich war.

Ich unterließ es, mich nach der genauen Art seiner Strafe zu erkundigen, doch es dauerte Stunden, bis seine Schreie verklungen waren.

Noch am selben Tag fuhr mir eine weitere Nachricht, die sich wie ein Lauffeuer verbreitete, durch Mark und Bein: Auf dem Rheinfluss vor Mainz wimmelte es von Drachenbooten; es mussten über hundert sein. Unverzüglich wurden die Tore geschlossen. Scharen von Neugierigen kletterten auf die Wehrgänge der Mauern, wo sie von Luitbergs Soldaten gleich wieder vertrieben wurden. Angst und Entsetzen machten die Runde. Nur einigen beherzten Geistlichen, die beruhigend auf die Leute einredeten und sie zum Gebet aufforderten, war es zu verdanken, dass es zu keiner Panik kam. Man strömte in die Kirchen. Über der Stadt, ich weiß es noch genau, lag ein grauer, kalter Wolkenhimmel.

Uns Mönchen verwehrte man den Blick auf den Fluss nicht, und nie werde ich dieses Bild vergessen: Drachenboote, so weit das Auge reichte. An ihren Seiten bunte Schilde, gleich den Schuppen eines Untieres. Blutrote Segel, die sich im Wind blähten. Ruder, die wie Gliedmaßen eines riesenhaften Insektes im wundersamen Gleichtakt in die Wellen ein- und wieder auftauchten. Der Anblick war fürchterlich und wundervoll zugleich.

Auf den Wehrgängen wimmelte es von Bewaffneten. Offiziere brüllten Befehle. Waffenknechte wurden von hier nach dort gescheucht. Hörnerklänge ertönten. Glocken läuteten. Fieberhaft rüstete man zur Verteidigung der Stadt.

Doch die Drachenboote ruderten weiter. Es war wie ein Wunder: Die Nordmänner passierten die Stadt, ohne auch nur den Versuch zu unternehmen, sie einzunehmen. Dabei übertraf ihre Anzahl bei weitem unsere schlimmsten Befürchtungen. In Köln hatte die Erstürmung der Mauern ihnen keine Schwierigkeiten bereitet. Warum ließen sie es hier unversucht? War es nur eine List?

Der Erzbischof hielt Letzteres für wahrscheinlich. Auch andere Orte hatten die Nordmänner zuerst nicht beachtet, um sie später mit umso größerer Wut zu verheeren. Angesichts der kaum für möglich gehaltenen Vielzahl der Drachenboote gab Luitberg den Befehl aus, unverzüglich mit der Ziehung eines Grabens rings um die Stadt zu beginnen. Zudem ordnete er an, die Mauern auszubessern und zu verstärken. Jeder, der in der Lage war, Steine zu tragen oder eine Kelle in die Hand zu nehmen, wurde aufgefordert, sich an den Arbeiten zu beteiligen.

In späteren Jahren hat Luitberg sich oft als Kämpfer gegen die Nordmänner hervorgetan. Doch zunächst einmal musste er sich als Verteidiger der Stadt bewähren, in der einst der heilige Ferrutius den Märtyrertod erlitten hatte.

Spätherbst 881 A. D.

Die beiden Erzbischöfe waren so sehr in ihr Gespräch vertieft, dass sie den Diener, der den Saal betrat, nicht bemerkten. Sie standen gebeugt über einen schweren Tisch, auf dem eine Karte lag. Luitbergs Finger glitt über das Pergament, hier verharrend und dort auf markante Punkte tippend. Mit dem Eifer eines Strategen erklärte der Mainzer Erzbischof seinem Gast, wo die Mauern der Stadt der Ausbesserung bedurften. Willibert von Köln wiegte nachdenklich sein Kinn und nickte manchmal bedächtig.

Nach einer Weile beschloss der Diener, sich laut zu räuspern, um die Aufmerksamkeit der hohen Herren auf sich zu lenken. Luitberg hob den Kopf.

»Was gibt es?«

»Ein Mann, der Euch zu sprechen wünscht, Herr.«

»Hat dieser Mann einen Namen?«

»Er sagt, er sei der Gaugraf von Jülich.«

Luitberg wandte sich an seinen erzbischöflichen Kollegen. »Kennt Ihr ihn?«

Willibert deutete ein Schulterzucken an. »Sein Name ist Roland. Vor zwei Jahren folgte er seinem Vater nach«, erklärte er, bevor seine Stimme in ein Flüstern überging. »Nur so viel kann ich Euch sagen, werter Luitberg: Der Bursche ist mit allen Wassern gewaschen.«

»Und was heißt das genau?«

»Man munkelt, dass er, um seine Ziele zu erreichen, auch ungerade Wege nicht scheut.«

»Was keineswegs gegen ihn sprechen muss«, erwiderte der Mainzer grinsend. »Führe ihn herein!«, befahl er dem Diener.

Kurz darauf betrat Roland den Saal. Der Diener schloss das Portal und überließ ihn den beiden Erzbischöfen.

»Tretet näher, Gaugraf von Jülich«, forderte Luitberg ihn auf.

Roland tat, wie ihm geheißen. Sich tief verbeugend, blieb er vor dem Tisch der Bischöfe stehen.

Luitberg musterte ihn aus schmalen Augen. »In schlechten Zeiten lernen wir uns kennen. Vermutlich liegt Eure Behausung in Schutt und Asche.«

»So ist es, Herr.«

»Ich hoffe, Ihr habt ein angemessenes Quartier in meiner Stadt gefunden.«

Roland nickte. »Es gibt genug Edelleute in Eurer Stadt, Herr, die es als große Ehre betrachten, mir und meinem Gesinde Unterkunft zu gewähren.«

Die beiden Erzbischöfe wechselten einen raschen Blick. Das Selbstbewusstsein des Jülichers, das an Hochmut grenzte, verschlug Luitberg allerdings nur kurz die Sprache.

»Gerne würde ich Euch mit Speis und Trank bewirten, Gaugraf Roland, wie es einem Edelmann zukommt. Aber außer einem Becher Wasser und einem Kanten Brot kann ich leider nichts anbieten. Ihr wisst ja, wie schlecht es um die Versorgungslage bestellt ist.«

»Seid unbesorgt, Herr. Nicht zum Schmausen bin ich zu Euch gekommen.«

»Doch auch nicht nur, um uns Eure Aufwartung zu machen, nehme ich an.«

Roland nickte und straffte den Oberkörper.

»Dann sprecht, Graf von Jülich.«

»Wie ich hörte«, hub Roland an, »ist die Stellung des Präfekten der Stadtgarde neu zu besetzen. Ich hoffte, Ihr würdet vielleicht meine Bewerbung berücksichtigen.«

Luitberg verschränkte die Hände hinter seinem Rücken und machte ein paar Schritte auf und ab, während er dem Jülicher fest in die Augen sah. Nach einer Weile blieb er vor ihm stehen. »Für diesen Posten habe ich bereits jemand anderen vorgesehen.«

»Ihr seid der Erzbischof dieser Stadt, Herr. Ihr könnt tun, was Euch beliebt.«

»Nennt mir einen guten Grund, weshalb ich mich für Euch entscheiden sollte.«

»Ich würde dafür sorgen, dass es ruhig bleibt in der Stadt, Herr.«

Der Mainzer nahm seinen unsteten Gang wieder auf. Endlich schien er einen Entschluss gefasst zu haben. »Ihr werdet mir den Treueid schwören, Gaugraf von Jülich.«

»Aber gewiss doch, Herr.«

»Und Ihr werdet nicht nur meine Leute befehligen, sondern auch die Bauarbeiten an den Mauern überwachen. Zudem werdet Ihr unter den Flüchtlingen nach waffenfähigen Männern Ausschau halten. Die Nordmänner sollen eine uneinnehmbare Festung vorfinden, wenn sie zurückkehren.«

»Ihr könnt Euch ganz auf mich verlassen.«

»Das will ich hoffen. Noch heute sollt Ihr damit beginnen. Ich werde alles Nötige in die Wege leiten. Ihr könnt wegtreten.«

Er beugte sich wieder über die Karte auf dem Tisch. Roland verbeugte sich und verließ den Saal.

»Ihr macht ihn zum Präfekten?«, wunderte sich Luitbergs Amtskollege. »Obschon Ihr ihn nicht kennt?«

»Habt Ihr nicht selbst gesagt, dass er mit allen Wassern gewaschen ist?«

»Das ist er, aber ...«

»Und dass er, um seine Ziele zu erreichen, auch ungerade Wege nicht scheut?«

»So wird über ihn geredet, ja.«

»Auch ich habe diesen Eindruck.«

»Und dennoch gebt Ihr ihm den Posten?«

»Mein lieber Willibert!« Luitberg sah ihm lächelnd in die Augen. »Der Jülicher ist skrupellos und fest entschlossen, seinen Worten auch Taten folgen zu lassen. In Zeiten wie diesen brauche ich Männer wie ihn. Er wird für Ruhe und Ordnung sorgen. Sobald die Gefahr durch die Nordmänner gebannt ist, wird er in seine Grafschaft zurückkehren.

Weshalb sollte ich mir Gedanken über seinen Leumund machen?«

Der Kölner schmunzelte. »Was ich an Euch schon immer bewundert habe, lieber Luitberg, ist der unerschütterliche Pragmatismus, mit dem Ihr Probleme anzugehen pflegt.«

Die Heilkünste des Caesar Augustus waren nicht von schlechten Eltern. Binnen weniger Tage heilte die Wunde an Fridos Flanke unter den angelegten Moosverbänden ab, sodass der Hund sich bald an den Streifzügen durch den Wald beteiligen konnte. Caesar Augustus lehrte die Geschwister, mit Pfeil und Bogen umzugehen. Hugo hatte seine helle Freude an dieser Waffe. Seine Trefferquote besserte sich von Tag zu Tag, sodass Caesar Augustus sich gezwungen sah, dem Eifer des Jungen Einhalt zu gebieten: In ihrer »Villa« türmten sich mehr Karnickel, als sie jemals essen konnten. Hugos Tatendrang war auch ein Resultat seiner verbesserten Gesundheit, denn nicht nur Frido hatte von den Heilkünsten des Kauzes profitiert. Caesar Augustus kannte Kräuter, von denen auch Uta noch nie etwas gehört hatte. Auch wenn seine Tränke widerlich schmeckten, wirkten sie wohltuend. Wohltuend war für Uta und Hugo auch das Gefühl, sich endlich wieder satt essen zu können. Außerdem besaß der Imperator – auf diese Anrede bestand er – eine Truhe, die bis obenhin mit Kleidungsstücken gefüllt war, womit er die Geschwister für den bevorstehenden Winters versorgte. Uta war glücklich, sich endlich der Hose des Nordmannes entledigen zu können. Über die Herkunft der Sachen schwieg sich der Imperator aus. Uta vermutete, dass er einst eine Familie gehabt hatte – vielleicht waren Frau und Kinder einem Unglück zum Opfer gefallen? Nur der Imperator hatte überlebt und führte seitdem ein Leben abseits der Menschen. Ja, so oder ähnlich musste es sich abgespielt haben.

An einem der ersten Abende im Dezember, als sie um das Herdfeuer hockten und aßen, beschloss Uta, ihm dieses

Geheimnis zu entlocken. Vielleicht wartete der Imperator ja nur auf eine gute Gelegenheit, sein Herz auszuschütten. Sie kannten sich nun gut genug. Vor allem aber, und das war noch wichtiger, mochten sie sich. Ähnlich wie seinerzeit Waltbert stellte Caesar Augustus inzwischen für Uta und Hugo so etwas wie ein Ersatzvater dar. Und einer Tochter musste das Wohl des Vaters am Herzen liegen.

»Imperator?«

»Hmh?« Caesar Augustus nagte an einem Knochen.

»Ich möchte dich etwas fragen, wenn du erlaubst.«

»Nur zu, schönes Kind.«

Uta stocherte in der Glut. »Die Nordmänner – haben sie deine Familie auf dem Gewissen?«

Der Imperator hörte auf zu kauen. »Weshalb fragst du?«, fragte er mit ungewohnt finsterer Stimme.

Uta hielt seinem Blick stand und breitete ihre Hände aus. »Verzeih mir. Wenn du nicht darüber sprechen möchtest ...«

»Es waren nicht die Nordmänner«, unterbrach sie der Imperator brüsk und stierte ins Feuer. Uta und Hugo betrachteten ihn stumm. »Nein, nein. Keine Nordmänner.« Seine Stimme war ein Flüstern. In seinen Augen loderte dumpfer Hass.

»Schon gut, Imperator. Vergiss meine Frage. Ich wollte dich nicht ...«

Er hob eine Hand, um ihr Einhalt zu gebieten. »Ihr sollt es wissen«, sagte er entschlossen. »Ihr sollt wissen, was einen Mann dazu bringen kann, ein einsames Leben im Wald zu führen und sich wie ein Verrückter zu gebärden. Ihr denkt doch, dass ich verrückt bin, nicht wahr?«

Hugo schüttelte heftig den Kopf. »Imperator, wie kannst du so etwas behaupten?«

»Spar dir den Atem, du Meister des Bogens. Du wirst ihn noch brauchen, wenn du erfährst, wozu Menschen imstande sind. Nein, ich spreche nicht von den mordenden Nordmännern. Ich spreche vielmehr von Menschen, die

uns eigentlich vor ihnen beschützen sollten.« Er machte ein paar tiefe Atemzüge. »In der Nähe von Neuss besaß ich einen Hof und lebte dort mit meiner Familie. Immer wieder trieb es plündernde Banden der Nordmänner in die Gegend. Hilfesuchend wandten wir Bauern uns an den Adel. Doch der saß hinter festen Mauern und scherte sich einen Dreck um unsere Not. Daher beschlossen wir, unsere Verteidigung selbst in die Hand zu nehmen. Wir besorgten uns Waffen und bildeten Trupps. Dies missfiel den hohen Herren, die wohl fürchteten, wir könnten die Waffen auch gegen sie erheben. Sie forderten uns auf, ihnen alle Waffen abzuliefern, was wir selbstverständlich ablehnten. Am nächsten Tag überfielen ein paar gedungene Mörder unsere Höfe und töteten alles, was ihnen in die Quere kam. Ich selbst entkam dem Gemetzel nur durch einen Zufall, aber mein Weib und die Kinder ...«

Uta legte einen Arm um die Schulter des Imperators, der leise schluchzte. »Schon gut. Nun sind *wir* bei dir.«

»In der Tat, das ist mehr als tröstlich.«

Hugo verarbeite nur mit Mühe, was er eben aus dem Mund des Imperators vernommen hatte. Fassungslos schüttelte er seinen Kopf. »Soll das heißen, dass die Adeligen ...«

»Jawohl, mein Junge: Ein paar bewaffnete Bauern bereiten ihnen mehr Angst als eine Horde von Feinden, vor deren Beutegier sie sich mit Geld und Gold freikaufen können. Offenbar ist diese Lösung billiger, als mit Heeresmacht gegen die Nordmänner vorzurücken.«

»Das«, sagte Hugo leise, »würde nicht einmal einem Widerling wie Graf Roland einfallen.«

»Roland? Sprichst du vom Gaugrafen von Jülich?«

»Du kennst ihn?«

»Nur vom Erzählen. Wieso denkst du, dass er ein Lamm unter Löwen ist? Mir sind da ganz andere Dinge über ihn zu Ohren gekommen.«

Uta wurde hellhörig. »So? Und was genau?«

»Genau das, was ich vorhin erzählt habe.«

Uta sah ihn beschwörend an. »Was weißt du darüber?«

Der Imperator zuckte mit den Schultern. »Warum interessiert dich das, schönes Kind? Was hast du mit dem Grafen Roland zu schaffen?«

»Imperator, bitte! Ich muss es wissen.«

»Auch Graf Roland fürchtete einen bewaffneten Aufstand der Bauern. Um sich ihrer zu entledigen, schloss er mit einer streunenden Bande von Nordmännern einen heimlichen Pakt. Den Bauern aber präsentierte er sich als sorgender Feldherr und rief sie zu einem Waffengang gegen die Feinde auf. In Wirklichkeit waren die Nordmänner auf den Überfall vorbereitet und schlachteten die Heranpirschenden ab wie Tiere. Der Gaugraf muss ihnen einen hohen Lohn gezahlt haben.« Plötzlich grinste er gehässig. »Seine Burg wurde später trotzdem niedergebrannt.«

Uta war bleich geworden. Ihre Hände zitterten. »Woher weißt du von dem Hinterhalt?«

»Von einem Bauernknecht. Der war im vergangenen Sommer ein paar Tage lang mein Gast hier. Sein Herr war bei jenem Gemetzel ums Leben gekommen.«

Uta und ihr Bruder sahen sich lange an. »Arbo«, sagten sie unisono.

»Ja, Arbo. Ihr kennt ihn?«

Uta schluckte schwer. »Das kann man wohl sagen. Der Herr, von dem er dir erzählte, war unser Vater.«

»Sieh an, so klein ist die Welt. Das ist wirklich traurig, sehr traurig. Jedenfalls hatte dieser Arbo großen Kummer, weil sein Liebchen ihm davongelaufen war.«

»Geschieht ihm Recht«, knirschte Hugo.

Forschend sah der Imperator in die Gesichter der beiden Geschwister. »Ihr scheint den guten Arbo nicht sonderlich zu mögen.«

»Er hat uns belogen«, erwiderte Uta kalt.

»Vielleicht hatte er seine Gründe.«

»Die interessieren mich nicht. Ausschlaggebend ist, dass er uns den Namen des Mörders unseres Vaters verschwiegen hat.«

»Graf Roland, wie? Was hätte es geändert?«

Uta kam seinem Gesicht ganz nahe. »Was es geändert hätte? Ich hätte ihn umgebracht, Imperator.«

»Nichts für ungut, schönes Kind. Aber du bist nur eine junge Frau, und äh ...«

»Und was? Denkst du, ich sei nicht fähig, Rache zu nehmen?«

»Und mich gibt es ja schließlich auch noch«, warf Hugo trotzig ein.

Der Imperator seufzte. »Wir werden nie gegen sie ankommen, Kinder. Gegen die Mächtigen der Welt sind wir hilflos. Auch ich musste diese schmerzliche Erfahrung machen.«

»Graf Roland wollte mich zu seiner Kebse machen!«, schrie Uta und erhob sich. »Ich habe mehr Macht über ihn als du denkst.«

»Deine Wut macht mir Sorgen. Hätte ich nur meinen Mund gehalten.«

»Goldrichtig, dass du gesprochen hast, Imperator. Denn nur so konnte ich endlich erfahren, was ich manchmal nur geahnt habe.«

»Und was gedenkst du zu tun?«

Uta verschränkte die Arme hinter ihrem Rücken und ging unruhig auf und ab. Sie wechselte einen langen Blick mit ihrem Bruder, bevor sie sich wieder an den Imperator wandte.

»Die Burg des Jülichers ist also abgebrannt, sagtest du.«

»Das hat mir ein Händler erzählt.«

»Und Graf Roland?«

»Hat sich rechtzeitig aus dem Staub gemacht. Darauf kannst du wetten.«

»Wohin?«

»Sehe ich aus wie ein Prophet?«

Uta blieb vor dem Imperator stehen. »Sag mir, Imperator: Wo befindet sich nach deiner Meinung der sicherste Ort im Reich?«

»Na, hier! In meiner Villa. Oder hast du hier jemals einen Nordmann gesehen?«

»Zugegeben: Nein. Und der zweitsicherste Ort?«

»Schönes Kind, warum willst du das wissen? Glaubst du, dass den Grafen dort findest?«

»Genau das glaube ich.«

»Und willst du ihn tatsächlich ...«

»Bitte, Imperator: Denk nach!«

Der Imperator legte den Kopf schief und fuchtelte unbehaglich mit seinen Fingern. »Die meisten Menschen fliehen ins ferne Mainz. Die Stadt scheint robuste Mauern zu besitzen. Kein Wunder, war ja mal eine Römerstadt.«

Uta suchte erneut den Blick des Bruders. »Morgen brechen wir auf«, sagte sie entschlossen. »Nach Mainz.«

Die Nacht brachte ihr keinen Schlaf, was nicht nur am Geschnarche des Imperators lag. Wie eine dämonische Fratze schwebte das Gesicht des Gaugrafen vor ihr in der Dunkelheit. Der Mann, der sie begehrte. Der ihren Vater auf dem Gewissen hatte. Der sterben musste, damit sie ihren Frieden wiederfand.

Draußen pfiff der Wind um den alten Römertempel. Schwaches Mondlicht konnte die Nacht nicht erhellen. Irgendwo heulten Wölfe.

Wieder mal schlaflos, meine Liebe?

Uta lächelte schwach. »Rotrud! Lange nichts mehr von dir gehört.«

Hatte schon ein schlechtes Gewissen. Aber jetzt bin ich ja da. Wie geht es dir?

»Schlecht, wenn du es genau wissen willst.«

Was ist geschehen? Bist du mit deinem Bruder unter die Einsiedler gegangen?

»Ach, Rotrud. Bestimmt weißt du ganz genau, was geschehen ist. Warum fragst du mich also noch?«

Nun ja ...

»Ich verstehe dich schon. Du willst nicht die Allwissende geben. Schon gut, meine Liebe. Und sicher weißt du auch, dass ich inzwischen den wahren Mörder meines Vaters kenne.«

Was wirst du tun?

»Das, was ich tun muss!«

Es ist nicht einfach, einem Menschen das Leben zu nehmen. Du hast es selbst erfahren.

»Die Nordmänner bedrohten unser Leben. Was blieb mir anderes übrig?«

Dennoch quält dich die Erinnerung, nicht wahr? Die Gesichter der Sterbenden, sie gehen dir nicht mehr aus dem Sinn.

»Rotrud, sei ehrlich: Du bist in der Lage, meine Gedanken zu lesen!«

Nein, bin ich nicht. Ehrlich!

»Woher weißt du dann, was mich beschäftigt?«

Du warst meine Freundin, Uta. Du bist es immer noch, auch wenn eine Welt zwischen uns liegt. Ich kenne dich, ob's dir passt oder nicht. Glaubst du, es wird dir bessergehen, wenn du den Grafen getötet hast?

»Ich muss es herausfinden. Jedenfalls finde ich keine Ruhe, solange der Tod meines Vaters ungesühnt bleibt.«

Es fällt mir schwer, dir Glück zu wünschen bei deinem Vorhaben, meine Liebe.

»Falls du inzwischen der göttlichen Weisheit oder etwas Ähnlichem teilhaftig bist, darfst du mich gerne belehren, werte Rotrud.«

Verschlagene! Du versuchst es immer wieder.

»Nimm es mir nicht übel!«

Wie könnte ich? Aber es bleibt dabei: Du musst deinen Weg selbst finden. Es ist nicht meine Aufgabe, dir diesen zu weisen. Ich bin nicht allmächtig! Ich bin nur eine alte Freundin, die dich aus dem Jenseits besucht.

»In letzter Zeit leider viel zu selten, Untreue. Hast du inzwischen meine Eltern getroffen?«

Uta!

»Oh, verzeih mir. Ich vergaß schon wieder. Morgen brechen wir auf, Richtung Mainz. Du kannst ja ein Auge auf uns werfen.«

Werde ich, sofern es mir möglich ist.

»Bist du endlich fertig mit deinem Selbstgespräch?« Hugos müde Stimme hallte durch die Villa des Imperators. »Ich würde ganz gerne noch ein wenig schlafen, verdammt nochmal.«

»Ich führe keine Selbstgespräche«, blaffte Uta. »Ich spreche mit Rotrud.«

»Dann wäre ich euch beiden sehr verbunden, wenn ihr die Klappe halten könntet.«

Oh, ich wollte dir keinen Ärger bereiten, meine Liebe.

»Schon gut«, erwiderte Uta flüsternd. »Ich hoffe, du lässt bald wieder von dir hören.«

Ich verspreche es dir, wenn du mir wiederum versprichst, genau zu überlegen, was du tust.

»Ja, ja. Versprochen«, antwortete Uta unwirsch.

Am nächsten Morgen machten sie sich auf den Weg. Uta trug das Schwert des Wikingers an ihrer Seite. Vergeblich hatte der Imperator versucht, sie zum Bleiben zu bewegen, ahnte er doch nichts Gutes ob der Rachepläne der Geschwister. Er bot den beiden sein Geleit bis Mainz an, was Uta jedoch strikt ablehnte.

Caesar Augustus begleitete sie noch ein Stück durch seinen Wald, bevor sie sich unter Tränen verabschiedeten. Nachdenklich sah der Imperator ihnen nach, bis sie hinter einer Wegbiegung verschwunden waren.

Kalter Regen nieselte aus einem wolkenverhangenen Himmel. Roland, in einen dunklen Mantel gehüllt, schritt mit prüfenden Blicken die Stadtmauer entlang. In seiner Begleitung befand sich der Schwarze Gerold, den der neu

ernannte Präfekt zu seiner rechten Hand erkoren hatte. In der Stadt munkelte man bereits, dass Gerold wie ein Hund sei, der seinem Herrn nicht von der Seite wich.

Sie hatten die Porta Hrahhada erreicht. Roland blieb stehen, grunzte missmutig und deutete nach oben. »Wo zum Teufel sind die Wachen? Ich will, dass das Torhaus ständig besetzt ist. Außerdem ist das Mauerwerk an dieser Stelle brüchig. Es muss verstärkt werden.«

Gerold nickte. »Noch heute schicke ich einen Bautrupp. Allerdings gehen uns allmählich die Steine aus.«

»Dann müssen eben neue her.«

»Und woher, wenn ich fragen darf?«

»Es gibt genug Steinbauten in dieser verdammten Stadt. Zur Not reißen wir eine Kirche nieder.«

Gerold grinste breit. »Was dem Bischof aber nicht gefallen dürfte.«

»Was ist ihm wohl lieber? Die Nordmänner in seiner Stadt oder ein Gotteshaus weniger?«

»Ihr hasst die Nordmänner mehr als die Pest, nicht wahr?«

»Es sind verräterische Bastarde, die sich nicht an Abmachungen halten. Aber an den Mauern dieser Stadt werden sie sich die Zähne ausbeißen, das schwöre ich.«

Gerold grinste immer noch. »Wehe dem, der Euch zum Feind hat.« Er entfernte sich, um Rolands Anweisungen unverzüglich weiterzuleiten.

Roland verschränkte die Arme vor der Brust und ließ den Blick schweifen. Zu seiner Rechten das Grau des Flusses. Am Vortag hatte man wieder zwei Drachenboote gesichtet, doch auch die waren so rasch verschwunden, wie sie gekommen waren. Der neue Graben, der sich um die Stadt zog, sowie die emsigen Arbeiten an den Mauern durften den Wikingern kaum entgangen sein.

Doch nicht nur die Feinde aus dem Norden bestimmten Rolands Gedanken. Vor einer knappen Woche war Bertha, seine Mutter, gestorben. Die Strapazen der Flucht waren am Ende zu groß für die alte Gräfin gewesen. In den vergangenen Monaten immer hinfälliger geworden, und der Hunger, der selbst den Adel nicht verschonte, hatte ein Übriges bewirkt. Auch der Medicus, den ihr Erzbischof Luitberg geschickt hatte, konnte nichts mehr für sie tun.

Zu der Trauer, die Roland über den Tod der Mutter empfand, mischte sich zugleich ein widersprüchliches Gefühl der Erleichterung. Bis zuletzt hatte er in Berthas Augen jenes seltsame Funkeln wahrgenommen, als wüsste sie genau, dass ihr Sohn in Wahrheit der Mörder seines Vaters sei. Diesen unerträglichen Blick brauchte er nicht länger zu ertragen. Zumindest nicht am Tag. In der Nacht aber holten ihn häufig die Träume ein: Flackerndes Kerzenlicht. Seine Hand, die dem Vater die Luft nimmt. Das fassungslose Leuchten in seinen Augen. Das Zucken des sterbenden Leibes. Und immer wieder erwachte Roland schreiend, weil das Gesicht des sterbenden Vaters sich in das der Mutter verwandelte.

»Präfekt!«

Roland fuhr herum. »Was gibt es?«

Der junge Offizier breitete verlegen seine Hände aus. »Verzeiht mir, ich suchte Euch überall.«

»Komm zur Sache, Kerl.«

»Ein Weib, das Euch sprechen will. In Eurer Amtsstube.«

»Zum Teufel mit ihr. Ich habe jetzt weiß Gott keine Zeit für Weiber.«

»Aber sie lässt sich nicht abweisen. Sie behauptet, Euch zu kennen.«

»Wer ist sie?«

»Keine Ahnung, Präfekt.«

»Wie sieht sie aus, Herrgott nochmal?«

»Schlank und groß, Präfekt. Braunes Haar. Sie ist ... äh, sehr hübsch.«

»Uta!«, entfuhr es Roland überrascht.

»Nein, Präfekt. Ihr Name sei Hruoswitha, hat sie gesagt.«

»Idiot! Warum sagst du das nicht gleich? Jag' sie zum Teufel.«

Der andere scharrte mit einem Fuß.

»Was ist denn noch?«, blaffte Roland.

»Sie hat mich gebeten, Euch etwas auszurichten, falls Ihr sie nicht empfangen wollt.«

»So, hat sie das? Und was, bitte schön, wünscht sie mir zu sagen?«

»Dass Euer Sohn verhungert.«

»Mein Sohn?«

»Sie trägt einen Säugling, Präfekt. Der Kleine sieht sehr krank aus.«

»Wir alle müssen Opfer bringen.«

»Ihr wollt sie also nicht sehen?«

»Nein! Fortscheren soll sie sich mit ihrem Balg. Sag ihr, dass sie es nie wieder wagen soll, mich um etwas zu bitten.«

Der junge Bote zögerte immer noch.

»Bist du taub, Kerl?«

»Nein, Präfekt.«

»Worauf wartest du dann noch? Verschwinde und führe meinen Befehl aus!«

Roland sah ihm hinterher. »War es so richtig, Mutter?«, murmelte er.

Da die Verschiedene nicht antwortete, atmete er tief durch und setzte seinen Weg fort. Uta! Er hatte geglaubt, endlich vom Bann dieses Mädchens befreit zu sein. Doch der kurze Moment, in dem er geglaubt hatte, sie wollte ihn sprechen, hatte seine Seele von Neuem aufgewühlt.

Er spürte das Begehren, das langsam, aber stetig in ihm hochkochte, und beschloss, sich für die Nacht ein Mädchen zu nehmen. Ein großes, schlankes Mädchen mit braunen Haaren ...

Sie hatten das nahezu menschenleere, ausgeplünderte Andernach hinter sich gelassen. Vor ihnen, im Licht der Abenddämmerung, offenbarte sich der Rheinfluss in all seiner Gewaltigkeit. Noch nie hatten die Geschwister solche Wassermassen gesehen. Ehrfürchtig verharrten sie und schauten auf die Wellen, die schäumend ans Ufer schlugen.

»Ob es auch in Italia solche Flüsse gibt?«, fragte sich Hugo.

Uta legte einen Arm um seine Schulter. »Bald werden wir es wissen.«

»Dein Plan besteht immer noch?«

»Weshalb sollte ich ihn geändert haben? Allerdings haben wir vorher etwas zu erledigen, wie du weißt.«

Hugo seufzte aus tiefster Seele. »Manchmal frage ich mich, ob es richtig ist, was wir tun. Wir sind keine Richter.«

»Du willst, dass der Mörder unseres Vaters ungeschoren davonkommt?«

»Lebendig wird Vater jedenfalls nicht mehr, wenn wir den Grafen töten.«

»Das ist wahr. Aber es stillt unser Bedürfnis nach Gerechtigkeit.«

»Wirklich?« Er musterte die Schwester von oben bis unten. »Mit deinem Schwert siehst du aus wie eine Rachegöttin. Früher warst du die Sanftmut in Person.«

»Früher, das waren andere Zeiten«, erwiderte Uta ungehalten. »Doch diese Zeiten sind dahin. Unwiderruflich. Wir haben alles verloren, Eltern und Hof. Wir sind mutterseelenallein auf dieser verdammten Welt. Und Graf Roland trägt daran die größte Schuld. Er wird büßen für das, was er uns angetan hat.«

Hugo strich ihr durchs Haar, als wolle er sie auf diese Weise besänftigen. »Meine Herzschwester«, sagte er nur.

Uta presste ihre Stirn gegen die des Bruders und umschlang ihn. »Ach, Bruderherzchen. Was ist bloß aus mir geworden?«

»Du bist die, die du immer warst. Nur, dass sich deine Seele in Aufruhr befindet.«

»Meine Seele?« Uta lachte leise. »Nun redest du wie unsere Mutter.«

»Vielleicht hatte sie ja Recht mit allem, woran sie glaubte.«

»Ja, vielleicht.«

»Glaubst du, dass es einen Himmel gibt?«

»Ich weiß es nicht. Wenn es einen gibt, muss es auch ein Gegenstück geben.«

»Die Priester sagen, dass man in die Hölle kommt, wenn man einen Menschen meuchelt.«

»Es kann nicht der Wille einer Gottheit sein, dass Mörder ungestraft bleiben.«

»Aber die Gottheit will selbst über den Frevler richten. Zumindest war Mutter dieser Meinung.«

»Und was, wenn es diese Gottheit doch nicht gibt? Dann bleibt die Mordtat für immer ungesühnt.«

Hugo schüttelte traurig den Kopf. »Wenn es keine Gottheit gibt, welchen Sinn hat dann unser Leben? Denk an deine Gabe: Sie muss dir von einer höheren Macht verliehen worden sein.«

»Diese Gabe ist alles andere als ein Segen. Sie ist ein Unglück.«

»Herzschwester!« Hugo nahm ihren Kopf zwischen seine Hände. »Es geht dir nicht nur um Vergeltung, nicht wahr? Was versprichst du dir außerdem von der Tötung des Grafen?«

Uta spitzte ihren Mund und schaute in die fragenden Augen des Bruders. »Die Befreiung von meiner Gabe«, gab sie leise zu.

»Ich verstehe nicht.«

»Wie könntest du auch?«

»Dann sei so gut und erkläre es mir.«

Sie blickte auf den kalten Fluss. »Manchmal denke ich, dass Roland für meine Gabe verantwortlich ist.«

»Weil er dir an jenem Tag begegnete?«

»Es ist mehr als eine Ahnung. Dieser Mensch ist von Grund auf schlecht. Böse Kräfte gehen von ihm aus.«

»Seit wann glaubst du an böse Kräfte? Du, die du jeden verspottest, der sich vor Gespenstern fürchtet?«

»Es geht hier nicht um Spukgestalten, Hugo.«

»Ach nein? Und wenn du den Grafen getötet hast? Was dann? Glaubst du, dass du deine Gabe dann verlierst?«

»Ja, das will ich glauben«, antwortete sie erregt.

»Du schiebst unseren Vater doch nur für deine Zwecke vor.«

»Schweig!«, zischte Uta und warf dem Bruder einen vernichtenden Blick zu, der ihm das Blut in den Kopf schießen ließ. »Wie kannst du das behaupten? Ich habe Vater geliebt und kann nicht weiterleben, wenn sein Tod ungesühnt bleibt.«

Des Bruders Blick ging an ihr vorbei und verharrte auf dem Fluss. »Was ist das?«, fragte er, bleich geworden.

Uta fuhr herum. Aus der Dämmerung schälten sich geisterhaft die Konturen eines Schiffes, über dessen Rumpf ein feuerrotes Segel schwebte. Fackeln loderten an beiden Steven. Holz knirschte. Ruder tauchten im Gleichtakt lautlos ins Wasser. Frido begann zu knurren.

»Ein Drachenboot«, hauchte Uta beinahe fasziniert.

»Weg hier!« Hugo griff nach ihrer Hand, doch mit einer unwirschen Bewegung löste sie sich von ihm.

»Unsinn! Sie können uns nicht sehen, es ist viel zu dunkel. Und falls doch, werden sie sich kaum an Land bemühen, nur um zwei Jammergestalten wie uns zu massakrieren.«

»Wir haben oft genug erlebt, wozu diese Bastarde fähig sind.«

Uta nickte, ohne das Boot aus den Augen zu lassen, das allmählich wieder von der Dunkelheit verschluckt wurde. »Zugegeben, das ist wahr.«

»Ich wünschte, wir wären schon in Mainz.«

»Keine Sorge, Bruderherzchen.« Ihre Hand krallte sich um den Knauf des Schwertes. »Mainz wartet schon auf uns!«

Bis zur Straße hin musste das Stöhnen der Dirne zu hören sein. Roland, der keuchend auf ihr lag, gab ihr eine

schallende Ohrfeige, sodass sie abrupt verstummte und ihn aus verdutzten Augen anstarrte.

»Hör auf damit«, brummte der Graf.

»Womit, Herr?«

»Mit diesem Gequieke. Man könnte glauben, ich würde einem Schwein den Bauch aufschlitzen.«

»Längst gibt es keine Schweine mehr in der Stadt, Herr.«

Abermals erhielt sie eine Ohrfeige.

»Nicht für freche Sprüche bezahle ich dich. Und auch nicht für wildes Gestöhne.«

»Verzeiht mir, Herr, aber ich dachte ...«

»Tu nur das, was ich dir sage.«

»Wie Ihr wünscht, Herr.«

»Und nun sprich mir nach: *Lasst mich Euer Kebsweib sein, mein Graf!* – Mach schon!«

»Lasst mich Euer Kebsweib sein, mein Graf!«

»Nochmal. Lauter. Und flehender.«

»Lasst mich Eure Kebse sein, mein Graf! Bitte!«

Er schloss die Augen und drang in sie ein. Schweißperlen klebten auf seiner Stirn. Schon lange hatte er nicht mehr solche Lust empfunden. Die Stimme seiner Gemahlin, die leise das Gemach betreten hatte, riss ihn aus seiner Wunschvorstellung.

»So weit ist es gekommen, dass du jetzt schon eine Hure zu deiner Kebse machen willst?«

Roland blickte ihr ins Gesicht, in dem endlose Verachtung lag. »Was willst du von mir, Adelheid? Siehst du nicht, dass ich beschäftigt bin?« Er hielt es nicht für nötig, in seinem Tun innezuhalten.

»In Wirklichkeit denkst du an *sie*, wenn du es mit ihr treibst. Ist es nicht so, mein Gemahl?«

»Was geht dich das an? Verschwinde!«

»Eher würdest du sterben, als mit mir, deiner eigenen Gemahlin, einen Nachkommen zu zeugen.«

»Das ist wahr, Adelheid.« Er hielt inne und grinste breit. »Weißt du auch, weshalb das so ist? Weil du mich anwiderst. Der Gedanke, dein weißes Fleisch berühren zu müssen, bereitet mir Übelkeit. Lieber sterbe ich ohne einen Erben.«

»Was habe ich verbrochen, dass du mich so behandelst?«, fragte Adelheid mit bebenden Lippen.

Roland machte eine wegwerfende Handbewegung und widmete seine Aufmerksamkeit wieder seiner Gespielin.

Adelheids Miene war wie aus Stein gemeißelt, als sie das Gemach verließ. Doch nicht nur Zorn erfüllte sie. Sie hatte einen Entschluss gefasst.

9

Auch nachts ruhten die Arbeiten an den Stadtmauern nicht. Fieberhaft fuhr man fort, sich auf den möglichen Ansturm der Feinde vorzubereiten. Man brachte Fässer voller Öl und Pech zu den Torhäusern, um den Angreifern einen heißen Empfang bereiten zu können. Die Männer und auch die Knaben wurden regelmäßig zu Waffenübungen gerufen. Die Entschlossenheit der Menschen, sich den Horden der Nordmänner nicht kampflos zu ergeben, machte Hunger und Kälte erträglicher.

Es naht nun der Augenblick, an dem ich, Theodorus, nicht umhinkomme, erneut von den Stürmen zu berichten, die bald wieder in meiner Seele toben sollten, entfacht durch das Wiedersehen mit einer Frau, die ich geliebt hatte – Hilmintrud!

Unsere Begegnung geschah völlig unvermutet. Ich befand mich auf dem Weg zum Kästrich, zum Lager der Flüchtlinge, wohin die Oberen meines Ordens mich gesandt hatten, um dort Sterbenden den letzten Segen zu erteilen. Plötzlich, etwa auf Höhe der Sankt-Johanns-Kirche, stand sie vor mir. Hilmintrud überraschte unser Wiedersehen nicht weniger als mich. Nachdem wir uns einen Augenblick lang erstaunt gemustert hatten, fiel sie mir lachend um den Hals. Unbeholfen ließ ich sie gewähren und stellte fest, dass unsere Begegnung Gefühle in mir weckte, deren Natur ich nicht länger erklären muss. All die Jahre, die ich mit mir gerungen hatte, sie schienen mit einem Schlag wie ausgelöscht.

Sie nannte mich ihren Bruder und betrachtete mich eingehend, wie es Menschen tun, die einander lange nicht gesehen haben. Ihre Frage nach meinem Wohlbefinden beantwortete ich knapp, brannte ich doch darauf zu erfahren, wie es ihr selbst in der Zwischenzeit ergangen war. Ich erfuhr, dass ihr Gatte, mein Oheim Ludwig, noch lebte. Hilmintrud berichtete von ihrer Flucht aus

Cornelimünster, von ihrer rastlosen Reise durch das Reich, bevor es auch sie und Ludwig am Ende hinter die vermeintlich sicheren Mauern von Mainz verschlug. Hier gedachten sie den Sturm der Nordmänner abzuwarten, um später in die Heimat zurückzukehren und den zerstörten Hof wiederaufzubauen. Niemand – noch einmal möchte ich es hier betonen – glaubte ernsthaft an das Ende der Welt. Wie Hilmintrud und Ludwig hegten tausende anderer Menschen Pläne für die Zeit nach dem Übel.

Und ich, Theodorus, der Benediktinermönch? Welche Pläne hegte ich? Das Zusammentreffen mit Hilmintrud war eine neuerliche Prüfung Gottes. Längst verschüttet geglaubte Gefühle lebten wieder auf: Meine Liebe zu Hilmintrud, die stumme Abneigung gegen ihren Gatten, und die Zweifel an meiner Bestimmung.

Hilmintrud erschien mir so schön wie ein Engel. Und dann brach es unbeherrscht aus mir heraus: Ich gestand ihr meine Liebe, die Gefühlen, die ich ihr entgegenbrachte. Meinem Mund, der noch eine Stunde zuvor in der Kapelle von Sankt Alban Gebete gesprochen hatte, entwichen wirre Worte des Wahnsinns. Und obschon mir die Ungeheuerlichkeit meiner Rede bewusst war, wurde ich meiner Lippen nicht Herr, unverzagt sprudelten die Worte aus mir heraus und fanden die Ohren der schönen Stiefmutter.

Hilmintruds Blick verriet sowohl Bestürzung als auch Verwunderung. Mit offenem Mund hatte sie mir gelauscht und überlegte offensichtlich, was sie meinem beschämenden Bekenntnis erwidern konnte. Ich kam ihr zuvor, zog sie zu mir heran, küsste sie auf den Mund und setzte meinen Weg dann fort, als sei unsere Begegnung nur ein verwirrender Traum gewesen.

Niemals habe ich erfahren, was wirklich in Hilmintrud vorging, als ich ihr meine Liebe gestand. Seit beinahe dreißig Jahren ist sie nun tot, ich sah sie nie wieder. Ob sie mich für einen Träumer hielt? Für einen Frevler? Oder beruhte meine Liebe gar auf Gegenseitigkeit? Noch heute sehe ich das fassungslose Glitzern in ihren Augen, und noch lange quälte mich der Gedanke an die Möglichkeit, dass der Schöpfer uns in Wahrheit füreinander geschaffen hatte. Abermals mussten viele Monate vergehen, bis ich den mir bestimmten Weg wieder deutlich vor mir sah. Heute, da ich bald an der Schwelle des Todes stehen werde, bereitet mir die Erinnerung an die schöne Hilmintrud nichts weiter als ein wohliges Gefühl, das auch ein Großvater beim Anblick seiner Enkelkinder empfindet. Warum der Allmächtige uns oft auf verschlungenen Pfaden schlafwandeln lässt, wird Er mir vielleicht offenbaren, wenn ich vor Seinem Thron stehe.

Damals, an jenem denkwürdigen Tag, fühlte ich mich elend und schwach, war kaum in der Lage, meine Gedanken zu ordnen. Glücklicherweise traf ich am Kästrich einen Mitbruder, den ich bat, die anvertraute Aufgabe für mich zu übernehmen. Wie in einem Wachtraum erfuhr ich von den Geschehnissen des Tages: An den Toren der Stadt hatte man Scharen neuer Flüchtlinge zurückgewiesen. Erzbischof Luitberg war weder fähig noch willens, weitere Menschen aufzunehmen. Der Hunger war allgegenwärtig, auch Seuchen begannen sich auszubreiten. Wie sollte man Herr über diese Übel werden, wenn man immer mehr Flüchtlingen Zuflucht gewährte?

Man hat den Erzbischof für diesen herzlos anmutenden Befehl später oft verurteilt. Die Abgewiesenen wurden einem ungewissen Schicksal überlassen. Ich muss davon ausgehen, dass Luitberg diese Entscheidung nicht leichtgefallen ist. Doch er wusste, dass Hunger und Seuchen die Stadt den Nordmännern in die Hände spielen würden. Welchen Nutzen hätten dann noch die verstärkten Mauern gehabt? Opfer mussten gebracht

211

*werden, damit möglichst viele Menschen diese Zeit der
Not überlebten.*

*Ich danke unserem Herrn, dass ich nie Entscheidungen
über Leben und Tod treffen musste. Erzbischof Luitberg
blieb keine Wahl. Man wünscht sich, dass auch ein Kaiser
Karl[23] zu solcher Pragmatik fähig gewesen wäre.*

---

23 Theodorus spielt hier auf den frisch gekürten Kaiser Karl an, der
    sich im Kampf gegen die Normannen durch seine lethargische
    Passivität nicht mit Ruhm bekleckerte. Karl (der Dicke) wurde im
    Jahre 887 auf dem Reichstag zu Tribur zur Abdankung gezwungen.

Ende Dezember 881 A. D.

Die meisten Ankömmlinge hatten sich erschöpft zu Boden sinken lassen. Wenige besaßen noch die Kraft, mit den Torwächtern zu verhandeln, die ihnen den Eintritt in die Stadt verwehrten. Uta und Hugo schoben sich durch die Menschenmassen, gefolgt von Frido, der seine alten Kräfte fast wiedererlangt hatte.

»Was ist da vorne los?«, fragte Uta einen Mann, der mit starrer Miene Richtung Stadttor blickte, das zwei Welten voneinander trennte. »Warum geht es nicht weiter?«

»Sie lassen niemanden mehr in die Stadt«, murmelte der Angesprochene tonlos.

»Was? Aber das können sie nicht tun!«

»Natürlich können sie es. Was hätten wir ihnen wohl entgegenzusetzen?«

»Sie liefern uns schutzlos den Nordmännern aus? Das dürfen sie nicht!«

Der Mann lachte matt. »Erklär ihnen das!«

»Genau das werde ich tun!« Uta forderte ihren Bruder mit einer Kopfbewegung auf, ihr zu folgen.

»Was hast du vor?«, keuchte Hugo.

»Ich will in die Stadt!«

»Aber du hast doch gehört ...«

»Es darf nicht sein, dass wir den ganzen Weg umsonst zurückgelegt haben. Wie du hoffentlich nicht vergessen hast, haben wir hier etwas zu erledigen.«

Sie stapfte, gefolgt von Frido, Richtung Stadttor. Als Hugo zu ihr aufschloss, war sie bereits in ein lautes Gespräch mit einem Wächter verwickelt.

»Ihr wollt all diese Menschen ihrem Schicksal überlassen?«, schnaufte sie mit einem Fingerzeig auf die harrende Menge.

»Was kann ich denn dafür?«, wehrte sich der Angesprochene, ein junger Gardist, der sich ständig nervös mit der Zunge über die Lippen fuhr. »Der Erzbischof hat es so befohlen.«

Uta stemmte die Arme in die Hüften. Ihr fassungsloser Blick schweifte über die Menschen vor dem Tor. Wut und Verzweiflung, Hoffnungslosigkeit und Erschöpfung spiegelten sich in deren Gesichtern. Unmutsäußerungen waren zu vernehmen, doch von einem ernsthaften Aufbegehren konnte nicht die Rede sein. Die eiserne Entschlossenheit der Bewaffneten am Tor und auf den Wehrgängen war allzu deutlich erkennbar. Keinen Herzschlag lang würden sie zögern, wenn nötig, Gewalt anzuwenden.

Uta schüttelte fassungslos den Kopf. »Der Erzbischof nimmt unseren Tod in Kauf?«

»Verschwinde jetzt!«, fauchte der Gardist.

»Ich denke nicht daran!«

Der Gardist warf dem Kameraden zu seiner Rechten einen Hilfesuchenden Blick zu. Der entblößte grinsend seine Zähne.

»Frag sie doch mal, was sie dir bieten kann, wenn du für sie eine Ausnahme machst!«

Uta bedachte den Ratgeber mit einem verächtlichen Blick. »Leider besitze ich nichts mehr, was ich bieten könnte.«

»Da bin ich anderer Meinung!«

»So? Und woran denkst du, he?«

Der Andere trat näher, schob seinen verunsicherten jungen Kameraden zur Seite und betrachtete Uta von oben bis unten.

»Ein schönes Schwert hast du da. Kannst du auch damit umgehen?«

»Gewiss. Mein Bruder und ich wollen uns an der Verteidigung der Stadt beteiligen.«

Der andere lachte rau. »Wirklich? Würdet ihr das tun? Nun, auf euch haben wir gerade gewartet: Eine Möchtegern-Kriegerin und ein Knabe!«

»Ich bin kein Knabe mehr«, trompetete Hugo und begann zu husten.

»Wie gesagt, du müsstest mir schon etwas bieten, Mädchen«, fuhr der Wächter fort.

»Vielleicht bist du ja so gütig, mir zu sagen, was dir vorschwebt.«

Zur Antwort grinste der Andere nur lüstern. Uta wurde rot vor Zorn.

»Dreckskerl«, schrie Hugo empört.

»Maul halten, Kleiner.«

Uta hob eine Hand und trat einen Schritt näher. »Und wenn ich's tue? Dann lässt du uns in die Stadt? Meinen Bruder, mich und den Hund?«

»Eine Hand wäscht die andere. Obwohl euer Hund sich sicher bald in einem Kochtopf wiederfinden dürfte.«

»Niemand wird Frido ein Haar krümmen, verlass dich darauf.«

»Uta!« Hugo war neben seine Schwester getreten und packte sie am Arm. »Du willst dich diesem Kerl ... du willst mit ihm ...«

»Hast du vielleicht eine bessere Idee?«, zischte sie.

»Aber ... das kannst du doch nicht machen!«

»Es muss wohl sein«, sagte sie leise. »Wir müssen in die Stadt, irgendwie. Wir sind es unserem Vater schuldig.«

»Unser Vater wäre entsetzt, wenn er erführe, dass du dich diesem Erpresser hingeben willst.«

»Mir wird schon etwas einfallen, wie ich ihn wieder loswerde. Ich weiß genau, dass ich nie wieder zur Ruhe kommen werde, wenn ich unverrichteter Dinge von hier weggehe.«

»Na, was ist jetzt?«, fragte der Wächter ungeduldig.

Uta atmete tief ein und sah ihm in die Augen. »Ich mache es«, verkündete sie mit zittriger Stimme.

»Sie macht es nicht!«, widersprach Hugo laut und vernehmlich.

»Was ist hier los?«

Die Blicke der Debattierenden richteten sich auf den jungen Mann, der plötzlich neben ihnen erschienen war.

Der rote Offiziersumhang, den er trug, flatterte unter einem kalten Windzug. Seine eisblauen Augen ruhten auf dem Wächter. Utas Herzschlag drohte auszusetzen.

Erik!

»Nichts ist los«, brummte der Wächter. »Sie wollen in die Stadt, wie alle anderen auch.«

»Lass sie herein!«

»Wie?« Der Wächter tippte an seine Stirn. »Spinnst du?«

Erik straffte seinen Oberkörper. »Wie redest du denn mit mir, Kerl?«

»Was willst du? Ich habe dich noch nie gesehen.«

»Jetzt schon!«, polterte Erik. »Ich bin ein Offizier der Garde des Erzbischofs, siehst du das denn nicht? Willst du Bekanntschaft mit dem Kerker machen?«

»Nein, Herr. Verzeiht mir, ich wusste ja nicht ...«

»Du wolltest das Mädchen erpressen.«

»Es war nur ein Spaß, Herr.«

»Leider kann ich nicht darüber lachen. Sollten mir noch einmal solcherlei Dinge über dich zu Ohren kommen, werde ich dafür sorgen, dass man dich einen Kopf kürzer macht. Verstanden?«

»Ja, Herr!«

»Weitermachen!«

Erik gab den Geschwistern einen Wink und führte sie durch das Tor in die Stadt. Hagere Menschen hasteten an ihnen vorüber. Er führte sie in eine der engen Nebengassen, wo weniger Betrieb herrschte. Hier blieben sie stehen.

»Erik!«, sagte Uta nur.

Hugo sah die Schwester an. Ihre Augen strahlten wie zwei Edelsteine im Licht. Der Wikinger lächelte sie an.

»Schon einmal glaubte ich, dich vor den Mauern einer Stadt gesehen zu haben, Uta. Nun bist du es wirklich.«

»Du hast uns einen großen Dienst erwiesen.«

»Ich war dir noch etwas schuldig. Dir verdanke ich mein Leben.«

Eine Weile sahen sie sich nur an.

»Du bist als Spion hier, nicht wahr, Nordmann?« Hugo verschränkte seine Arme.

»So ist es, tapferer Junge«, gab Erik offen zu.

»Ein lautes Wort von mir, und du bist geliefert.«

»Das kann ich nicht abstreiten.«

Uta stieß Hugo einen Ellenbogen in die Seite. »Was soll das, Bruder? Ihm verdanken wir, dass wir in der Stadt sind.«

»Was nützt uns das, wenn die Nordmänner sie in Schutt und Asche legen?«

»Werdet ihr das tun, Erik?« Uta wirkte nun sehr nachdenklich. »Werdet ihr die Stadt verwüsten und die Menschen töten?«

Nachdenklich kaute Erik auf einem Mundwinkel. »Trotz der emsigen Arbeiten an der Mauer gibt es darin immer noch viele Schwachstellen, die zu überwinden uns keine nennenswerten Schwierigkeiten bereiten dürften.«

»Werdet ihr es tun?«, wiederholte Uta ihre Frage eindringlich.

Ihre Blicke verschlangen sich.

»Nein«, antwortete Erik nach einer halben Ewigkeit. »Wir werden es nicht tun. Ich bin dir immer noch ein Leben schuldig.«

»Ihr werdet die Stadt also unbehelligt lassen?«

»Sie ist nicht einzunehmen. So werde ich es berichten.«

»Wird man dir glauben?«

»Niemand wird meine Einschätzung in Frage stellen, denn dafür wurde ich hergeschickt. Alles hängt von mir ab.«

»Was, wenn er lügt?«, warf Hugo ein.

»Er lügt nicht«, erwiderte Uta barsch.

»Natürlich nicht. Wo du ihn doch so gut kennst ...«

»Mein junger Freund, ich gebe dir mein Wort«, erklärte Erik feierlich.

»Es wird sich zeigen, was das Wort eines Nordmannes wert ist.«

»Versprich mir, dass du gut auf deine Schwester aufpassen wirst.«

»Dazu bedarf es keines Versprechens.«

»Umso besser.« Lächelnd wandte sich Erik wieder dem Mädchen zu, das ihn einst gerettet hatte. »Vielleicht verrätst du mir jetzt, weshalb du mich damals laufen ließest?«

»Ich hatte meine Gründe.«

»Ja, das hast du mir an jenem Tag auch schon gesagt.«

»Warum belassen wir es nicht dabei?«

Er streckte seine Hände aus. Uta zögerte einen Augenblick, um sie dann zu ergreifen.

»Ich wünsche mir, dass wir uns eines Tages wiedersehen«, flüsterte Erik ihr zu.

»Wenn wir fest daran glauben«, erwiderte Uta, »wird es vielleicht so kommen.«

Dann fand sich Uta in seinen Armen wieder, spürte seinen Mund, der sich auf ihren presste. Ganz kurz nur, wie in einem Traum. Als sie wieder klar denken konnte, war der Wikinger verschwunden. Aber immer noch raste ihr Herz.

Hugo war fassungslos. »Ich glaub's nicht. Lässt dich auch noch von ihm küssen.«

»Schweig jetzt, Bruderherzchen.«

»Ja, wenn's dir zu heikel wird, muss ich schweigen. Das war schon immer so und wird sich wohl auch niemals ändern.«

»Auch du verdankst Erik einiges, vergiss das nicht.«

»Oh, Erik, Erik. Immer nur Erik. Warum hast du ihn nicht gleich gefragt, ob er dich heiraten will?« Ein fürchterlicher Hustenanfall überkam ihn. Uta legte eine Hand auf seinen Rücken.

»Es bekommt dir nicht, wenn du dich unnötig aufregst.«

»Unnötig aufregen nennst du das? Ich habe jeden Grund, mich aufzuregen. Und dieser schmierige Torwächter – du hättest dich ihm tatsächlich hingegeben?«

»Hätte ich nicht.«

»Ach nein? Und wie, bitte schön, hättest du dich aus dieser Sache herausgewunden?«

»Ich sagte doch, es wäre mir schon was eingefallen.«

»Aber manchmal, liebste Herzschwester, ist selbst deine Fantasie machtlos gegen die Wirklichkeit.«

»Beruhige dich. Es ist nichts passiert. Lass uns das Lager der Flüchtlinge aufsuchen. Wir brauchen ein Quartier. Dann werde ich dir einen Trank nach dem Rezept des Imperators bereiten.«

»Und danach?«, fragte Hugo keuchend. »Was geschieht danach?«

»Was fragst du? Du weißt es doch.« Uta nahm seinen Kopf zwischen ihre Hände und sah ihn beschwörend an. »Danach widmen wir uns der eigentlichen Aufgabe, die wir zu erfüllen haben.«

»Nicht einzunehmen?« Der Riese schüttelte ungläubig den Kopf. In der Ferne verschwammen die Umrisse der Stadt Mainz mit der Dämmerung. »Ich sehe nur uralte Mauern, die notdürftig geflickt werden.«

»Der Eindruck täuscht, Vater«, erwiderte Erik. »In Wahrheit sind die Mauern fest und bestens bewacht.«

»Pah! Eine Hand voll Hungernder, die der kleinste Windhauch von den Beinen holen dürfte.«

»Es sind mehr als tausend Männer auf den Wehrgängen. Die Stadt quillt über vor Menschen, viele von ihnen sind bewaffnet. Regelmäßig werden Waffenübungen durchgeführt. Und irgendwie schafft dieser Bischof es immer noch, diese Menge zu füttern und am Leben zu erhalten.«

»Waffenübungen, dass ich nicht lache.« Er streckte einen Arm. »Was ist mit dem Mauerwerk westlich dieses Tores dort? Es scheint mir nicht besonders hoch zu sein. Und brüchig obendrein.«

»Eine List der Mainzer, Vater. Sie wollen, dass wir an dieser Stelle angreifen. In Wirklichkeit erwartet uns dort

ein unbehaglicher Empfang. Sie nennen es griechisches Feuer.«

»Und was machen sie damit? So ein bisschen Feuer kann uns nicht schaden!«

»Es ist flüssiges Feuer, Vater. Sie bekippen einen mit Öl und zünden einen an. Das werden selbst wir nicht überleben können.«

»Bei Odin, es muss doch einen Schwachpunkt geben!« Verärgert sah der Jarl seinen Sohn an. Erik hob gleichmütig seine Schultern.

»Ja, die gibt es. Doch wir haben nicht das nötige Belagerungsgerät. Die Eroberung der Stadt würde uns viel Zeit und viele Männer kosten. Schätze innerhalb der Mauern gibt es nicht viele. Glaub mir, es ist der Mühe nicht wert.«

»Hast du nicht neulich noch behauptet, dass Priester ihre Kostbarkeiten in diese Stadt getragen hätten?«

Erik breitete die Arme aus. »Nun, wie ich herausfinden konnte, handelt es sich dabei nicht etwa um Goldschätze, sondern um wertloses Zeug. Knochen von Verstorbenen, die sie verehren. Oder Kleidungsreste ihres Gottes. Plunder.«

»Also gut.« Der Riese schien sich mit dem Gedanken abzufinden, dass die Plünderung der Stadt ihnen nur wenig Beute bei hohem Aufwand bescheren würde. Er sah Erik fragend an. »Was soll ich den Männern sagen? Sie sind ungeduldig. Die vergangenen Wochen waren nicht sehr ergiebig. Scheinbar gibt es nicht mehr viel zu holen in diesem Teil des Frankenreiches.«

Erik lächelte. »Du irrst dich, Vater. Wir sollten uns endlich den Klöstern zuwenden. Es gibt immer noch welche, die von ihren Mönchen nicht verlassen wurden. Sie glauben, dass ihr Gott sie vor uns schützt. Und dort gibt es allemal mehr zu holen als vermoderte Knochen und verstaubte Lumpen.«

»Das ist ein Wort.«

»Außerdem sollten wir uns künftig mehr auf den Moselfluss konzentrieren. Wir müssen prüfen, wie es um die Wehrhaftigkeit der Stadt Trier bestellt ist. Dort, so scheint es mir, wird man uns den Beutezug erheblich leichter machen als in Mainz. Lasst uns nicht damit warten, sonst kommen uns am Ende andere Sippen zuvor.«

»Lassen wir dieses verfluchte Mainz eben liegen, wo es ist«, befahl der Vater lachend. »Sollen sich andere daran die Zähne ausbeißen.« Er schlug dem Sohn auf die Schulter. »In letzter Zeit wirkest du sehr nachdenklich, mein Junge. Aber jetzt bist du wieder der Alte, voller Tatendrang. Komm, kehren wir zu den Booten zurück. Wir wollen den Göttern ein Dankopfer bringen.«

»Es freut mich«, erwiderte Erik, einen Seufzer der Erleichterung unterdrückend, »dass du wieder stolz auf mich bist, Vater.«

Kälte, Schlamm und ein unsäglicher Gestank nach Fäkalien lag über dem Lager der Flüchtlinge an den Hängen des Kästrichs. Klapprige Baracken und löchrige Zelte dienten den hier zusammengepferchten Menschen als Behausungen: Ein Dorf des Elends inmitten der Mauern der alten Römerstadt. Trüber Dunst stieg aus dem Morast empor. Über alldem flammte das erste Morgenrot. Schwarze Vögel krächzten. Die ersten Menschen erwachten aus ihrem unbehaglichen Schlaf.

Arbo träumte noch. Es waren keine angenehmen Träume. Die hatte er schon lange nicht mehr. Wenn er träumte, dann sah er kämpfende Nordmänner. Oder Wernars Kinder, die sich durch eine Welt voller Gefahren kämpften. Hatte er sie im Stich gelassen? Gewiss, sie hatten ihm die Freiheit geschenkt, doch war er ihnen nicht verpflichtet gewesen? Andererseits war das Wissen um die Wahrheit ihm zunehmend zur unerträglichen Last geworden. Nicht, weil sie ihm gleichgültig waren, hatte er die beiden verlassen. Er hatte Uta und Hugo geliebt, als seien sie seine eigenen

Kinder. Und genau das war der Grund, weshalb er ihnen nicht mehr länger in die Augen hatte blicken können.

Vorwärts! Macht sie nieder! Die Stimme des Grafen, die über das Tal hallt. Nordmänner hinter einem Schildwall. Fürchterliches Kriegsgeschrei, das in Mark und Bein geht. Wernar, der sich an seinen Knecht wendet und ihm etwas zuraunt –

Und dann: Etwas Kaltes, Raues, Feuchtes. Er spürt es, in seinem Gesicht. Auch ein Traum? Nein, es ist Wirklichkeit. Oder doch nicht?

Arbo fuhr hoch. Seine weit aufgerissenen Augen blickten in die eines Hundes, der sich hechelnd über ihn beugte.

»Frido!«

Der Hund leckte ihm ein weiteres Mal quer durchs Gesicht. Spätestens von diesem Augenblick an wusste Arbo, dass er nicht mehr träumte. Er tätschelte den Hals des Tieres und richtete den Blick auf eine Gestalt, die vor dem Eingang seines aus Lumpen errichteten Zeltes stand.

»Uta? Bist du das?«, fragte er schluckend.

Sie trat näher. »Richtig erkannt«, erwiderte sie kalt. »Ich bin es.«

Arbos Mund stand offen wie ein Scheunentor. »Das nenne ich eine Überraschung«, stammelte er. »Seit wann bewaffnest du dich wie ein Krieger?«

»Seitdem unser treuer Freund und Beschützer sich klammheimlich aus dem Staub gemacht hat.«

»Aus dem Staub gemacht? Uta, glaub mir, ich …«

»Spar dir den Atem, Arbo. Erklär mir lieber, warum du uns belogen hast.«

»Belogen? Ich? Euch?«

»Gib dir keine Mühe. Ich weiß alles!« Sie kniete sich vor ihm nieder. Ihn nicht den Augen lassend, fuhr sie fort: »Die Nordmänner haben unseren Vater und die anderen Bauern getötet. Dass sie es aber in Absprache mit dem Gaugrafen taten, der sich seiner bewaffneten Bauern entledigen wollte, habe ich erst kürzlich erfahren.«

»Von wem?«, stieß Arbo heiser hervor.

»Ist dir Imperator Caesar Augustus ein Begriff?«

»Beim Arsch einer Elfe«, ächzte er. »Ihr seid diesem Verrückten begegnet?«

»So klein ist die Welt. Und er war weniger verrückt, als man glauben mochte.«

»Hätte ich nur meine Klappe gehalten.«

Uta packte ihn unsanft beim Hemd. »Warum?«, schrie sie ihn an. »Warum hast du uns die Wahrheit verschwiegen?«

»Lass mich los. Du ahnst ja nicht, was ich durchgemacht habe.«

Uta dämpfte ihre Stimme. »Ach ja? Und wir, Hugo und ich? Glaubst du vielleicht, wir hätten uns in der Zwischenzeit köstlich amüsiert? Nach Waltberts Tod sind wir durch die Hölle gegangen.«

»Du hast mir die Freiheit geschenkt, Uta.«

»Hätte ich gewusst, dass du uns belügst ...«

»Verdammt, ich habe eurem Vater etwas versprochen, bevor er starb!« Arbo schrie es sich von der Seele.

»Dann berichte endlich, was du uns bis heute verschwiegen hast!«

Arbo holte tief Luft. »Als Wernar die Tücke des Grafen erkannte, schickte er mich fort, in den Wald. Nachher, als alles vorüber war und die Bastarde sich zurückgezogen hatten, kehrte ich auf das Schlachtfeld zurück. Wernar lag sterbend in seinem eigenen Blut.«

Schluchzend vergrub sie ihr Gesicht. Nach einer Weile gewann sie die Fassung zurück. »Was hat er gesagt?«

»Seine letzte Sorge galt dir und Hugo. Er beschwor mich, euch die Wahrheit zu verschweigen.«

»Warum tat er das?«

Arbo lachte hohl. »Weil er seine Tochter kannte. Er wusste, dass sie nicht eher ruhen würde, bis sie Rache genommen hätte. Und er war fest davon überzeugt, dass dies kein gutes Ende nehmen würde. Wer kann schon etwas gegen die

Mächtigen ausrichten? Wernar wollte, dass seine Kinder weiterleben.«

»Mein Vater kannte mich sehr gut.«

»Er bat mich, euch weit von Jülich wegzuführen, damit du nicht in Versuchung kämest, der Wahrheit auf den Grund zu gehen.«

»Du hast deinen Auftrag vorbildlich erfüllt.«

Arbo starrte vor sich hin. »Wo ist Hugo?«, fragte er schließlich.

»Es geht ihm nicht besonders gut. Ich habe ihn in einer der Baracken untergebracht. Er hat die ganze Nacht gehustet.«

»Wird er leben?«

»Ja, das wird er.«

»Die Gabe – du besitzt sie also immer noch?«

»In den vergangenen Tagen sind mir auf den Straßen zu viele Todgeweihte begegnet, als dass ich deine Frage verneinen dürfte.«

»Und nun bist du nach Mainz gekommen, um Rache zu nehmen. Rache an Wernars wahrem Mörder, der, wie du sicherlich in Erfahrung gebracht hast, in der Stadt weilt.«

»Dein Scharfsinn beeindruckt mich, Arbo.«

»Es entspricht nicht dem Willen deines Vaters.«

»Mein Vater wollte das Beste für Hugo und mich. Wir aber wollen das Beste für unseren Vater. Sein Mörder darf nicht ungestraft bleiben.«

»Du willst ihn einem Gericht überstellen?«

»Das Gericht, mein lieber Arbo, werde ich selbst sein. Von der Welt haben wir keine Gerechtigkeit zu erwarten.«

Arbo war blass geworden. »Was hast du vor? Willst du ihn töten?«

»Was wohl sonst?«

»Wie stellst du dir das vor? Roland ist Präfekt der Garde. Glaubst du vielleicht, du könntest einfach so an ihn herantreten, ihm ein Messer in die Rippen stoßen und dann unbehelligt das Weite suchen? Man wird dich ergreifen, foltern und vierteilen. Entzückt dich diese Vorstellung?«

»Zerbrich dir darüber nicht den Kopf. Ich werde es bewerkstelligen, irgendwie.«

»Vermutlich ist es sinnlos, dir dieses Vorhaben auszureden.«

»Völlig.«

Arbo biss sich auf die Unterlippe. »Euretwegen habe ich große Seelenqualen durchlitten. Es war wie eine Strafe, von Dingen zu wissen, die ich euch verschweigen musste, weil ich es Wernar geschworen hatte. Nicht dieses rote Flittchen war der Grund für meine Flucht vor euch, das musst du mir glauben. In Wirklichkeit konnte ich eure Blicke nicht mehr ertragen. Und nun geht alles wieder von vorne los. Nur, dass ich diesmal hilflos zusehen muss, wie ihr in euer Verderben rennt.«

»Es wird sich zeigen, wer am Ende ins Verderben rennt. Du weißt, dass keine Macht der Welt mich von meinem Vorhaben abbringen kann. Von dir erwarte ich nichts weiter, dass du mich in meinem Tun nicht behinderst.« Sie strich ihm sanft über den Kopf, als habe sie ihm alles vergeben. »Es wird kommen, wie es kommen muss, mein Arbo.«

»Ohne Zweifel.« Nachdenklich starrte er vor sich hin. »Vielleicht kann ich dir helfen«, flüsterte er.

»Mir helfen? Gerade noch wolltest du mich überreden, von meiner Vergeltung abzusehen.«

»Das war ein aussichtsloses Unterfangen. Wenn es also unwiderruflich ist – ich kenne ein Mädchen, das ebenfalls auf Rache sinnt. Vielleicht verfügt sie über Möglichkeiten und Kontakte, die dir von Nutzen sein können für deinen unseligen Plan.«

»Wer ist es?«

»Sie haust mit anderen Frauen in der Bretterbude nebenan. Ihr Name ist Hruoswitha, und sie sieht dir nicht unähnlich.«

»Uta!«

Der Name kam Hruoswitha nur schwer von den Lippen.

»Du kennst mich?«, wunderte sich Uta.

Hruoswitha nickte stumm.

»Woher?«

Nur einen Herzschlag lang spielte Hruoswitha mit dem Gedanken, sich ihr anzuvertrauen. »Das spielt keine Rolle mehr. Was willst du von mir?«

»Ich muss mit dir reden.«

»Dann sprich!«

»Nicht hier«, erwiderte Uta angesichts der vielen Menschen ringsum. Sie schritt voran, und Hruoswitha folgte ihr. Als sie sich halbwegs ungestört wähnte, blieb Uta stehen.

»Was hat er dir angetan?«, fragte sie geradeheraus.

»Ich weiß nicht, von wem du sprichst.«

»Von Graf Roland natürlich!«

Hruoswithas Mund verzog sich spöttisch. »Bist du inzwischen doch seine Kebse geworden?«

»Nein. Aber woher weißt du ...?«

»Ich sagte es bereits: Es spielt keine Rolle mehr. Hat er dich geschickt?«

Uta legte eine Hand auf ihre Schulter. Hruoswitha zuckte zurück, ließ es aber dann zu.

»Nein, er hat mich nicht geschickt!« Uta betonte jedes ihrer Worte. »Ich weiß nicht, was du mir verschweigst. Aber vielleicht kannst du dich dazu durchringen, mir zu vertrauen.«

»Na schön. Ich will es versuchen.«

»Was hat der Graf dir angetan, Hruoswitha?«

»Er hat mein Kind auf dem Gewissen. *Sein* Kind!« Ihre Stimme zitterte.

»Du hattest ein Kind von ihm?«

»Zuerst hat Rolands Mutter, die alte Gräfin Bertha, dafür gesorgt, dass man mich von der Burg vertrieb. Sie konnte es nicht ertragen, einen Bastard ihres Sohnes in ihrer Nähe zu wissen. Weißt du, was es heißt, mit einem hungernden

Säugling durch das Land zu irren? Hier in Mainz erfuhr ich von Rolands Anwesenheit. Seine Burg liegt in Trümmern, und seine herzlose Mutter ist tot.« Sie lachte hämisch. »Ich flehte ihn an, sich um unseren Sohn zu kümmern, der dem Hungertod nahe war. Roland aber ließ mir ausrichten, ich solle mich zum Teufel scheren. Der Kleine ist vor ein paar Tagen gestorben!« Ihre Augen füllten sich mit Tränen.

»Auch mir und meinem Bruder hat Graf Roland Schlimmes angetan«, erwiderte Uta. »Er trägt die Schuld am Tod unseres Vaters.«

»Sogar seinen eigenen Vater hat er umgebracht, wie manche behaupten.«

»Findest du nicht, dass er büßen muss für seine Verbrechen?«

»Ich wünsche mir nichts sehnlicher. Aber was willst du tun?«

»Ich werde ihn töten!«

Hruoswitha ließ erschrocken ihren Blick schweifen. »Und wie willst du das anstellen?«, flüsterte sie.

»Unser gemeinsamer Freund Arbo deutete an, dass du möglicherweise über gewisse Kontakte verfügst.«

Hruoswitha sah sie mit großen Augen an. »Wie meint er das?«

»Eben das frage ich dich.«

»Es gibt da einen Mann«, sagte Hruoswitha zögernd. »Er verehrt mich. Und ich mag ihn auch.«

»Was ist mit diesem Mann?«

»Er dient dem Grafen. Sein Name ist Grifo.«

»Grifo! Ich kenne ihn. Wie nahe steht er ihm?«

»Roland hat ihn zu seinem Leibdiener gemacht.«

»Wo haben sie Quartier bezogen?«

»Im Haus eines Edlen, unten in der Stadt.«

»Ich nehme an, dass Grifo dir eine Gefälligkeit nicht verweigern würde.«

»Kann ich mir kaum vorstellen«, erwiderte Hruoswitha mit dem Ansatz eines Lächelns.

Uta dachte fieberhaft nach.

Hruoswitha spielte nervös mit ihren Fingern. »Du kannst von Grifo nicht verlangen, dass er den Grafen ...«

»Meine Liebe, ich sagte doch: Ich selbst werde den Grafen töten. Dein Grifo muss nur dafür sorgen, dass ich ungesehen in dieses Haus gelange.«

»Wann?«, hauchte Hruoswitha wie gelähmt.

»In der kommenden Nacht!«

Hruoswitha Lippen bewegten sich wie zu einem stummen Gebet. Sie musterte Uta von Kopf bis Fuß. Endlich fand sie ihre Sprache wieder. »Ich beneide dich um deine Tapferkeit«, sagte sie.

Noch einmal hielten die Menschen in der Stadt den Atem an. Die Flotte der Drachenboote erschien erneut auf dem Rhein, diesmal flussaufwärts. Doch wieder legten sie nicht an, wieder entstiegen ihren hölzernen Leibern keine furchterregenden Krieger, wieder verschwanden sie unverrichteter Dinge ins Land hinein. Der Herr im Himmel schien die flehenden Gebete seiner Kinder erhört zu haben. Hatten die Glocken der Kirchen zunächst wegen des drohenden Ansturms der Heiden geläutet, so wandelten sich ihre Klänge nun in einen ohrenbetäubenden Jubel. Ausgezehrte Menschen lagen sich in den Armen, stimmten fromme und auch weniger fromme Gesänge an, gaben mit neuer Lebensfreude ihrer Überzeugung Ausdruck, dass die Gefahr endgültig gebannt sei. Erzbischöfliche Knechte verteilten Brotlaibe, nach deren Herkunft niemand fragte. Die Mauern von Mainz waren unbezwingbar, was auch den Wikingern endgültig zur Gewissheit geworden war. Zu verdanken war dies – so ließ der Schwarze Gerold es überall verkünden – dem neuen Präfekten des Erzbischofs, dem Grafen von Jülich. Ohne Unterlass hatte er die Arbeiten an den Mauern in den vergangenen Wochen vorangetrieben, bis die Stadt zu einer uneinnehmbaren Festung geworden war.

Wie ein antiker Feldherr stand Roland auf dem Wehrgang neben der Porta Sankt Quintini und ließ sich von der Menge feiern. Sein blutroter Umhang flatterte im Wind, er hatte sein Schwert gezückt und reckte es in den Himmel, zum Zeichen des Sieges über die Pestilenz aus dem Norden. Er sah nicht die junge Frau in der Menge, die ihn aus feindseligen Augen anstarrte und sich am Jubelgeschrei nicht beteiligte.

Zuerst war es für Uta wie ein Schock gewesen: Nicht die geringste Spur des Todes hatte sie im Gesicht des Verhassten erkennen können. Bedeutete dies, dass ihr Vorhaben scheitern würde? Würde der Mörder ihres Vaters weiterleben und würde es keine Gerechtigkeit geben?

Allmählich klärten sich ihre Gedanken. Ihre Gabe besaß sie seit jenem unseligen Tag, als Roland ihr zum ersten Mal begegnet war. Die Gabe war ein Werk finsterer Mächte. Mächte, denen Roland sich verschrieben haben musste. Warum sollte sich die Gabe an dem Grafen selbst offenbaren? Rolands Tod würde bewirken, dass alles wieder wie früher war. Uta würde ein normales Leben führen, ohne seherische Fähigkeiten, ohne quälende Erkenntnisse und ohne Hass. Nichts auf der Welt konnte sie davon abhalten, ihren Plan in die Tat umzusetzen.

Sie machte kehrt und entzog sich dem jubelnden Haufen. Im Lager der Flüchtlinge auf dem Kästrich war es ruhig, die meisten hatten sich auf den Weg in die Stadt gemacht, wo es Essbares zu ergattern gab. Sie betrat die Baracke, wo Arbo und Frido neben dem schlafenden Hugo wachten.

»Wie geht es ihm?«

»Besser. Sein Husten hat nachgelassen.«

»Gut. Wir alle sollten jetzt noch ein wenig schlafen.«

Als sie erwachte, war es bereits dunkel. Ein flackerndes Öllicht warf tanzende Schatten auf die morschen Wände. Uta blickte in Hugos und Arbos sorgenvolle Gesichter.

»Gut geschlafen, Herzschwester?«

Erschrocken fuhr Uta hoch. »Ist es schon nach Mitternacht?«

»Keine Sorge. Es ist noch früh am Abend. Zeit genug, mich in deine Pläne einzuweihen.«

Uta schmunzelte und holte ein Stück Brot unter dem Saum ihres Kleides hervor. »Hier – für euch! Mit einem schönen Gruß vom Bischof.«

Hungrig langten sie zu.

»Und jetzt leg los«, forderte Hugo sie schmatzend auf. »Wie werden wir es angehen?«

»Was angehen?«

Hugo warf verstohlene Blicke in alle Richtungen. »Na, die fällige Bestrafung des Grafen«, flüsterte er. »Was denn wohl sonst?«

»Nanu? Plötzlich so entschlossen?«

»Du weißt doch: Zu guter Letzt folge ich dir immer, wie ein treuer Hund seinem Herrn.«

»Diesmal nicht, Bruderherzchen. Ich werde die Sache alleine erledigen.«

»Alleine?« Empört reckte Hugo seinen Hals. »Kommt nicht in Frage. Ich lasse dich nicht im Stich. Außerdem habe auch ich ein Anrecht auf Rache.«

»Wenn du noch lauter sprichst, weiß es der Graf noch in dieser Stunde.«

»Auf gar keinen Fall wirst du alleine gehen.«

»Auf gar keinen Fall wirst du mich begleiten. Du bleibst hier und wartest meine Rückkehr ab. Es reicht, wenn sich einer von uns in Gefahr bringt.«

»Aber ...«

»Still. So ist es beschlossen. Meinem Plan wäre ein zweiter Beteiligter nur hinderlich. Ich gehe!«

»Ich nehme nicht an, dass du mir diesen Plan zufällig verraten wirst?«

»Wenn ich zurückkehre, werde ich dir alles genau berichten.«

»*Falls* du zurückkehrst!« Hugo vergrub sein Gesicht und gab einen schluchzenden Laut von sich. »Du bringst mich noch um den Verstand.«

»Vertrau mir einfach.«

»Was bleibt mir anderes übrig? Ich habe viel Übung darin, dir zu vertrauen. Doch der Tag wird kommen, an dem es umsonst sein wird.«

»Möglich. Aber heute noch nicht.«

»Gibt es etwas, das ich für dich tun kann, Uta?«, fragte Arbo tief durchatmend.

»Danke. Es hilft mir schon, wenn du nicht länger versuchst, mich von meinem Vorhaben abzubringen.«

»Es wäre ohnehin zwecklos. Möchtest du meinen Dolch?«

»Weshalb? Ich habe ein Schwert.«

»Eine Frau, die ein Schwert an ihrer Seite trägt, wird Aufsehen erregen.«

»Mein Umhang wird es verdecken.«

Hugo begann wieder zu husten. »Das sonnige Land im Süden – wir werden es wohl niemals sehen!«

»Unsinn! Morgen früh, wenn alles vorbei ist, beginnen wir unsere Reise. – Arbo! Wirst du mit uns kommen?«

Arbo lachte humorlos. »Wenn du morgen früh noch am Leben bist, werde ich euch bis in die Hölle folgen.«

Als die Stunde gekommen war, lag Hugo erneut in tiefstem Schlaf. Um seinen ständigen Lamentos ein Ende zu bereiten, hatte Uta keine andere Möglichkeit gesehen, als ihn mittels einer speziellen Kräutermischung – natürlich ein Rezept des Imperators – außer Gefecht zu setzen. Liebevoll strich sie über den Kopf des schlafenden Bruders, bevor sie sich einen kleinen Schluck brackiges Wasser aus einem Schlauch gönnte, den Arbo ihr reichte. Dann erhob sie sich entschlossen und griff nach Schwertgurt und Umhang. Arbo bestand darauf, sie wenigstens ein Stück weit in die Stadt zu begleiten. Uta schlug es ihm nicht ab, hatte sie doch nicht die geringste Lust, sich in ihrer Konzentration durch ermüdenden Zank stören zu lassen. Es kostete sie genug Mühe, ihrer wachsenden Aufregung Herrin zu werden.

Mit einem letzten Blick auf Hugo und den neben ihm schlummernden Hund Frido verließ sie die Baracke, gefolgt von Arbo, dessen Miene befürchten ließ, das Ende der Welt stünde unmittelbar bevor.

Der kalte Wind, der ihr draußen entgegenschlug, machte Uta ruhiger. Sie zog den Umhang fester um ihre Schultern. Schweigend schritten sie durch das Lager, erreichten den Pfad, der hinab in die Stadt führte. Am Himmel verschwand die bleiche Mondsichel hinter einem Wolkenband. Mit Mühe konnten sie den Weg ausmachen. Endlich aber hatten sie das Zentrum der Stadt erreicht. Bis auf ein paar quiekende Ratten trieb sich niemand mehr in den Gassen herum. Uta blieb stehen und deutete auf ein Gebäude, dessen Fassade bedrohlich vor ihnen in den nächtlichen Himmel wuchs.

»Dort ist es«, flüsterte sie und schenkte ihrem Begleiter ein gequältes Lächeln. »Hier trennen sich unsere Wege, Freund.«

Arbo schluckte. »Lass mich hier auf dich warten.«

Sie schüttelte energisch den Kopf. »Zu gefährlich. Du könntest selbst in Gefahr geraten. Du wirst in das Lager zurückkehren, verstanden? Wirf ein Auge auf mein Bruderherzchen und warte meine Rückkehr ab.«

»Gott schütze dich, Uta.« Mit einem stillen Seufzer verschwand Arbo in der Dunkelheit.

Noch kannst du umkehren, meine Liebe!

»Rotrud! Du hast mir jetzt gerade noch gefehlt.«

Ich freue mich auch, dich zu sehen.

»Sei so gut und besuch mich morgen wieder. Wie du weißt, habe ich etwas zu erledigen.«

Wie du willst. Dann bis morgen – entweder in deiner Welt oder in meiner ...

Grifo ließ sie eintreten. Er zitterte am ganzen Leib. Wachs tropfte von der Talgkerze, die er hielt, vor seine Füße.

»So sieht man sich wieder, nicht wahr, Grifo?«

Obgleich Utas Stimme nur ein gehauchtes Flüstern war, erschien sie dem Diener des Grafen wie ein Glockenschlag. Nervös legte er einen Finger auf seinen Mund und sah sich ängstlich um. Uta ließ sich nicht aus der Ruhe bringen.

»Was ist mit dem Wachhund des Grafen?«

»Gerold wird dich nicht stören. Schläft wie ein Bär im Winter.«

»Hast du ihm das Pulver in den Wein gerührt?«

Grifo presste seinen Mund zu einem Strich und nickte.

»Gut gemacht. Wo schläft der Graf?«

Er reichte ihr die Kerze und deutete auf eine hölzerne Stiege, die ins obere Geschoss führte. »Am Ende des Korridors findest du die Tür zum Schlafgemach des Grafen.«

»Ist er alleine?«

Grifo nickte abermals. »Wenn man dich fasst, hast du mich nie gesehen!«

»Ich kenne dich nicht.«

Lautlos verschwand der Diener. Uta machte einen tiefen Atemzug und wandte sich der Stiege zu.

Alles erschien ihr wie in einem seltsamen Traum. Sie stieg nicht wirklich die Stiegen empor. Auch der Schatten, es war der eigene, der unruhig vor ihr her tanzte, war nur wie eine Ausgeburt ihrer Fantasie. Das Knarren des Holzes – unverständliche Signale aus einer anderen Welt.

Sie fürchtete sich nicht. In wenigen Augenblicken würde sie das Werk ihrer Rache vollenden. Dann würde sie Frieden finden. Töten. Einmal noch. Die brechenden Augen der sterbenden Nordmänner – eines Tages würde sie sich für immer schließen. Roland? Er hatte den Tod verdient. Sie würde es nicht zulassen, dass er sie in ihren Träumen aufsuchte.

Träume? Wirklichkeit? Uta erstarrte. Vor ihr eine Gestalt. Kein Traum, sie wusste es sofort. Die Gestalt versperrte ihr den Weg zu Rolands Schlafgemach.

»Was willst du hier?«

Uta blickte in das unbewegte Gesicht der Gräfin. »Ihn töten«, antwortete sie mit verstörender Aufrichtigkeit.

Adelheid nickte verstehend.

»Wenn Ihr mich daran hindern wollt, Gräfin, müsst Ihr jetzt um Hilfe rufen. Oder *mich* töten!«

»Um Hilfe rufen? Dich töten?« Adelheid blinzelte verwirrt. Sie schien in Gedanken versunken. »Nein«, sagte sie kopfschüttelnd. »Weder das eine noch das andere werde ich tun.« Zögerlich streckte sie eine Hand aus, um Utas Wange zu streicheln, wie sie es schon einmal getan hatte. Und auch die Worte, die sie sprach, waren dieselben: »Wir könnten Freundinnen sein!« Sie trat beiseite und deutete auf die Tür, vor der sie standen. »Er ist da drin«, erklärte sie und lächelte verschwörerisch, als habe sie einem Kind ein Geheimnis verraten.

Schon wieder dieser gottverdammte Traum.

Des Vaters Blick. Warum weigerte er sich zu sterben?

Auf Rolands glühender Stirn perlte der Schweiß. Doch auch diesmal würde der Alte seinem Schicksal nicht entgehen. Auch diesmal würde geschehen, was geschehen musste!

Er nahm ihm die Luft zum Atmen. Der Blick! Warum schloss er nicht endlich seine Augen?

Der Alte griff nach den Händen des Sohnes und begann hämisch zu lachen. Roland erschauderte. Woher die Kräfte? Vergeblich stemmte er sich gegen die neu erwachten Kräfte des Vaters.

Schreiend erwachte er aus seinem Albtraum. Auf dem Tisch: eine flackernde Kerze. Und dort, vor seiner Bettstatt: Die Frau seiner Begierde. Sie war Wirklichkeit.

»Du bist kein Traum«, stellte Roland keuchend fest.

Sie schüttelte den Kopf und schenkte ihm ein beinahe verführerisches Lächeln. »Ich bin leibhaftig hier, Graf Roland.«

Lust keimte in ihm. Noch schöner und begehrenswerter als jemals zuvor erschien sie ihm. Vergessen war der schlimme Traum, vergessen der rachsüchtige Vater. Rolands Herz raste immer noch, diesmal vor Verlangen. Oft, zu oft schon hatte er sich vorgenommen, dieses Mädchen zu vergessen, als ahnte er, dass es seinen Untergang bedeutete. Doch jetzt, da Uta vor ihm stand, wusste er, dass ihm dies nie gelingen würde. Nicht in hundert Jahren. Er *musste* sie besitzen. Oder sterben.

»Uta!«, kam es ihm bebend von den Lippen.

Sie lächelte immer noch. »Roland.«

Er richtete sich auf. »Hast du endlich begriffen, dass wir füreinander bestimmt sind?«

»Ja, das habe ich. Unsere Schicksale sind unzertrennbar miteinander verknüpft.« Ihre Brust hob und senkte sich unter schweren Atemzügen.

»Warum mussten wir so lange warten?«

»Weil Gott – oder wer immer unser Leben lenkt – uns manchmal auf seltsame Wege schickt. Doch am Ende bekommt jeder, was er verdient.«

»Habe ich dich denn verdient?«

Uta runzelte die Stirn. »Warum quälst du dich mit dieser Frage? Ich bin nur die einfache Tochter eines Bauern.«

»Du bist mehr als das, Uta.«

»Ich muss dir wirklich etwas bedeuten.«

Er erhob sich und ging langsam auf sie zu. Vor ihr blieb er stehen. »Wie hast du mich gefunden?«

»Warum fragst du das? Wichtig ist, dass ich hier bin. Bei dir!« Sie ließ es geschehen, dass sein Zeigefinger ihr sanft über Stirn, Nase und Mund fuhr.

»Komm, lass uns eins werden«, sagte er.

»Ich will dir ganz nahe sein.« Mit einer Bewegung ihres Kopfes gebot sie ihm, sich wieder auf das Bett zu legen. Noch einmal ließ Roland seinen Finger liebkosend durch ihr Gesicht fahren, bevor er ihrer Aufforderung nachkam.

»Es kann nicht sein, dass du die Tochter eines Bauern bist.«

»Und doch ist es so. Ich bin die Tochter des Bauern Wernar, dessen Leben du auf dem Gewissen hast, Roland.« Mit einer lasziv anmutenden Bewegung ließ sie ihren Überwurf zu Boden gleiten.

Erstmals zeichnete sich ein Schatten des Argwohns auf Rolands Gesicht ab. »Du trägst ein Schwert?«

»Wie du siehst.« Langsam zog sie es aus der Scheide und näherte sich dem verblüfften Grafen.

»Was hast du vor?«

»Nichts weiter, als Wernars Tod zu rächen«, erklärte sie kalt und stieß die Waffe des Wikingers in seine linke Brust.

Rippen knirschten. Uta hielt den Atem an und sah ihm in die brechenden Augen. Blut ergoss sich aus seinem Mund. Er wollte sprechen, doch aus seiner Kehle kam nur röchelndes Gurgeln. Erst als dieses verstummt war, zog Uta das Schwert aus dem Körper des Leblosen, und ließ es blutverschmiert zurück in die Scheide gleiten. Sie griff nach der Kerze auf dem Tisch und verließ mit andachtsvollen Schritten den Raum.

Vor der Tür des Gemaches wartete Adelheid. Uta verharrte einen Augenblick und erwiderte den stummen Blick der Gräfin.

Draußen umfing sie wieder die bittere Kälte der Nacht. Uta fühlte sich erleichtert und frei. Ein gütiges, überirdisches Wesen schien sie von ihrer schrecklichen Gabe befreit zu haben, das konnte sie tief in ihrem Inneren spüren. Nun stand ihr der Weg in eine unbeschwertere Zukunft offen.

GÜNTER KRIEGER

O CORONA!

1. Auflage
106 Seiten, 10,00 EUR
ISBN: 978-3-96123-033-4

Seit Monaten beherrscht vor allem ein Thema den öffentlichen wie politischen Diskurs: Corona. So sehr, dass selbst im Himmel die Gebetsserver abstürzen. Damit die Heiligen weiter ihre Arbeit machen können, scheint es unausweichlich, dass sie, deren Name in aller Munde ist, der Erde dringend einen Besuch abstatten muss: Die heilige Corona – und das am besten dort, wo das Virus am schlimmsten wütet, um herauszufinden, warum es ausgerechnet ihren Namen trägt.

Ein schwerhöriger Transportmeister, eine wiedererweckte Heilige und ein Schutzengel, der zu allem bereit ist – was kann da schon schiefgehen? So ziemlich alles, wenn man in Köln statt in Kolumbien landet, die Heilige sich weigert zu lügen und auf einmal die ganze Stadt weiß, dass Corona nicht nur ein Virus ist.

Und zu guter letzt findet sich Corona auch noch neben Karl Lauterbach in Anne Wills Talkshow wieder.

UWE APPELBE
Sterbende Stadt

1. Auflage
328 Seiten, 17,00 EUR
ISBN: 978-3-96123-015-0

Die Eifel in den 1980er Jahren: Das Dorf, in dem Adam mit seiner Familie lebt, hat seine besten Tage lange hinter sich. Des ländlichen Lebens überdrüssig sucht der Heranwachsende in diesem Sommer etwas Neues, ein Abenteuer, die erste Liebe, etwas, das ihn von der erdrückenden Spießigkeit seiner Heimat ablenkt.

Auf seiner Suche stößt er auf ein verfallenes Fabrikgelände, das ihn auf morbide Art anzuziehen scheint – die »Sterbende Stadt«. Doch was er in dieser aufregenden Phase des Erwachsenwerdens zwischen neuen Bekannt- und Liebschaften nicht ahnt: Dieser Sommer wird seine Zukunft mehr prägen, als er es sich hätte vorstellen können.

HANS-PETER PRACHT
BLUTIGE EIFEL

1. Auflage
234 Seiten, 15,00 EUR
ISBN: 978-3-96123-042-6

V erbrechen gegen Leib und Leben waren schon immer nicht nur Spiegel der geistig-moralischen Einstellung bestimmter Menschen, sondern sagen auch viel über die allgemeinen gesellschaftlichen Umstände aus, in denen sie verübt wurden (und werden). Die hier beschriebenen historischen Mordfälle zeugen von grausamen Tätern, von Verrohung, schutzlosem Ausgeliefertsein in der Einsamkeit und von der Not der wehrlosen Opfer. Die schrecklichen Vorgänge lassen die oft als idyllischen Sehnsuchtsort heraufbeschworene Eifel in einem ganz anderen Licht erscheinen.

Hans-Peter Pracht zeichnet fünfzehn historische Mordfälle aus der Eifel und dem Raum Aachen vom 18. bis ins 20. Jahrhundert nach. Dazu gehören der berühmtgewordene Mord an Laura Klinkenberg im Jahre 1908 bei Aachen, der Kindermord in Bad Neuenahr 1945, die grausamen Morde der berüchtigten Moselbande in der Sprinker Mühle bei Daun Ende des 18. Jahrhunderts sowie der Lynchmordan einem US-Soldaten im August 1944 in Preist. So mancher Mord in der Eifel wurde nie aufgeklärt und man kann heute nur noch mutmaßen, ob die Gründe hierfür in der Raffinesse der Täter oder unzureichenden Ermittlungen zu suchen sind ...